台灣福建話的語音結構及標音法

鄭　良　偉
鄭謝淑娟　編著

臺灣學生書局印行

鄭良偉博士

著者簡介

鄭良偉，臺南人。臺灣師範大學
英語系文學士、英語研究所文學碩士，
美國印地安那大學語言學博士。曾任
教臺灣中小學，英國約克大學語言系，
現任美國夏威夷大學東亞語言系教授。
兼任新加坡教育部華文顧問。發表過
語言學論文五十多篇以及下列專書：
臺灣福建話的發音結構及標音法（與
謝淑娟合著）（學生）。中國語言
學會議論集（與湯廷池、李英哲合編）
（學生）。臺語與國語字音對應規律
的研究（學生）。漢語語法與語義
研究（與湯廷池、李英哲合編）（學
生）。實用漢語參考語法（與李英哲
等合著）（文鶴）。從國語看臺語
的發音（學生）。路加福音傳漢羅
試寫（人光）（教會公報社）。現
代臺灣話研究論文集（與黃宣範合編）
（文鶴）。林宗源臺語詩選（自立）。
走向標準化的臺灣話文（自立）。

國語常用虛詞及其臺語對應詞釋例
（文鶴）。臺美雙語課本（與黃淑芬
合著）（自立）。生活臺語（與趙
順文、方南強合編）（自立）。
親子臺語（與趙順文、方南強、吳秀
麗合編）（自立）。可愛的仇人—
高級臺語閱讀教材 （自立）。臺語
詩六家選 （前衛）。演變中的臺灣
社會語文 （自立）。臺語電腦文書
處理輸入系統 使用手冊（前衛），
軟體（椰城）。精速臺語羅馬字——
練習與規律 （旺文）。臺語書面語
資料研究共十冊。

鄭謝淑娟碩士

著者簡介

　　鄭謝淑娟，台灣省高雄市人。國立台灣師範大學英語系文學士，美國印地安那大學圖書館學碩士，美國夏威夷大學東亞語言學碩士。曾任中學教員，並於美國東西文化中心圖書舘、英國約克大學圖書舘等處服務。現任職於美國夏威夷大學亞洲圖書舘。發表過之著作有:
A Selected Bibliography on the Chinese Dialect Literature.
臺灣福建話的發音結構及標音法（與鄭良偉合著）（學生）。 "Chinese Dialect Literature", Journal of the Chinese Lan age Teachers' Association 12:1 55-62。A Study of Taiwanese Adjectives（學生）。趣味臺語選集　鄭良偉策劃（旺文）。

「現代語言學論叢」緣起

　　語言與文字是人類歷史上最偉大的發明。有了語言，人類才能超越一切禽獸成爲萬物之靈。有了文字，祖先的文化遺產才能綿延不絕，相傳到現在。尤有進者，人的思維或推理都以語言爲媒介，因此如能揭開語言之謎，對於人心之探求至少就可以獲得一半的解答。

　　中國對於語文的研究有一段悠久血輝煌的歷史，成爲漢學中最受人重視的一環。爲了繼承這光榮的傳統並且繼續予以發揚光大起見，我們準備刊行「現代語言學論叢」。在這論叢裡，我們有系統地介紹並討論現代語言學的理論與方法，同時運用這些理論與方法，從事國語語音、語法、語意各方面的分析與研究。論叢將分爲兩大類：甲類用國文撰寫，乙類用英文撰寫。我們希望將來還能開闢第三類，以容納國內研究所學生的論文。

在人文科學普遍遭受歧視的今天，「現代語言學論叢」的出版可以說是一個相當勇敢的嘗試。我們除了感謝臺北學生書局提供這難得的機會以外，還虔誠地呼籲國內外從事漢語語言學研究的學者不斷給予支持與鼓勵。

湯 廷 池

民國六十五年九月二十九日於臺北

先睹爲快的回敬

吳　守　禮

　　學生書局現代語言學叢書的主編人湯廷池教授，讓學生書局
副總經理張洪瑜先生携「台灣福建話語音結構及標音法」（鄭良
偉鄭謝淑娟編著）一書來訪，課我過目作序。事先，廷池兄在電
話中談及有如此這樣的有關台灣語著作，問我是否有興趣看。我
心裡很想飽一飽先睹爲快的眼福，却因不懂語言學不敢接受。廷
池兄則懇切地說：就是因爲你不懂語言學纔要你看。我只有接受
好意了。

　　我跟著者雖無面識，却有過受贈論文抽印的友誼，所以早就

知道著者受過新語言學的訓練，很有造詣，現在執教美國夏威夷大學，對閩南系台灣話音韻的研究則已著有成績。這書的編著可以說是著者志向溝通各地方言的嘗試，我瀏覽一過深覺確實收了深入淺出之效。其敍述淺白也是著者力求淺近的一種表現。據說，著者是一對夫妻，那麼是伉儷同一愛好，琴瑟和諧表現在學術上，尤其令人佩服。如果我的猜測不錯，著者伉儷想必皆出身於台灣而一南一北，用二人的母語做爲語料基礎，加上調查觀察，合力鑄成這一本書。所以書中到處流露着對母語愛護的熱情，亦屬難能可貴。

　　這書的著作目的，著者在導論裡有詳細的說明。若恕我括其要旨，可謂是：使人加深了解母語的語音結構，知自愛護；使學者容易明白台語方言的音韻系統，學起來應用，溝通方言間的隔閡，以及認明台灣方言的存古價值歷史意義。這一方面的書，諸如：台灣話的發音法、音系、文法、會話、讀本等，近百年來可謂數以百計，大小論文則達成千之多；專究標記法、語音構造的也不乏其人，可是鄭君這書完成在新語言學盛行之後，就是說著者受過最新進步的語言學的薰染，跟歷來的著作迥不相同。著者特別用心設計發明的地方很多之中，讓我來舉出其顯而易見的設計數端如下：

　　一、用最新語言學分析台灣方言的結構，用容易學會的標音法表而出之，收效速度快。

　　二、修改教會羅馬字的拼音法，設計得更簡化，只需有英文字母的智識，人人可學。

　　三、次位方言的方言差（諸如：台南、台北、漳州、泉州等地）逐一提示，設計「調整記號」明白標出，各地人士均可應用自如。

四、辨音的練習題，先做正確讀音的例示；再設計「選擇題」「配合題」，就是用不同的方法反覆做辨音的練習，設計新穎，極收效之妙。

五、連音變讀，是閩南方言比任何其他方言顯著的現象。只須循條例規則學習，可無異於本地人。此書爲學者能收速效，講解詳盡，練習題的設計尤不厭其繁，期能達成完美的學習。──著者有關於變音的專題論文兩篇，完全應用在這一部分。

書中關於台語的音韻特質發明的地方也很多，這裡不能枚舉，就留給讀者自己欣賞吸收。我個人除了得到許多新知識以外，由於難得全懂不無想質問商榷的地方。這些我擬筆記下來送湯廷池教授轉致著者請指教，做爲我先睹爲快的回敬。如能在付梓以前來得及供作參考，得見重定，我們讀者就可以得到額外的收益了。

有一事想先介紹的是：據說著者此次同時完成了兩本書，而「讀書音」與「語音」的分畛、併行也是台灣方言的幾個特色之一，我希望在他的另一本書裡能看到著者專關音節對這一方有所闡述。

自　序

　　寫本書的目的，已在導論第一節裡詳述，在此不再贅述。

　　本書能出版，得到許多人的協助，下面幾位先生，我們特別在此表示由衷的謝意。

　　這次由湯廷池教授的安排，很幸運地，能請吳守禮教授細讀拙著，並提出許多問題和修改建議。尤其在台語詞漢字的用法方面。我們做最後修改時，採納了他的許多寶貴意見。吳教授過去一面在台大任教，一面不停地在研究台灣方言的文學和文字，對學界貢獻很大。日本有位聞名的漢語語言學家橋本萬太郎常對我們提起吳教授對客系和閩南系語言的學術貢獻。他常從吳教授的著作中找到他想找的文獻資料。

　　高積煥先生曾在台中瑪利諾語言學院任教台語十七年。駱維仁博士在美國聖經公會任職。這兩位都是台灣造詣極深的學者。幸能請他們將全書細讀，並能利用他們在夏威夷過境時，當面請教討論。他們兩位特別在方音差異方面提供極有價值的意見。

　　對本書的出版，我們最感激的是湯廷池教授。他答應將拙著納入由他主編的「現代語言學論叢」，由學生書局出版。自從他收到本書稿件起，就在百忙之中，抽暇爲本書的出版而忙碌。從接洽出版商開始到最後修正稿爲止，他都花了很大的力量。他前後詳細閱讀過兩遍。並請吳守禮教授修改指正，又請兩位國文系教授修改文字，及兩位研究生閱讀。最後更以他卓越的文筆和學識提出綜合的修改意見。著者過去曾發表幾篇文章，可是從未遇過一位編者這樣負責致力於文字與內容的改進的。最使我們過意不去的是他竟因此而暫時停止寫他的「國語變形語法研究：第一集移位變形」。

　　湯教授致力於國內語言學的推動，從他對本書的盡力可見一斑。盼本書能如他所願，有助於培養一般人觀察實際語言的能力。

　　最後，我們要提醒諸位讀者，台語不但有方音差異，也有個人差異。著者離開台灣已有十三年之久，本書所描寫的，恐怕有些發音不能完全和每位讀者的實際發音符合。雖然已經由多位學者專家校閱，疏漏之處，在所難免。著者當對於理論及內容負完全的責任。最後，更盼各位讀者多多賜敎。

鄭良偉
鄭謝淑娟

一九七六年九月
於　檀　香　山

再 版 序

　　本書自從 1977 年初版至今已經過六刷，最近更因臺灣各界人士領悟母語的重要性，有許多人熱衷學習臺語，因此本書的需要量也大大增加。例如各地臺語班的使用，縣市政府如屏東縣、高雄縣、彰化縣等也都採用本書做其母語教師培訓的教材之一。筆者願藉此再版之際做一些修整及補充。

　　本修訂版除了做一些文字上的修改以外還有些增補：

臺語常用特別詞用字建議表
羅馬字調號位置
臺語五音階法──簡介與練習
臺語羅馬字呼音法

本版也刪去"臺語國語字音對照表"的樣本 eng-enk 表。因為"臺語與國語字音對應規律的研究"已在 1979 年出版。該書後有全部的對照表。

　　十六、七年前寫的書現在還有人使用，相信主要是因為本書有一些特點與用途，未能被其他的臺語書籍取代。臺灣的社會語言情況愈來愈複雜，各種不同的語言背景需要不同的臺語入門書。以前的臺語人士母語能力很穩固，只要標音系統掌握了，臺語語詞的發音一般有百分之九十的正確率。因而要查考辭典，要朗讀一篇臺語文章沒有很大的問題。現在的臺灣智識分子，特別是二十歲、三十歲左右的經過惡性補習升學的人，雖然會說日常臺語，主要語詞的發音與用法的正確率很多人沒能超過百分之七十。因此學習臺語的首要課題除了語音結構與標音法的掌握以外，還要逐詞檢驗自己的發音，同時瞭解現在通用的漢字。對這批人這本書的編寫法相信有一定的用處，有的人可以完全自己看懂，有的人還需要人幫助。

又有一批人因為年紀太大，寫作習慣又都是漢字。為了擺脫漢字專心學習羅馬字，我們建議在做這本書的習題時，多看羅馬字的唸法。很可能因為漢字，不能把精神集中在羅馬字上。也有些人就是需要訓練羅馬字的速讀與精讀，將羅馬字直接與發音、語詞、語音連結，最好不必像本書，羅馬字發音法處處以漢字為媒介。我們建議採用「精速臺語羅馬字——練習與規律」1993 旺文出版，或其他的入門書。

最近對臺語有學習興趣的很多是有意從事臺語教育的中小學語言教師。針對這批為臺灣語言教育的改進與充實，有心進修、研習的教育界同仁，我們推介本書做為研究有關臺灣語言教育的入門書，如：從臺語推測國語的字音規律，從國語看臺語的發音與語詞，臺語的詞法及句法，臺灣華語的特點，日語與臺語的語音、字音、語滙比較研究與語言學習上的應用。這些都是臺灣語言教育的重要而實際的課題，很多人卻因為沒能掌握語音上的表記，不能進行研習。

下面列舉一些本書的特點：

㈠本書的設計有說明，舉例，練習，與解答。很適合學習的過程，現象的觀察、歸納、實驗、檢討、改正。也很容易應用於教學成果的質與量的測試與檢討。"從國語看臺語的發音"也有類似的設計。無論是師資培訓抑是正規教育的語言課程，教育成果能夠量化是一個重要的先決條件。

㈡本書所採用的標音系統是已經有一百多年歷史與文獻的羅馬字。所採用的漢字也是兼顧多方面的文字原則與實際。經過作者本身實驗，也有多數作家與讀者的用字做根據。本版所增加的"臺語三百常用特別詞"是作者三十年來研習人類書面語史及閱讀現象，一年前又受文建會委託研究臺語書面語用字，邀請多位學者及助理所得的研究成果之一。本書內所用的訓用字，到目前有沒有較適當的「本字」或假借字可以選用，最常用的三百詞可以查看該表。

㈢本書將理論與實際配合：

（以下各書以臺語文介紹，取自「趣味臺語」）

是為著已經會曉臺語愛 beh 了解臺語的語音系統及羅馬字所編寫的。有系統的臺語音系結構及變調規律的說明及練習。有介紹方言差異處理的簡單要領。是初學者把握漢字發音及羅馬字標音法的入門書。聲調、聲母、韻母也攏用實例提供字音及羅馬字標音充分的練習。

㈣學好本書用字、羅馬字以及所介紹的語言學觀念與學術用語以後，要繼續研究有關臺語的著作、絕大部分不必做用語上的轉換或觀念上的調整，就能很快地看懂很多書。就由著者的其他有關臺語的著作簡介於下：

1979 **臺語與國語字音對應規律的研究** 學生 鄭良偉

介紹對臺語的漢字發音推測華語字音的規律。有充分的例
字。有臺語國語字音對照表，將四千外字漢字按照臺語的
韻母、聲調聲母排列，可以對臺語發音查考漢字文言音及
白話音，也可以查著華語發音。可以研究臺語、國語之間
韻母、聲調、聲母的對應關係。臺語押韻 chhoē 字，以及
各種押韻體例研究的參考書。是研究臺語發音方言差，也
是研究策劃書面語規範化基礎音系的參考資料。

1987 **從國語看臺語的發音** 學生 鄭良偉

介紹對國語的漢字發音推測臺語字音的規律。有充分的練
習題及例字。同時練習臺灣的地名，人名，菜名，及俗語
的發音。有國語臺語字音對照表，將四千外字漢字按照華
語的韻母、聲調聲母排列，可以對華語發音查考同音漢字，
也會當查著各漢字的臺語文白發音。可以研究華語、臺語
之間韻母、聲調、聲母的對應關係。查考的方向及《臺語
與國語字音對應規律的研究》tú-hó 對反。

1988 **林宗源臺語詩選** 自立 鄭良偉

攏總收林宗源臺語詩五十首。一半用全漢字，一半用漢
羅。

1988 **走向標準化的臺灣話文** 自立 鄭良偉

探討臺語漢字書面語的社會過程及自然趨勢，以及追尋標

準化的原則及方法。分臺灣話文實例、臺語文學作品評介、
詞典評論、漢字用法專論等四集。

1989 **國語常用虛詞及其臺語對應詞釋例** 鄭良偉主編 文鶴
有國語與臺語語法比較大綱。也閣有臺灣的國語語法及大
陸異同的註解。每個國語詞，國語例句攏有臺語翻譯。採
取現在臺灣七十歲代、五十歲代、三十歲代的卡有人使用
的語滙及語法特點。全書按照華語虛詞注音符號排序。有
臺語虛詞羅馬字索引，也有中共漢語拼音華語詞索引。

1989 **臺美雙語課本** 鄭良偉、黃淑芬合著 自立
臺語、英語雙語教材。以英語介紹臺語。每詞、每句攏有
英語翻譯。有發音，語法、及語滙的練習題，生詞索引。
有附錄音帶。第一冊已出版；第二冊排印中。

1990 **演變中的臺灣社會語文**──多語社會及雙語教育 自立
鄭良偉
臺灣是一個多語言多文化的島嶼移民社會。爲著 hō· 各語
言發揮特點及潛能，各族和諧共存，平等、公平的政治、
教育、文化機會，臺灣需要採取多語社會政策，雙語學校
教育。有一半以上的文章是用臺語漢羅書寫的文章。

1990 **臺語詩六家選** 前衛 鄭良偉編
林宗源、黃勁連、黃樹根、宋澤萊、向陽、林央敏六位臺

語詩人的歌詩。全書用漢羅表達現代臺語。有「你的心若有臺灣」「阿爸的飯包」，「m̄通嫌臺灣」；也有關於「臺語文學」「臺灣文學」的臺語論說文。

1990 **生活臺語**　鄭良偉、趙順文、方南強合編　自立

培養臺語會話能力。適合已經會曉華語、華文愛 beh tī 短期間內學會曉講臺語的人士。課文分教室用語、自我介紹、住址及號碼、介紹別人、tī文具店買物件……等等。每句會話有漢羅，羅馬字以及華語對照。

1992 **TW301 臺語電腦文書處理系統使用手册**　鄭良偉編

附臺語羅馬字輸入訓練課程，是現代科技頭一擺使用臺語說明書的出版物。中文版也已經完成。臺語電腦文書處理系統是一種利用倚天中文系統的軟體。會得用臺語羅馬字輸入三種臺語書面語：漢字、羅馬字、漢羅。是臺語寫作及教材編寫的絕好工具。

1992 **可愛的仇人**——高級臺語閱讀教材　自立

賴仁聲作　鄭良偉編註

這本是完全用臺語創作的文學作品。及徐坤泉的中文小說「可愛的仇人」情節，故事攏無仝款。是擺脫漢字的困難、束縛的臺語精彩原作。了解臺語的特性、臺語的結構是深入臺語文化的最佳途徑。編者用這本臺語白話字原作小說改編做漢羅，做高級閱讀教材。有臺語、華語對譯語配合

題，題意填空題，臺語特別詞發音及解釋。除了文學性質高，以外有三大特點值得做語言文化教材：㈠語言自然流利，忠實反映現代鄉土日常語言。㈡情節靈活動人，人物性格寫實，非常吸引人。㈢描寫臺灣漁民、農民及普通人的生活，hō͘ 讀者深刻體會臺灣彼當時的社會文化。

1992 趣味臺語 中級臺語閱讀教材　旺文　謝淑娟編

收集趣味性臺語故事 100 條。用漢羅。有特別詞註解，發音練習，以及簡單精選的文法練習。Beh精通臺語一定愛把握的臺語文法，本書透過練習題，體會臺語文法的特點。

1992 精速臺語羅馬字　鄭良偉編寫　旺文

是臺語發音及臺語羅馬字的練習手冊。有錄音帶。臺語只有七個聲調，18 個聲母，六個單母音，有人卡學都學𣍐曉，這是因為學習羅馬字的時不時用前後文來 ioh 出𣍐曉讀的羅馬字，無集中精神練習臺語羅馬字的符號，永遠學𣍐著需要學的基本要點。本書運用最小對比的方法 hō͘ 讀者練習臺語發音文字的基本要素。有英文版、漢字版兩版。

著者　於美國　Hawaii　大學

1993 年 10 月 25 日

台灣福建話的語音結構及標音法

目　　錄

第一章　導論

第五章　兩個入聲的辨認

第六章 一般變調

第七章 特殊變調（仔 á 前再變調和三連音頭再變調）

第一章　導　論

1.1　編著本書的目的

一、使讀者明瞭台灣福建話的語音結構。
二、使讀者能運用台灣福建話的音標。

1.2　本書編著的對象

　　凡認識漢字和二十六個英文字母而且能說台灣福建話的人是
本書編著的基本對象。同時，我們特別向台灣社會裡的四種人
推介這本書：第一種人是從事國語、英語、日語等語言教育的人，

使其了解學生的語音習慣以便增進教學的效果。第二種人是正在
學習任何語言（包括國語和古文）的人，使其了解自己的語音習
慣以便提高學習效果。第三種是有志從事地方各種建設的人，提
高其台語能力，使更有效地與廣大民衆接觸，更深切地了解和服
務民衆。第四種人是念語言學或中國聲韻學的學生，使其了解台
語詞彙的語音，以便研究上古音、中古音以及閩南語系裡的音變
現象，和方言間的關係。另外在國外僑居的人士，爲了把自己的
語言傳授給子女，宜先了解自己的語言結構，如果有一套注音方
法來記錄自己的語言必可增進學習的效果。我們也鄭重地希望這些
人能試用本書。至於對已經熟習教會羅馬字而只想了解台語語音
標音的人，我們建議只看下列各章：

下面各節有關方音差異的討論也不妨看看：

9.5.4　eh 和 oeh 的分別和方言差異

9.5.5　u 和 i〔ㄨ 和 ㄧ〕的方言差異

9.7.2.1　in 和 un〔ㄧㄣ 和 ㄨㄣ〕的方言差異

　　有些人只會念而不會寫教會羅馬字，或因為久不使用而需要複習。對於這些人我們建議不必把第三、四、五、九各章全部念完，只需先做各章最後的總複習的習題，頭一次如成績不理想，可重做一次，決定自己的困難點之後，便在目錄裡找出自己需要集中練習的章節。

1.3 什麼是台灣福建話？

　　本書所指的台灣福建話也可稱為閩南系台灣話，俗稱台灣話或福佬話。在語言學範疇裡閩南語系包括福建省內廈門、泉州、漳州、興化、同安等地區，廣東省內的潮州、海南、三鄉，以及台灣大部地方的方言。正如國語語系包括北平話、四川話、山東話、南京話、天津話等。台灣的福建話是由廈門話、泉州話、漳州話融合演進形成的。現在台灣各地的方言大都被認為不泉不漳（也可說是亦泉亦漳），但內部的方言差異很少。不像福建境內的閩南話，有時連鄰村的人也不能通解。本書課文裡把台灣福建話簡稱為台灣話或台語，也可以說是探行俗稱。我們不敢豪稱我們所處理的是整個閩南話，因為閩南話的範圍很廣，我們姑且縮小範圍以便適合台灣實際的需要而已。台灣境內的方言大同小異，我們現在只根據比較有代表性的台南市與台北市的口音來編這本書。

1.4 方音調整符號有什麼用處？

　　本書的編著既要表明台北市和台南市的兩大方言差異（大略等於泉、漳之分），又爲要節省篇幅起見，特別設計一個"方音調整符號"。卽：凡是在音標下面加橫槓的都表示該音有南北音（包括語音與字音）的不同，學習的人可以循各人的習慣照讀或轉讀。除了在文中有特別說明的情形以外，我們的標音一律根據台南音。如果與台北方音的發音一樣，就不加任何符號，如果有不同的發音，就劃一橫槓，使讀者能做下列的調整，下面用箭號指出相對的台北音，例如：

本文（根據台南音）	台北人念成	例字
e	e	體、馬、爸
e̲	→oe	細、雞、街
oe	oe	杯、最、罪
o̲e̲	→e（或 ə）	火、歲、過
in	in	引、印、眞
i̲n̲	→un	恨、恩、勤、均

　　台南有 e^n 和 i^n 的分別，而台北則只有 i^n ，因爲所有的 e^n 音都一律念成 i^n 。因此， e^n 不加任何記號，而僅用箭號指示台北音，例如：

e^n	→ i^n	嬰、生、平

　　"張"、"樣"、"腔"等字雖然台南市人念 io^n ，可是並不具代表性，因爲南部其他大部分地區的人都念 iu^n 。因此本書一

律寫成 iu^n ，而台南市人則凡遇 iu^n 都須念成 io^n 、（即 $iu^n \rightarrow io^n$ ）。

其他如"彰"、"相"、"將"等字，一般都念 iong ，而嘉義等地區則特別念成 iang 。又如"園"、"光"等字一般都念 ng ，而宜蘭、桃園等地區則特別念成 ui^n 。 這些方音差異因為並不普徧，而且也不屬於台北或台南的口音，所以一律不加方音調整符號。希望這些地區的人能各自調整。又在台北音裡，還有一些和台南音不相同的情形，例如"做" chò ＝ choè 與"針" chiam ＝ cham ， 這些雖然是屬於個別獨立的情形，本書也一律加橫標表示兩地語音的不同。

1.5　本書所採用的發音標記法

本書採用台灣教會的羅馬白話字。過去為台語或廈門話所設計的音標至少有十套以上。可是歷史最長，使用的人最多的音標莫過於台灣教會現行的羅馬白話字。國內外教授台語的機構大都採用它。有好幾本辭典也都用它。這個音標除了普徧以外，還有一個好處，即與羅馬字母在英文和國際音標（ International Phonetic Alphabet ）裡的用法很接近。

教會羅馬字有新舊兩法：舊式有 ts 和 ch 的拼法，新式一律寫成 ch 。本書採用新式（請看第 2.1 節）。

本書在說明各字母的詳細音值時都另用國際音標標示。同時為了使讀者能使用蔡培火先生的國語閩南語對照常用辭典，也附加該辭典所使用的台語注音符號標音法。此外，本書還在書末加上台語各種發音標記法的對照表做為附錄。

1.6 本書的編排特點

本書採用 " 作業教學法 "（ Programmed Instruction ）。讀者先須了解各單元的目的、吸收新觀念、然後回答問題、核對答案、檢討自己對新觀念是否正確地認識。遇有錯誤，就重念課文、重作習題，一直到回答正確以後才進入新單元。如此讀者可以按照自己的進度自修，而能學好台灣話發音標記法。為了能迅速把握整個語音系統起見，我們建議讀者常常翻看總目錄，並且針對自己的困難，時加複習作業題。研習作業題時，請把方框內的答案，用紙遮起來，並且準備答案紙把你自己的答案寫上去。

1.7 掌握母語的語音結構有什麼好處？

一、了解自己的語言習慣

一個人一生只有一個母語（Mother tongue, Native language ）。 無論是說、聽、寫、念或思想，也無論是使用母語或其他語言的時候，一個人絕無法擺脫他的母語。他在母語的語調、語音、語法、思想、結構、組織能力、表達能力、發言的意志和信心，應對的口氣和舉止，都會或多或少地轉移到他所學的其他語言裡面去。母語既然對自己如此重要，了解母語應該是了解自己的先決條件、了解母語的語音系統也應該是人人應有的修養。這樣他對自己的語言生活（無論是母語或其他語言），才有更高的信心和運用與欣賞的能力。

二、容易學好其他語言（包括方言）的發音

一個經過訓練的人，只要聽別人說英語就可以判斷他原來的母語是甚麼，如美國話、日本話、廣東話、台灣話、北平話等。這就是母語影響一個人學習和使用其他語言的最好證明。一個人要學好任何語言的發音，必須懂得自己的發音習慣，才能知己知彼，甄別取捨，收到最高度的效果。

三、可以類推漢字音在國語與其他漢語方言間，或與漢語、日本譯音之間的對應關係

台灣話、客家話、廣東話和北平話等一樣地都是漢語方言，也就是說原來都屬於同一語言，由於遷徙遠隔，各地語言逐漸演變分化而產生方言上的對立，可是一個語言的語音無論怎麼樣演變，都循着一定的規律變化。因此，現在各地方言間雖然常難互相通話，但是大部分語彙的發音（例如安全、國家、脚踏車等）還是可以從一個方言類推出另一個方言：例如台語陰平調（卽第一聲）的字（如淸、安、心、中等），在北平話也都念陰平調（也卽第一聲）。

台 語	北 平 話	客語	例字
陰平（第一聲）→	陰平（第一聲）	→陰平	經、擔
上（第二聲）→	上（第三聲）	→ 上	管、馬
陰去（第三聲）→	去（第四聲）	→ 夫	看、細
陰入（第四聲）→	陰平（第一聲）	→陰入	出、脫
	陽平（第二聲）		淑、得
	上（第三聲）		角、血

		去（第四聲）			赤、作
陽平（第五聲）→	陽平（第二聲）	→陽平			皮、頭
陽去（第七聲）→	去（第四聲）	→	去		尿、巷
陽入（第八聲）→	陽平（第二聲）	→陽入			食、族
	去（第四聲）				力、入

這些對應規則可以減少很多死記的工夫。要能夠運用這些規則，必須先了解自己母語的發音系統。若不了解母語的語音系統而學習其他語言時，只能盲目地學習、機械地記憶，結果是事倍功半徒費時間與精力。日本話由漢語借字又借音，台灣話和客家話都比北平話更有規則地與日本借音保持對應關係，這是因為台灣話和客家話都比北平話保留更多古音的緣故。

四、使用社會可以接受的台灣話

語言不斷地在演變，可是不能變得使老年人覺得年輕人的話聽不順耳，甚至聽不懂。台灣有很多年輕人，在學校裡只學習以北平話為基礎的國語，因此影響所及，在很多場合裡連對台灣人也參雜用北平話，無形中養成了語言混亂的現象。結果是北平話與台灣話都說不好，而參雜北平話的台灣話，或參雜台灣話的北平話，都不能在正式的場合使用。如果對長輩使用這種語言，談話常會被認為糊塗無能，連話都說不清楚。尤其對不懂北平話的長輩，可更大為不敬。有時候甚至會被誤會為故意使用長輩聽不懂的話來冷落他們。因此稍有見識的知識份子，應該有起碼的語言修養，能斟酌場合運用適當的語言，以發揮表情達意的效果，並且避免不必要的誤會。

五、提高服務社會的能力：

我們在學校裡學會了國語，最大的利益是能在語言不同的兩群人之間建立人際關係，更可作爲兩群人之間的橋樑。可是我們如果把固有的語言能力廢棄不用，那麼與自己周圍人群中的社會關係就隨著萎縮，因而貢獻於社會的能力也將相對地減退了。

今日在台灣，北平話、台灣話和客家話都有相當的社會作用。年青人如果想爲這個社會服務，必須能有效地運用這三種語言，否則他建立人際關係的能力、辦事效率以及服務的熱情，都將大打折扣了。

1.8 爲什麼要學習台灣話發音標記法？

正如學習國語的發音需要注音符號一樣，學習台灣話的發音也需要台灣話發音標記法。在日常生活中，台灣話比北平話更需要一種發音標記法，因爲台灣話有不少語詞是沒有適當的漢字來表達的。又有些台灣話雖有漢字表達，可是只能在韻書典籍裡找到根據，一般人都不認識。因此，懂得發音標記法有下列好處。

一、可以記錄沒有漢字可寫或卽使有字也難讀的台語詞句。這對於寫信、記錄口誦文學、創作都很有用處。

二、可以幫助漢字的學習─卽利用音標可以標記字音，倒過來循注音學習未懂或難懂的字。靠注音可以記下某字台灣話的發音。

三、可以利用音標來打字，以及編製按英文字母順序的索引。

四、可以利用音標標記法來充實口語文學，以增加個人生活的價值和樂趣，並且增進同鄉間的了解、和睦與社會責任感和自信心。

五、可以幫助別人學習台灣話。

　　台灣話是自然演進而成的。人類本有其適應不同的環境、發展不同的文化和語言的能力。語言不同，正是人類發揮智能的表現。台灣話的研究不但可以幫助對台灣文化背景的研究，而且因為台灣話所保留的中古音都比北平話以及其他方言為多，所以透過台灣話的研習可以在古詩押韻之了解與欣賞上得到幫助。請參閱下面所舉的張九齡的詩，在台灣話保留著整齊的韻脚音，而北平話則不然。

	台　語	北平話	中古音
蘭葉春葳蕤，桂華秋皎潔。	kiat	ㄍㄧㄚㄉ⁸	ㄐㄧㄝˊ	kjɛt
欣欣此生意，自爾為佳節。	chiat	ㄐㄧㄚㄉ⁴	ㄐㄧㄝˊ	tsjɛt
誰知林棲者，聞風坐相悅。	iat	ㄧㄚㄉ⁸	ㄩㄝˋ	jɛt
草木有本心，何求美人折。	chiat	ㄐㄧㄚㄉ⁴	ㄓㄜˊ	tsjɛt

　　學習歷史的目的不是讓人忘記現在，而是要幫助人了解現在的情況、解決現在的問題。語言差異既是現在台灣的既成事實，了解這個事實的過去成因和當前現況，並研擬利用辦法，是政界和教育界，以及每個公民應負的責任。

　　操用不同語言的人如果要在同一個團體中生活，一方面必須互相學習彼此的語言，以增進彼此間的認識和了解，另一方面更要培養互相尊重和寬容的態度。

　　「台灣話是方言，別人不需要學」，這是錯誤的觀念。我們在很多場合只能用台灣話。例如有些人的父母、兄姐只會說台灣話，因此這些人為了要了解父老的情形，並替他們服務，就必須學習台語。我們如有一套固定的標音法，當可以提供許多方便。

我們在盡力學習國語與客家話之外，也要盡力幫助別人學好台灣話。如此，才能促進眞正的、相互的親善、和睦與了解。這種雙語式的語言統一才是全國團結合作的途徑，也是全民自尊、自重、自信的要件。

消滅方言以達到單語式語言統一，既不是國家統一的必要條件，也不是充足條件。說同一語言的人建立兩個或兩個以上的國家的例子（如英、美、澳洲、南非）不少。說不同語言的人建立同一國家的例子（如瑞士、加拿大、新加坡、中國）也很多。愛爾蘭人原來說愛爾蘭話，經過英國的統治後，幾乎百分之百的人都變得只會說英語，而不會說愛爾蘭話。可是他們卻把英國人恨之入骨，連英協聯邦都沒有加入。相反地，威爾斯人上課，廣播都保留他們的語言，而他們並不因說威爾斯話而脫離英國。因此方言無需消滅，只要加以利導善用即可。

六、可以研究民間俗語、對聯、詩歌內格律和押韻的情形。

例如望春風歌詞每句的句末都押了韻，在字面上看不出來，而一加標音即一目了然，如"壻"sài、"內"lāi"、"探"chhái、"開"khai、"來"lâi、"覓"māi、"呆"tai、"知"chai。

1.9 台語音標與漢字有什麼關係？

一、音標可以幫助學習漢字。

二、音標可以彌補漢字的缺陷。

無論是人類的發展，或是個人的成長，都是先有語言而後有文字。文字是爲了代表語言而產生的。今日字典裡收有五萬字以上的漢字，乃是歷代各地主要用字的集大成。現在有很多字已經不通行了。也沒有一本漢字字典能包羅古今漢人所用過的所有的詞彙，過去也有很多歷代各地的詞彙沒有人造過字的，也有許多字雖然有人造過或用過，可是因爲沒有人寫進典籍，所以失傳的。今日各地方言，包括北平話在內，一定有很多詞彙，雖有固定的音，卻沒有寫成字的。這種情形的音，在台灣話裡比較多。因此，正如前述，大家學習一種可行的音標來彌補上述的缺點，也就特別需要了。

三、音標可以表達台語所有有音無字（音與字脫節）的詞。

這種台語裡特有的詞，雖然只佔全部詞彙中的一小部分（大約百分之十五），可是很多是日常最常用的詞。它們有的可以在典籍裡找到來源，有的卻不然。前者的情形是由於台灣保留了古字或古義而國語卻改用新詞的緣故。例如：

	國語改用爲
糶 thiò （米）	賣出（米）
糴 tiảh （米）	買入（米）
走 cháu	跑
泅 siû	游泳

台語裡特有或特用的漢字，有些是古籍裡找不到來源的。這些字之所以沒有被列入古籍裡，有幾種可能性。

(1) 這類詞語的一部分在說文解字、切韻等早期的字書的成書時代已經存在，可是未被記錄下來。現在科學如此發達，連被選爲國語的北平話都有很多土語無法用固定的漢字來表達，因此

也沒有列入辭典裡。何況那時代字典等工具書特少，一定有很多
詞沒有固定的漢字表達。更有些詞雖然已有漢字，可是因創字不
久，而且受一般文人的歧視被譏爲俗字，因而未能編入字典的字
也一定很多。下面的詞可能屬於這一類：

　　làu　　使水流出：如 làu — chúi 引伸意：使透露消息：
　　　　　如「他的秘密 hō͘ 我 làu 出來。」這個詞和「流」
　　　　　和「漏」有關係是毫無疑問的。是古漢語裡詞義相
　　　　　似與發音有一定的關係的一例。

　　khàm　「蓋」如 khàm — koà 蓋蓋子。（ 理由如上 ）

　(2)　有一些詞是先民遷入福建或台灣以後，和非漢人接觸借
用的新詞，如：

　　soāiⁿ-á　　　　mango 樣仔（芒果）
　　sat-bûn　　　　jabon（ 西班牙語 ）雪文（ ＝肥皂 ）
　　thathami　　　　tatami（ 日語 ）疊疊米，打打米（ 國語譯
　　　　　　　　　　　　　　　　　　　　　　　　音 ）

　(3)　有一些詞是遷入福建或台灣以後由既有的詞孳生或複合
而成的。例如介詞（ kā(共)，hō͘（ 互 ），tùi（ 對 ），kap（ 及 ）
（ 合 ））以及像下面的複合詞。

　　hui-l(h)eng-ki（ ＜ hui hêng ki ）飛行機（ ＝飛機 ）
　　kan-lȯk　　　陀螺

　　這種漢字的使用有兩種情形。第一是爲了某詞新創漢字；第
二是爲了某詞賦給既有的漢字一些新起的讀法或意義。不管是另
創新字或舊字新用，所根據的原則，大多和歷代各地的文人創字
或選字的六書原則相像。

A、另創新字所遵循的原則主要的有以下兩種：

a、會意

    lò（≡ liò） 躼   （＝（身材）高）

    bē   勿會   （＝不會）

    gín-á   囝仔   （＝孩子）

    choah   泏   （＝水因搖動而溢出器外）

    chhit-thô 迌迌 （＝遊玩、玩耍）

b、形聲

    tiâu   黐   （＝附着）

    chiu   睭（＜珠）（＝（眼）珠）

    khut   堀（窟之古字）（＝窟窿）

    poâⁿ   搬   （＝移）

    許慎的六書中新創漢字的原則，還有象形和指事。但是在福建話裡的新造漢字沒有這兩類情形。這是由於象形和指事都是最早時期的創造基本符號的方式，現在基本字根已足夠了、把這些基本字根結合、運用會意或形聲的原則來創新字要簡單得多了。

    B、舊字新用有下列幾種辦法：

    a、假借：

    既有的漢字在福建話裡的發音和某詞相同或相似，因而被借來代表某詞。這種情形並不多。開始時，僅以借字代表聲音，不久即常再加上一個音符，成爲形聲字了。例如 bák-chiu，開始時有人寫成「目周」，周是因爲發音相同而借用的字，是假借字。後來寫成「目睭」，因爲「目」部與眼睛有關係，很爲合理，就採用「目睭」了。因此「睭」是一種應用形聲原則的新創字。

chhng	穿，川	如：尻穿，尻川（＝屁股）
tàu	鬥	鬥柴柄　　（＝裝）
cha-bó͘	查某	（＝女人）
chhái	探	無探　　　（＝可惜）

b、轉用：

如果一個詞找不到發音相同的字，則選用發音意義相近的字來表達。這種選字法往往反映着過去文字史上的兩種情況。第一是古時候的漢語，很多意義和發音都相似的詞，都用同一個字來表達，例如：「長」代表長短的「長」和生長的「長」，發音相似、意義也有關係。在古字典裡這些同字異音的詞（或破音字），有的各種讀法都收了，有的卻只收了比較普遍的讀法。福建話裡留下很多沒有收進典籍的詞。另外一種情形是古字典成書時，所收的某字，只有一種發音、一種意義。可是後來有了引伸義，發音也因而有了些改變。（這種情形也可以叫做破音字）。如果我們按照朱駿聲的說法，認為當古人從某一本義引伸出另一意義時而不另造一字，那就叫轉注。我們很可以用轉注一詞來描寫這種情形。可是轉注一詞的解釋向來爭論很多，至今還不能下一個確切的定義。對於個別語詞的發展，究竟是由於同類關係抑或引伸義關係都沒有確切資料可查究，只好姑且使用「轉用」這個術語來包括。例字有：

khah	較	kàu
that	塞	sek seh sat ＞ that
chhoā	導	tō ＞ thoā ＞ chhoā
khàm	蓋	kài〔"蓋"從"盍"（khap）似有音變

　　　　　　　　　　　　可循〕

tháu	釋	sek
theh	提	thê〔一音之轉（縮音）而已〕
hoā^n	按	àn

ｃ、訓用：

　　台語裡的詞所選用的一些漢字，並非由於該字的發音與台語的詞相似，而是由於該字在古漢語或北平語裡的意義（包括語意與語法意義）和台語的詞相近。這種漢字的用法，不妨稱爲「訓用漢字」。因古文裡的意義而取字的，稱爲「古文訓」；因北平話裡的意義而取字的，稱爲「華文訓」。

　　ａ．「古文訓」的例子：

phái^n	惡
súi	美
beh	欲

　　ｂ．「華文訓」的例子：

| phái^n | 壞 |
| siak | 摔 |

四、標音法只可幫助或彌補漢字，絕不可取代漢字。

　　一些極端國粹主義者和對漢字缺乏了解與信心的人，往往對一切標音法抱着一種恐懼和猜疑的心理，認爲：大家一旦學會標音法，漢字必然將被淘汰，而且和漢字有關的一切傳統和文化也都要遭受厄運。我們認爲音標雖然學起來快，念起來卻不一定快。尤其是一個已經學會漢字的人，閱讀拼音文章，往往是又慢又難。同時，爲了文化的傳遞和推廣，爲了各地區方言人士之間的溝通，

更爲了避免某一代人爲了文字突變而遭受代溝（ generation gap）
的損失和痛苦，漢字確有存在的價值，音標絕不可能完全取代其
地位。因此，頂多也只能在記錄方言與口誦文學時和漢字相輔爲
用而已。

1.10　要費多少時間才能學會台灣話標音法？

智力商數（ IQ ）在 90 以上的人，如果花 40 小時做完這本
小書，就可以唸音標、也可以寫音標，但是精確度和速度則可能
因人而異。一般人花了 40 小時去學習，精確度至少能達到 90％
以上。台灣的中學生花了六年的工夫學習英語，而一生中有機會
使用英語的人卻不超過 10 ％。試問：生活在台灣，學習台灣話
重要呢？還是學習英文重要？我們並不否認學習英文以便吸收新
知識的重要。可是爲了學好英文，爲了避免人才外流，自己的語
言也不能不了解。因爲了解自己的語言習慣，才能克服學習英文
的困難；因爲了解自己的語言，才能愛護自己的語言和社會，才
能忠誠於自己的文化和同胞，才不會盲目敬畏或無理鄙視英美的
語言和文化，才不會瞧不起自己的同胞和文化，才不會逃避自己
對國家社會應負的責任。許多人花了很多時間去背文言文，試問
：了解活人重要呢？還是了解死人重要？我們並不否認學習古文
的重要，但是我們要鄭重地指出台灣人如果能用福佬話或客家話
來學習古文，則結果更爲有效。因爲古文和福佬話、客家話有很
密切的關係。活人要了解古文章、要欣賞古文學、要吸收前人的
遺訓、都要靠他自己腦裡的母語語言系統。

　　請多花一點時間去了解你自己的母語，母語是你與別人溝通
（ communication ）的工具、發展和進行思維（ thinking ）的構
架、充實藝術生活（ artistic activities ）、調節情操的資源。

1.11　著者的希望

　　著者希望不久能出版「如何從台灣福建話語彙推測北平話的
發音」和「如何從北平話語彙推測台灣話的發音」這兩本書。盼
望有人就客家話寫類似的入門書。更期望有人就中國各方言的文
法與詞彙做有系統的描述和比較的工作。

　　我們在「附錄一」裡加上「台語國語字音對照表」中的一個
音節組 " eng-ek "。 凡有這個音節組的字音都列在表上，並標
記北平話字音。我們不難看出台語韻母 " -eng " 在北平話裡都
唸成 " ㄧㄥ " 或 " ㄥ "，台語 " ek " 在北平話裡大都唸成 " ㄧ "
或 " ㄜ "。在聲調和聲母方面， 請讀者可以自行比較；相信可以
很清楚地看出台語各調在北平話裡分別唸成甚麼調， 台語各聲母
在北平話裡分別唸成甚麼聲母。

第二章　音節結構

　　台語每個音節可分三個部分：聲調（ Tone ）、聲母（ Initial Consonant ）與韻母（ Final ）。 在標音時，它們在位置上的關係如下：（ 聲母可能是零。在標音時，零聲母不用任何符號，如 '暗 àm' ）

聲母	聲調
	韻母

一個音節的標音，聲母在前、韻母在後。聲調符號（ˊ，ˋ，＾，－，ˈ等）寫在韻母的頭一個字母上面（但如果韻母的頭一個字母是 i ，又有另一個母音時，就標在第二個母音之上，如 hāi 、chhòng 、cháu 、oaⁿ 、hn̄g 、但是 chián 、iân 、sîn ）。又如韻母有三個字母時，調號可加在 a 字母上頭（如 oân , oa̍t ）。

下面的國字後各有台灣話發音的標音。這些標音以ˊ，ˋ，＾，－，ˈ等符號標示聲調，請在唸了這些字之後，把發音與標音加以對照。

台 tâi 這音節，聲母是 t ，韻母是 ai ，聲調是＾。

南 lâm 〃 ， 〃 l ， 〃 am， 〃 ＾。

美 bí 〃 ， 〃 b ， 〃 i ， 〃 ˊ。

滿 móa 〃 ， 〃 m ， 〃 oa， 〃 ˊ。

填空題：

Q₁：在台 tâi 這個音節裡

＿＿＿＿是聲母，＿＿＿＿是韻母，＿＿＿＿是聲調＿＿＿ | A₁ t ai ＾

Q₂：在美 bí 這個音節裡

＿＿＿＿是聲母，＿＿＿＿是韻母，＿＿＿＿是聲調＿＿＿ | A₂ b i ˊ

Q₃：在滿 móa 這個音節裡

＿＿＿＿是聲母，＿＿＿＿是韻母，＿＿＿＿是聲調＿＿＿ | A₃ m oa ˊ

2.1 聲母簡介

聲母一共有 18 個，包括一個零聲母（零聲母不用任何字母來表示，下面姑且以 " ϕ " 來表示）。其中 ph 、 th 、 kh 、ch 、 ng 五個聲母，每個由兩個字母來拼寫，而 chh 這個聲母卻由三個字母拼寫。拼寫時聲母一定寫在最開頭。

本書標音

p	ph		m	b	
t	th		n	l	
k	kh	h	ng	g	ϕ
ch	chh	s		j	

國際音標

p	p^h		m	b	
t	t^h		n	l	
k	k^h	h	ŋ	g	〔ʔ, w, j〕
ts/tɕ	ts^h/$tɕ^h$	s/ɕ		dz, dʒ	

和這些聲母相當的注音符號大略如下：這些聲母的符號大體採用「國音注音符號」的用法。b、g、ng、j在北平話沒有相當的發音，蔡培火先生的辭典則分別用ㆠ、ㆣ、ㄫ、ㆡ來標示。

ㄅ	ㄆ	ㄇ	ㆠ	
ㄉ	ㄊ	ㄋ	ㄌ	
ㄍ	ㄎ	ㄫ	ㆣ	ϕ
ㄐ	ㄑ	ㄒ	ㆡ	

聲母都是輔音（或稱子音 consonants），單獨發音時很難聽到聲音，要加母音才好發音。例如，我們可以一律加韻母o〔ə，ㄜ〕或〔i〕來念這些聲母。下列例字儘量找第一聲（即陰平調一不加任何聲調符號表示）的字，如果沒有第一聲的例字，就用其他聲調的例字（用“ˊ、ˋ、ˆ、ˉ等聲調符號表示）。

pi 碑	phi 批		mĭ 麵	bí 米	
ti 豬	thí 恥		nĭ 尼	lí 里	
ki 基	khi 欺	hi 希	ngĭ 硬	gí 擬	i 伊
chi 支	chhi 膉	si 詩		jĭ 字	
po 褒	pho 波		mô· 魔	bó 母	
to 刀	thó 討		nó· 老	lô 勞	
ko 哥	kho 科		ngó· 我	gō 五	o 窩
chò 做	chhó 草	só 鎖		*jo	

請注意第一縱行和第二縱行的聲母很類似。所不同的只是第二縱行的聲母比第一縱行的聲母各多一個 h 字母。h 在這裡是表示「送氣」（ aspiration ），也就是說第一縱行的聲母 " p、t、k、ch（ㄅ、ㄉ、ㄍ、ㄐ／ㄗ）" 如果加上了送氣，就等於第二縱行的聲母 " ph、th、kh、chh、（ㄆ、ㄊ、ㄎ、ㄑ／ㄘ）"。

舊式教會羅馬字有 ts 的拼法，只出現於 i 和 e 以外母音的前面。主要原因是 chi（支）、chiam（針）、chek（叔）、che（劑）等音節裡的 ch 和 cha（查）、chó·（祖）、chu（珠）裡的 ch，雖然國人聽起來是同一個 "音"，而說英語的人聽起來卻是不同的 "音"。因此前者以 ch 拼寫、後者以 ts 拼寫（也就是 tsa、tsó·、tsu）。現在新的拼寫法一律用 ch，本標音法一律按照新式拼法（即 cha、chó·、chu）。

問答題：

1. 在二十六個羅馬字母中有 c、d、f、g、h、j、k、l、m、n、p、q、r、s、t、v、x、z 等 18 個子音除

了 c 只在 ch、 chh 裡出現，其他字母哪些是本標音法不採用的？

2. 本標音法中有一聲母由三個字母拼成的，是哪一個？

3. 本標音法中，由兩個字母拼成一個聲母的共有五個。是下面十個中的哪五個？ng、 tl、 ch、 pl、 ph、 th、 tl、 kh、 kr、 sh。

4. 在下面音節中，把標出聲母的字母選出來，並請在該字母的下面劃一條線：
東 tong、 通 thong、 傷 siong、 安 an、 阿 a、 手 chhiú。

1.　d、 f、 r、 v、 x、 z 等六個字母。

2.　chh。

3.　ng、 ch、 ph、 th、 kh。

4.　<u>t</u>ong、 <u>th</u>ong、 <u>s</u>iong、 an、 a、 <u>chh</u>iú。

2.2 韻母簡介

一個音節的標音，標聲母的字母寫在開頭、標韻母的字母寫在聲母之後，而標調符號則寫在韻母上面。韻母可以說是一個音節除掉聲母和聲調以後所剩下來的部分。韻母的最後部分叫做韻尾，有零韻尾、母音韻尾（ -i， -u）、塞音韻尾（ -p， -t， -k）、鼻音韻尾（ -m， -n， -ng）、 h 韻尾、鼻化韻尾（n）等。下面把所有的韻母按韻尾排列：

一、鼻音韻尾（ m、 n、 ng 韻尾）韻母（ Finals with a

nasal ending ）

im （音）

iam（鹽）　am （庵）

in （因）　　　　　　un （運）

ian （煙）　an （安）　oan（彎）

eng （英）

iong（央）　　　　　ong （王）

iang（雙）　ang （翁）

ㄧㄇ 〔 im 〕

ㄧㄚㄇ〔 iam 〕　ㄚㄇ〔 am 〕

ㄧㄋ 〔 iən 〕　　　　　　ㄨㄋ 〔 un 〕

ㄧㄚㄋ〔 iɛn 〕　ㄚㄋ〔an〕　　ㄛㄢ 〔 oan, uan 〕

ㄝㄫ 〔 eŋ,iºŋ 〕

ㄧㄛㄫ〔 ioŋ 〕　　　　　ㄛㄫ 〔 oŋ 〕

ㄧㄚㄫ〔 iaŋ 〕　ㄚㄫ 〔 aŋ 〕

二、零韻尾韻母（ Finals with zero ending ）

i （衣）　　　o（窩）　　u （于）

e （裔）　　　a（亞）　　o· （烏）

io （腰）　　　　　　oe （鍋）

ia （也）　　　　　　oa （娃）

ㄧ 〔 i 〕　　ㄜ〔 ə,o 〕　ㄨ 〔 u 〕

ㄝ 〔 e 〕　　ㄚ〔 a 〕　ㆦ 〔 ɔ 〕

ㄧㄜ〔 iə 〕　　　　　ㄛㄝ 〔 oe 、 ue 〕

ㄧㄚ〔 ia 〕　　　　　ㄛㄚ 〔 ua 、 oa 〕

三、母音韻尾（ -i 或 -u 韻尾）韻母（ Finals with vocalic ending. i, u ）

iu （憂）　　　　ai （哀）　　　ui （爲）

iau （妖）　　　au （歐）　　　oai （歪）

ㄧㄨ 〔 iu 〕　　ㄚㄧ〔 ai 〕　　ㄨㄧ 〔 ui 〕

ㄧㄚㄨ 〔 iau 〕　ㄚㄨ〔 au 〕　　ㄛㄚㄧ 〔 oai、uai 〕

上面下邊所加的是蔡培火式台語注音符號和國際音標。

四、鼻化元音的韻母（ Finals with a vowel-nasalizing ending ）

iⁿ　　（異 ĩⁿ ）

eⁿ　　（嬰 eⁿ ）　　aⁿ （餡 ãⁿ ）　　oⁿ 　（惡 ò̍ⁿ ）

iuⁿ　（樣 iũⁿ ）　　（ auⁿ ）　　　　（oeⁿ）

iaⁿ　（影 iáⁿ ）　　aiⁿ （揹 āiⁿ ）　　oaⁿ （換 oāⁿ ）

iauⁿ （ iauⁿ ）　　　　　　　　　　oaiⁿ （橫 hoâiⁿ ）

ㄧ⁰

ㄝ⁰　　　　　　　ㄚ⁰　　　　　　　ㆦ⁰

ㄧㄨ⁰　　　　　　ㄚㄨ⁰

ㄧㄚ⁰　　　　　　ㄚㄧ⁰　　　　　ㄛㄚ⁰

ㄧㄧㄨ⁰　　　　　　　　　　　　　ㄛㄚㄧ⁰

五、鼻核音韻母（ Finals with a syllabic nasal ）

　　　　m（不m̄ ）　　　　　　ng （黃n̂g ）

以上的五類可以叫做非入聲韻母（ Finals for the non-abrupt tones ），因爲它們只能和非入聲結合。以下兩種可以叫做入聲韻母（ Finals for the abrupt tones ），因爲它們只和入聲結合。入聲韻母的形成有兩類：第一種是塞音韻尾韻母，是將上面鼻音韻尾的韻母 m 改成 p、n 改成 t、ng 改成 k；第二類是在其他各類的非入聲韻母後面加上一個 h。

六、塞音韻尾韻母（Finals with a stop ending）

這些韻母是將鼻音韻母的韻尾 m、n、ng 分別改爲 p、t、k 而成。

ip （集 chip）

iap（葉 iap）　　　ap（壓 ap）

it （乙 it）　　　　　　　　　　　　ut（鬱 ut）

iat（諳 iat）　　at（遏 at）　　oat（越 oat）

ek（益 ek）

iok（約 iok）

iak（siak）　　ak（握 ak）　　ok（惡 ok）

ㄧㄅ

ㄧㄚㄅ　　　　ㄚㄅ

ㄧㄉ　　　　　　　　　　　ㄨㄉ

ㄧㄚㄉ　　　ㄚㄉ　　　ㄛㄚㄉ

ㄝㄍ

ㄧㄛㄍ

ㄧㄚㄍ　　　ㄚㄍ　　ㄛㄍ

七、喉塞音 -h 韻尾韻母（Finals with a glottal stop ending）

這些韻母是將上面第二至第五類的韻母加上 h 而成。台語雖有 aiⁿ、iauⁿ、oaiⁿ 等音，卻無 *aihⁿ、*iauhⁿ、等音。下面特別用星號＊標示該音不存在。

ih （鐵 thih）	oh（學 o̍h）	uh （突 tu̍h）
eh （伯 peh）	ah（鴨 ah）	o‧h （o̍‧h）
ioh （藥 io̍h）		oeh （挖 oe̍h）
iah （頁 ia̍h）		oah （活 oa̍h）
iuh （tiuh）	＊（aih）	uih （血 huih）
iauh （hiauh）	auh （kauh）	oaih （o̍aih）
ihⁿ （物 mi̍hⁿ）		（＊ohⁿ）
ehⁿ （ke̍hⁿ）	ahⁿ （sahⁿ）	
iahⁿ（ hiahⁿ）	auhⁿ （khauhⁿ）	（＊oahⁿ）
＊（iauhⁿ）	aiⁿ	oaihⁿ （oaihⁿ）
mh （hmh）		ngh （n̍gh）

總括上面七種韻母：凡是有韻尾 p、t、k 和 h 的韻母都念
入聲，因此叫做入聲韻母。不含韻尾 p、t、k 和 h 的其他韻母
都不念入聲，叫做非入聲韻母。

上面的韻母排成三個縱行。第一縱行的韻母都以前高介音
（ high-front medial ）開頭。（介音指介在聲母和韻母中間的
音，常常影響聲母的音值；而韻是指主要元音加上韻尾）。第三
縱行的韻母都以圓唇介音 u 或 o‧（有時簡寫成 o ）開頭。第二縱
行的韻母不含有前高介音或圓唇介音，一開頭就是不偏前、不偏
後，也不圓唇的元音——a 或 ɔ（ ㄜ ）。

在傳統的音韻學上，把韻母裡的介音和韻分得很清楚。只有
韻對於押韻或「鬭句」的異同有作用，至於介音則不考慮在內。
在台語裡，介音和主要元音常常合成一音，很難分開。例如 eng

（"英"） 中的 e 可說是介音 i 和主要元音〔ə〕的合併或縮寫。又如 ông（"王"） 中的 o 也可說是介音 u 和主要元音〔ə〕的合併或縮寫。如果把台語按照傳統的音韻學來加以分析，那麼介音和韻的關係表示如下圖：

表一：傳統音韻學上的台語音節結構

聲母	聲調　Tone		
	韻母　Final		
		韻　Rime	
	介音	主要元音	韻尾
Initial	Medial	Main Vowel	Ending
p	i	a	i
ph	u	o	u
m		o·	m
b		e	n
⋮			ng
			_^{n}
			h
			h^n
			ϕ

　　本書所討論的台語音節結構，不擬把介音和主要元音作嚴格的分開。

表二：本書所擬定的台語音節結構

聲母	聲調　Tone	
	韻母　Final	
	元音	韻尾
Initial	Vowel	Ending
p ph m b …………………	i o u e a o· io oe ia oa	i u m n ng h h^n ϕ

問答題：

1. 在二十六個羅馬字裡有五個母音（a、e、i、o、u）和兩個半母音（w和y）。標台語時不用哪些字母？

2. 可以做韻尾的母音有哪兩個？

3. 哪四個韻尾只能和入聲配合？

4. 有鼻音韻尾的韻母（如 am、an、ang、un ）不能和入聲配合。如果要和入聲配合，一定要把韻尾m、n、ng 改成什麼韻尾？

5. 零韻尾（如"腰"io，"亞"a）、母音韻尾（如"哀"ai，"歪"oai）、鼻化元音（如"異"ĩ，"影"iáⁿ）、鼻核音（如"不"m̄，"黃"n̂g ）都不和入聲結合。如果要和入聲配合，一定要改為什麼韻尾？

6. 台語標音中有一個韻母，用字母上面再加一點來標示。這是什麼韻母？

7. 在二十六個羅馬字母中，哪兩個字母可以不用母音而單獨標示韻母？

---

1. w和y。	7. m和ng。
2. u和i。	
3. p、t、k、h。	
4. m→p、n→t、ng→k。	
5. h。	
6. o·。	

2.3 聲調簡介

　　台語一共有七個聲調。其中兩個是入聲，五個是非入聲。按照唐末編纂的韻書，漢語有平、上、去、入四個聲調。後來每個聲調都各分成兩個聲調。通常把一個叫陰調，另一個叫陽調。如果平、上、去、入各調裡的陰陽都齊全的話，就共有八個調。閩南語系裡的潮州話就是如此。可是台語裡的上聲陰陽不分，所以一共只有七個聲調。

	平	上	去	入
陰	陰平	上	陰去	陰入
陽	陽平	上	陽去	陽入

　　我們在 2.2 韻母簡介中已經把全部韻母分成入聲韻母和非入聲韻母兩大類。入聲韻母有 p、t、k 或 h 的韻尾；非入聲韻母不會有這種韻尾。這就等於說：有 p、t、k、h 韻尾的入聲韻母只需要辨別陰陽兩個調（陰入和陽入）就行了。就是不會有 p、t、k、h 的非入聲韻尾，也只需要辨別五個調（陰平、陽平、上聲、陰去、陽去），實在不需要辨別七個調之多。現在以 tok 這個入聲韻母的音節和 tong 這個非入聲韻母的音節來舉例說明。

```
        平       上       去       入
陰  tong    tóng    tòng    tok
    多       黨       凍       督
```

陽　tông　　　tóng　　　tōng　　　tȯk

　　同　　　　　　　洞　　　毒

　　tok 這個音節可以念成兩種不同的聲調，即 tok 和 tȯk。念 tok 音的有 " 督、篤、琢 " 等字；念 tȯk 音的則有 " 獨、毒 " 等字。

　　tong 這個音節可以念成五種不同的聲調：tong 、 tóng 、 tòng 、 tông 和 tōng。下面是各種聲調的例字（同音字）。

　　　　tong ：東、多、當。

　　　　tóng ：黨、懂。

　　　　tòng ：凍、棟。

　　　　tông ：同、堂、童、唐。

　　　　tōng ：洞、動、撞。

　　因爲普通人對於陰平、陽平等術語較爲生疏，因此可以用數目字來稱呼這些聲調，即把陰平叫做第一聲、

　　　　　　　　陰上叫做第二聲、

　　　　　　　　陰去叫做第三聲、

　　　　　　　　陰入叫做第四聲、

　　　　　　　　陽平叫做第五聲、

　　　　　　　　陽上叫做第六聲、

　　　　　　　　陽去叫做第七聲、

　　　　　　　　陽入叫做第八聲。

　　陰平、陽平是傳統漢語音韻上的術語。如果要把台語和北平話、客語等加以比較，這些術語很方便。因爲不管各調在各方音的實際音值如何，某調的傳統名稱（也叫調類名稱）都來自某調

最大多數的字的傳統上的調名。因此，大體上，凡是在台語陰平的字，在客語或北京話也是陰平；台語陽平的字，在其他方言裡也是陽平。傳統術語和用數目的名稱可以利用下面的口訣和圖表來幫助記憶：

	平	上	去	入
陰	1	2	3	4
陽	5	(6)	7	8

「平上去入分陰陽
　陰聲做一二三四
　陽聲是五六七八
　上聲二六無分別」

我們在各調名稱之下，還加上很簡單的調值符號來表示各聲調的音值和輪廓：⌐⌐ 表示高、⌐ 表示低、⌐ 表示下降、⌐ 表示上昇、⌐⌐ 表示持平。

數目名稱：	第一聲	第二聲	第三聲	第四聲	第五聲	第六聲	第七聲	第八聲
傳統術語：	陰平	上聲	陰去	陰入	陽平	上聲	陽去	陽入
調值符號：	⌐	⌐	⌐	⌐	⌐	⌐	⌐	⌐
調值描寫：	高平	高降	低降	中短	昇		中平	高短
標調符號：		′	`		^	′	-	·
例一：tong-	tong	tóng	tòng	tok	tông	tóng	tōng	tŏk
tok	東	黨	棟	督	同	黨	洞	毒
例二：kun	kun	kún	kùn	kut	kûn	kún	kūn	kŭt
kut	君	滾	棍	骨	裙	滾	郡	滑
例三：hoan-	hoan	hoán	hoàn	hoat	hoân	hoán	hoān	hŏat
hoat	翻	反	販	發	礬	反	範	罰
例四：in-	in	ín	ìn	it	în	ín	īn	ĭt
it	因	引	印	一	寅	引	孕	逸
例五：kiong	kiong	kióng	kiòng	kiok	kiông	kióng	kiōng	kiŏk
-kiok	宮	拱	供	菊	強	拱	共	局

例六：ti-	ti	tí	tì	tih	tî	tí	tī	tih
tih	猪	抵	智	滴	池	抵	治	碟
例七：kim-	kim	kím	kìm	kip	kîm	kím	kīm	kip
kip	金	錦	禁	急		錦	衿	及
例八：teng-	teng	téng	tèng	tek	têng	téng	tēng	tek
tek	燈	等	釘	竹	亭	等	定	敵

（上面標音中 ′、ˋ、ˆ、-、′ 等符號是標調符號。）請注意
第一聲 tong、kun、kim 等和第四聲 tok、kut、kip 等都沒
有標調符號。第一聲與第四聲之間的辨認，全靠有無塞音韻尾
（ stop ending: -p、-t、-k、-h ）。凡是沒有標調符號而
有塞音韻尾 p、t、k、h 的都屬於第四聲；凡是沒有標調符號
又沒有塞音韻尾（ p、t、k、h ）的，都屬於第一聲。

　　請注意教會羅馬拼字所使用的標調符號，只是表示**調**類的符
號，和實際的調值輪廓的高低起伏沒有甚麼關係。可是有幾個符
號卻可以使人聯想到聲調的傳統名稱。例如 ′ 容易使人聯想到上
聲（ ／ ）、ˋ 和 - 也可以幫助人聯想到去聲（ ＼ → ）。

　　請記住一個原則：台語每個字的聲調，因為在句中所出現的
位置不同而**變**，也就是所謂的連續**變音**。在詞組末尾原則上念
本調，在其他位置一概念**變調**。變調很有規則，因此只要標示本
調就可以推出變調。變調的規則將在第六、七章加以介紹。前面
所舉的例字所標示的聲調都是單獨出現、或在詞尾出現時的聲調，
也就是本調。

　　七個聲調的例字口訣：所有福佬話詞素（ morpheme ），除
了有不上十個一定要念輕聲以外，其他各種音節結構的詞素可以
念成七種不同的聲調。這七種聲調可以隨時和一套七調基本例字

比較，辨認，不必字字記憶。希望下面的口訣有助於各調例字的記憶。

　　　　人悾（ khong ）一多入　　　　兩個黨

　　　　厝大　　　　　三棟徛（ khiā ）四個總督

　　　　五個親同　　　做伙去七個洞尋八杯毒

　　　一多兩黨三棟四督五同　七洞八毒

　　　　身　短　嘴　闊　毛少　面　狹

　　　　衫　短　褲　闊　人倭　鼻　直

　　　　龜　走　兔　逐(jek)猴走象　掠

　　最後三行依照傳統的七調次序列出，並且各成短文，但是必須逐字分讀以保持其本調。

問答題：

1.　聲調中有哪幾個是入聲？
2.　聲調中有哪幾個是非入聲？
3.　與入聲調配合的韻尾是哪些？
4.　入聲調可不可以與 m、n、ng 等韻尾結合？
5.　非入聲調可不可以與 p、t、k、h 等韻尾結合？
6.　一般聲調的標記是標本調還是變調？
7.　一個字在什麼情形下念本調？
8.　一個字在什麼情形下念變調？
9.　tok 這個音節可能念成幾個聲調？是哪幾個聲調？
10.　tong 這個音節可能念成幾個不同的聲調？
11.　下列十個音節裡面，哪些音節是入聲韻母？

ok、ko、hoh、tih、ti、aih、ap、iat、ian、ia。

12. 北平話有四聲（陰平、陽平、上聲、去聲）與古韻書的四聲不一樣。古韻書的四聲是指哪幾個聲？

13. 古韻書中的四聲，在台語裡，除了上聲以外，都分成兩個聲調。傳統的音韻學裡，用什麼名稱來分別這兩個調？

14. tong 和 tok 這兩個標音都沒有加上標調符號。它們的聲調是什麼？

15. 填空：

人悾　　　一 __ 入兩個 __

厝大　　　三 __ 佮四個總 __

五個親 __ ，做伙去七個 __ 尋八杯__。

16. 在各字之前，寫出第幾聲：

　　　　多　黨　棟　督　同　　洞　　毒

1. 第四聲和第八聲兩個聲調。

2. 第一、二、三、五、七聲等五個聲調。

3. p、t、k、h等塞音韻尾。

4. 不可以。入聲調只和塞音韻尾結合。

5. 不可以。只有入聲調四、八兩種聲調才可以和塞音韻尾結合。

6. 本調。

7. 在詞組末尾時。

8. 一個字出現在詞組末尾以外的位置時。

9. 兩個，是第四聲和第八聲。

10.　五個，即第一、二、三、五、七聲。

11.　ok、hoh、aih、ap、iat。

12.　平、上、去、入。

13.　陰和陽。

14.　tong 是第一聲，tok 是第四聲。

15.　多、黨、棟、督、同、洞、毒。

16.　一、二、三、四、五、七、八。

2.4　聲母和韻母的配合

　　本節提出聲母和韻母的配合表，好讓讀者了解台語音節的大概情形。內容如下：

　　表三：非入聲音節㈠　（m、n、ng、u、i 和零韻尾）

　　表四：非入聲音節㈡　（鼻化韻尾和 m、ng 韻母）

　　表五：入聲音節㈠　（p、t、k 韻尾）

　　表六：入聲音節㈡　（h 韻尾）

各表都按照下面的原則排列：

　1.　凡是排在同一縱行的字，其聲母都相同。例如，「表三」裡，排在 p 行的字（"巴、排、包、班"等）的聲母都是 p，排在 ph 行的字（"拋、派、跑、攀"等）的聲母都是 ph。

　2.　凡是排在同一橫行的字，其韻母都相同。例如，「表三」裡，排在 a 行的字（"巴、拋、麻、媽"等）的韻母都是 a，排在 ai 行的字（"排、派、埋、買"）的韻母都是 ai。

3. 台語的所有音節都能包羅於這四個表之內，因此凡是不出現於這些表的標音，都需要調整，使其符合本標音法。

4. 每一格都代表不同的音節。

5. 有入聲韻尾的音節（「表五」和「表六」），各格都可能有第四聲（陰入）和第八聲（陽入）之別，例字儘可能選出常用的第四聲。例字的左上角以數字標記該字的聲調。例如「表五」的 " ^{4} 八 " 是 pat（第四聲）。

6. 有非入聲韻的音節（「表三」和「表四」），各格都可能有五個不同的聲調（第一、二、三、五、七聲等平、上、去聲），例字儘可能選出常用的第一聲。例字的左上角以數字標記該字的聲調。例如「表四」 ia^n 行的頭一字 " ^{2} 餅 " 的發音是 piá^n ，第二聲。

7. 以前台灣的讀書人有所謂「文言音」和「白話音」的分別，（這種分別將在「第九章韻母」裡做簡單的介紹。「表三」（ i、u、m、n、ng、ϕ 韻尾）和「表五」（ p、t、k 韻尾）的音節在「白話音」和「文言音」裡都出現。「表四」（m、ng 韻尾和 a^n 等鼻化韻尾）和「表六」（ h 韻尾）的韻母，只出現於「白話音」。我們在「表三」和「表五」裡的例字中儘量選用「文言音」。如果沒有適當的文言音例字就用白話音，並在例字下面劃一橫槓表示白話音，例如表三 " 芳 " phang 、 " 無 " bô 等字。「表四」和「表六」的例字因為都是白話音，所以不在下面加橫槓。其中 " 惡 " ò·^{n} 、 " 異 " ī^n* 、 " 否 " ho·^{n} 、

---

* " 異 " 也有人念成 i 。

"好" hó·ⁿ 等例字雖然含有鼻化元音，但是一般都視爲文言音，我們就以星號 * 表示它們雖是鼻化韻母，卻是文言音。

8. 台語有很多詞沒有固定的漢字代表。一般人常選用文言文或國語裡意義相近的漢字來代表，這就是訓用漢字。我們以在上角的三角符號△來表示訓用漢字。例如「表四」裡，phaⁿ 相當於北平話的「脆」、phaiⁿ 相當於北平話的「背」。如果沒有適當的訓用漢字，我們就只用阿拉伯數字來指示例詞的聲調。例如「表四」裡，hêⁿ 是橫置的意思，就以 5 標示它的聲調。如果該詞是象聲詞（onomatopoeic word），我們就在阿拉伯數字的兩端加上括弧（ ）來表示。例如「表四」裡的 kaiⁿ (1) 是狗叫聲。我們在這裡要強調漢字的白話音在台語的重要性。它和漢字的訓字截然有別。它在閩南語的歷史上反映上古時期的發音，比文言音更有價值得多。

9. "媽" má、"那" ná、"雅" ngá、"命" miā 等音節的韻母部分，實際上都鼻化，似乎應該分別寫成 máⁿ、náⁿ、ngáⁿ、miaⁿ，但是我們一律都寫成 má、ná、ngá、miā，因爲我們認爲母音的鼻化是受聲母鼻音的影響而來。因此這些例字都排在「表三」而不排在「表四」。

問答題：

1. 在各表內找出下面標音的例字（例：「表三」ngá 的例字是「雅」）。

表三：kiong   khióng   hiong   iong

表四：āⁿ   saⁿ   siaⁿ   îⁿ

表五：pit　　　　phit　　　　　it　　　　chhit

表六：kah　　　　ah　　　　chhah　　　　oh

2. 在各表內找出下面漢字的發音（例：「表三」au 橫行 " 包、
　跑、卯 " 三個漢字的標音是 pau、pháu、báu）。

表三：表　標　渺　　家　該　交　　區　誇　快

　　　基　欺　宜　　富　浮　無　　我　呼　烏

表五：答　達　殺　　脅　葉　接　　納　力　六

---

1. 表三：宮　恐　鄉　央

　　表四：餡　衫　聲　圓

　　表五：筆　匹　一　七

　　表六：及　鴨　插　學

2. 表三：piáu、phiau、biáu；ka、kai、kau；

　　　khu、khoa、khoài；ki、khi、gî；

　　　pù、phû、bû；　　ngo·、ho·、o·。

　　表五：tap、tát、sat；hiap、iáp、chiap；

　　　láp、lát、lák。

表三：非入聲音節（一）　（ m, n, ng, u, i 和零韻尾 ）

Fin	Ini	p	ph	b	m	t	th	l	n	k	kh	g	ng	h	∅	ts	tsh	s	j
Y	a	¹巴	¹拋	⁵痲	²媽	¹礁	¹他	¹一	²那	¹家	⁵巧	⁵牙	²雅	¹哈	¹亞	¹查	¹差	¹沙	
Yˊ	ai	⁵排	³派	⁵埋	⁷買	¹大	¹胎	⁵來	²乃	¹該	¹開	¹礙	⁷艾	⁷害	¹哀	¹災	²采	³塞	
Yㄨ	au	¹包	²跑	²卯	⁷貌	³罩	⁵骰	⁵留		¹交	¹口	⁵賢	⁵肴	³孝	¹歐	²走	¹抄	¹捎	
Yㄇ	am					⁵談	⁵貪	⁵南		¹甘	¹坎			⁵合	¹庵	¹斬	¹參	¹杉	
Yㄋ	an	¹班	¹攀	⁷萬		¹單	¹灘	⁵蘭	¹奶	¹干	¹刊	⁵顏		⁸漢	¹安	³贊	¹餐	¹山	
Yπ	ang	¹邦	³帕	⁷夢	⁷罵	¹東	¹窗	⁷弄		¹江	¹孔	⁵額	⁷硬	⁷項	¹翁	³粽	¹蔥	¹鬆	
ㄝ	e	³幣	⁵皮	⁵馬		³帝	⁵蹄	⁵犁		¹街	¹溪	⁵藝		⁷係	⁸裔	³齊	¹妻	¹西	
ㄝπ	eng	¹兵	⁵評	⁵明	⁵棉	¹丁	¹聽	⁷令		¹耕	¹卿	¹宜	⁷硬	¹兄	¹英	¹爭	¹清	¹生	
ㄧ	i	¹悲		²米	⁷命	¹知	²恥	²里	⁵尼	¹基	¹欺	⁵迎		¹希	¹伊	¹支	¹癡	¹詩	⁷二
ㄧY	ia					³爹	¹䞉		⁵娘	¹迦	¹敧	⁵堯	(1)	¹靴	⁷也	²者	²奢	²寫	²慈
ㄧYㄨ	iau	²表	¹標	²渺		¹朝	³挑	²丁	²鳥	¹嬌	¹骹	⁵堯		²曉	¹夭	¹招	³笑	²消	²爪
ㄧYㄇ	iam					³店	¹添	²廉	²拈	¹兼	³謙	⁵嚴		²險	⁵鹽	¹針	¹簽	²閃	⁵染
ㄧYㄋ	ian	¹編	¹篇	²免		²典	¹天	⁵連	²輾	¹堅	⁵乾	⁵言		⁵賢	¹煙	¹煎	¹千	¹先	⁵然
ㄧYπ	iang	(7)	(7)			(1)		⁵涼		(5)	(3)	(3)	(1)	¹香	⁷正	²將	³唱	¹雙	²嚷

韻母	注音	例　字
io	ㄧㄜ	⁷尿　¹燒　³笑　¹招　¹腰　⁵蟯　³叫　³票　²表
iong	ㄧㄛㄫ	¹傷　¹冲　¹終　¹央　²仰　²恐　¹宮　²兩　¹中
iu	ㄧㄨ	⁵柔　¹收　¹秋　¹周　¹憂　¹休　⁵邱　¹求　⁵流　¹抽　⁷宙　⁵謬
im	ㄧㄇ	¹心　¹深　⁵吟　¹欽　¹金　⁵臨　¹斟　²品
in	ㄧㄋ	⁵仁　²忍　¹新　¹親　¹真　¹恩　⁵銀　¹斤　⁵鄰　¹珍　¹彬
o.	ㄜ·	¹蘇　¹粗　¹租　¹烏　¹呼　¹姑　²土　¹都　⁵模　¹埔　²普
o	ㄜ	²草　²早　²老　⁵河　⁵羅　⁵魯　²討　¹哥　¹多　⁷拖　⁵磨　⁷望　¹波　¹褒
ong	ㄜㄫ	²聰　¹翁　¹風　⁵鵝　⁷空　¹公　⁵農　¹通　¹東　⁵無　⁷碰　¹房
oa	ㄨㄚ	⁵蛇　¹娃　¹花　⁷誇　¹掛　⁵羅　¹拖　¹大　⁷妹　⁵磨　¹潘　⁷未　¹半
oai	ㄜㄚㄧ	⁷捧　¹歪　¹懷　¹快　¹乖　⁷拐
oan	ㄜㄚㄋ	⁵全　⁵完　¹番　¹寬　¹關　⁷團　⁵亂　¹短　¹潘　³配　²滿
oe	ㄜㄝ	⁷罪　³穢　¹灰　²魁　¹瓜　⁷內　⁵退　³配　³妹
u	ㄨ	¹資　²字　²夫　⁷語　³臑　¹句　²旅　³貯　¹株　⁵浮　³屁　⁵肥
ui	ㄨㄧ	³醉　⁵為　⁵費　⁵危　¹區　¹規　⁷雷　¹堆　²每　³噴　³屁
un	ㄨㄋ	⁷叙　¹孫　¹春　¹尊　²穩　²粉　⁵銀　¹坤　¹君　⁵輪　¹吞　⁵文　²本

表四：非入聲音節（二）

（鼻化韻尾和 m，ng 韻母）

In＼Fin	p	ph	b	m	t	th	l	n	k	kh	g	ng	h	φ	ts	tsh	s	j
Ｙº　a^n		3脆△			1擔	2坦			1監	1坩			2哄	7餡	7	(7)	1杉	
Ｙ|º　ai^n	7病	7背			2刐	2			(1)	鏗			1呻	7揹	2指			
ㄝº　e^n	(1)	5彭			7鄭	3撑			1更	1坑			5	1嬰	1爭	1星	1生	
ㄛ͘º　o^n									(1)				3好*	8惡*				
|º　i^n	2扁	1篇			1甜	1天			3見	5擒			1	5圓	1糟	1鮮	7豉	
|Ｙº　ia^n	2餅	5坪			2鼎	3痛			1驚	1腔			1兄	2影	8正	2請	1聲	
|Ｙㄨº　iau^n																		
|ㄨº　iu^n					1張				1薑				1香	(1)			2賞	
ㄛＹº　oa^n	1搬	1潘			5彈	3炭			1官	3看			1歡	2養	2蔣	2搶	1山	
ㄛＹ|º　oai^n									1關				5横	2皎	2煎	3門	7	
ㄇ　m													5媒	2姆				
ㄤ　ng	1方	7		5門	1當	1湯		7兩	1光	糠			5園	5黃	1粧	1倉	1桑	

表五：入聲音節（一）　　　　　　　　　　　（ p，t，k 韻尾）

Fin / Ini	p	ph	b	m	t	th	l	n	k	kh	g	ng	h	φ	ts	tsh	s	j
ㄚㄅ ap					4答	4塔	8納		4鴿	4磕	4蛤		8合	8盒	8雜	4插	4屑	
ㄚㄉ at	4八		8密		8達	4躂	8力		4割	8渴			4喝	4遏	4紮	8察	4殺	
ㄚㄍ ak	4剝	4覆	8墨			8讀	8六		4角	4確	8岳		8學	8握		8鑿	8攃	
ㄝㄍ ek	4百	4碧	8麥		8敵	8蟄	8力		4革	4刻	8逆		8或	8益	8實	4策	4色	
ㄛㄍ ok	4北	4博	8木		8毒	4託	8鹿		4國	4酷	8鄂		4福	8惡	8族	4簇	4束	
ㄧㄚㄅ iap					8蝶	4帖	8捏		4夾	4怯	8業		8脅	8葉	8接	4妾	8涉	
ㄧㄚㄉ iat	8別	8撇	8滅		8秩	4撤	4列		4結	4詰	8孽		8血	8謁	4節	4切	4設	8熱
ㄧㄚㄍ iak	4	(8)			8嘽					(8)						(8)	4捧	
ㄧㄛㄍ iok					4竹	4畜	8六		8局	4曲	8玉		4旭	4約	4祝	4雀	4淑	8肉
ㄧㄅ ip					8蛭		8立		4急	4吸			4翕	4揖	8集	8緝	8十	8入
ㄧㄉ it	4筆	4疋	8蜜						4吉	4乞			4彼	一	4織	4七	4失	8日
ㄛㄚㄉ oat	8拔	8潑	8末			8脫			8決	4缺	8月		8罰	8越	8絕	4	4雪	
ㄨㄉ ut	4不	4欱	8物		8突	4禿	8律		4骨	4屈			4忽	4鬱	4卒	4出	8術	

表六：入聲音節（二）　　　　　　　　　　　　　　（ h 韻尾 ）

Fin ＼ Ini	ㄅ p	ㄆ ph	ㄇ b	ㄇ m	ㄉ t	ㄊ th	ㄌ l	ㄋ n	ㄍ k	ㄎ kh	ㆣ g	ㄫ ng	ㄏ h	φ	ㄗ ts	ㄘ tsh	ㄙ s	ㆢ j
ㄚ ah	4百	4拍	4肉△		8踏	4塔	8蠟		4甲	4鉸△			8合	4鴨	8閘	4插	8煠	
ㄚㄨ auh	4纂△	4雹	4貿	(4)	(8)		8落	4歐	4鉸	4客		4						
ㄝ eh	4伯	4	8麥	8脈	4壓△	8提△	8裂	4躡	4格	4缺		8挾△		8阨	4仄	4冊	4雪	
ㄧ ih	4鼈		4墨△	8物	4滴	4鐵		4躡		4隙					8舌	8蠘	4閃	
ㄧㄚ iah	4壁	4癖			4摘	4拆	8掠	(4)	8挾	8磕	8擇		8額	8頁	8食	4赤	4錫	
ㄧㄚㄨ iauh															(8)			
ㄧㄛ ioh					8着		8略			4搕	4揤	8	4脫△	8藥	8石			4跡△
ㄧㄨ iuh					4				(8)		(8)		4歇		(8)	8尺	4惜	(8)
ㆦ o‧h				8膜									4	(8惡)	(8)			

注音	羅馬字	例字
ㄜ	oh	⁸熱 ⁴索 ⁴咒 ⁴作 ⁸學 ⁸鶴 ⁴閣 落 ⁴魠 ⁴桌 ⁴粕 ⁸薄
ㄨ	uh	⁴吸△ ⁴焠 ⁴注 ⁸活 ⁴喝 ⁴割 ⁴托 ⁸突 (4) ⁴發
ㄨㄚ	oah	⁴煞 ⁸斜 ⁸油 ⁸挖 ⁴血 ⁴挨 ⁴缺 ⁴郭 ⁸辣 ⁴拖 ⁴潑 ⁸鉢
ㄝ	oeh	⁴說 ⁴月 ⁴挨△... ⁴抹 ⁸扱△ ⁸襪
ㄚ°	ahⁿ	(4)
ㄚㄨ°	auhⁿ	(4) (4) ⁸挟△
ㄝ°	ehⁿ	⁸挟△ (8) (8)
ㄧ°	ihⁿ	
ㄧㄚ°	iah	(8) (4) 4 (8) ⁸要△
ㄛㄚㄧ°	oaihⁿ	(4) (4)
ㄇ	mh	
ㄫ	ngh	(8) (8) (8)

第三章　聲母的辨認

我們在 2.1 節裡已經簡單介紹台語的聲母。台灣話的聲母包括零聲母（φ）在內，一共有十八個。

	不送氣塞音	送氣塞音	帶音塞音	鼻音	不送氣塞擦音	送氣塞擦音	不帶音擦音	帶音擦音
唇　　　音	p	ph	b	m				
舌　尖　音（非齒音）	t	th	l	n				
舌　尖　音（齒音）					ch	chh	s	j
舌　根　音	k	kh	g	ng				
喉　　　音	φ						h	

3.1 唇音

p、ph、b、m〔ㄅ、ㄆ、ㄅ、ㄇ〕

例字：請以台語念下列例字：先從左而右，念一次；再由上而下又念一次。

p	賠 poê	備 pī	稟 pín	補 pó·	拜 pài
ph	皮 phoê	披 phi	品 phín	譜 phó·	派 phài
b	襪 boeh	味 bī	敏 bín	某 bó·	眉 bâi
m	梅 moê	麵 mī			勘 māi

3.1.1 選擇題：

將適當的標音寫在答案紙上。

1.	帆	a. pâng	b. phâng	**1.**	**b. phâng**
		c. bâng	d. mâng		
2.	賠	a. poê	b. phoê	**2.**	**a. poê**
		c. boê	d. moê		
3.	麵	a. pī	b. phī	**3.**	**d. mī**
		c. bī	d. mī		
4.	募	a. pō·	b. phō·	**4.**	**c. bō·**
		c. bō·	d. mō·		
5.	帽	a. pō	b. phō	**5.**	**c. bō**
		c. bō	d. mō		
6.	包	a. pau	b. phau	**6.**	**a. pau**

			c．bau	d．mau			

7. 罵　a．pē　　b．phē　　　7．d．mē＝mā
　　　　c．bē　　d．mē＝mā

8. 評　a．pêng　b．phêng　　8．b．phêng
　　　　c．bêng　d．mêng

9. 邊　a．pi^n　b．phi^n　　9．a．pi^n
　　　　c．bi^n　d．mi^n

10. 免　a．pián　b．phián　　10．c．bián
　　　　c．bián　d．mián

3.1.2　配合題：

將適當的標音順序寫在答案紙上。

1. 賠梅皮　　po̱ê　　pho̱ê　　bo̱ê　　mo̱ê
2. 味備麵　　pī　　phī　　bī　　mī
3. 補譜某　　phó·　　mó·　　bó·　　pó·
4. 百肉拍　　phah　　mah　　bah　　pah
5. 忙帆房　　pâng　　phâng　　bâng　　mâng
6. 脈白麥　　pheh̍　　peh̍　　meh̍　　beh̍
7. 朋明評　　pêng　　mêng　　phêng　　bêng
8. 幕部冒　　pō·　　phō·　　bō·　　mō·
9. 罵庖罷　　pā　　bā　　phā　　mā
10. 縛曝墨　　phak̍　　pak̍　　bak̍　　mak̍

1. po̱ê　　mo̱ê　　pho̱ê

2.	bĭ	pĭ	mĭ
3.	pó·	phó·	bó·
4.	pah	bah	phah
5.	bâng	phâng	pâng
6.	me̍h	pe̍h	be̍h
7.	pêng	bêng	phêng
8.	bō·	pō·	mō·
9.	ma	phā	pā
10.	pa̍k	pha̍k	ba̍k

3.2　舌尖音（非齒音）：

t、th、l、n〔ㄉ、ㄊ、ㄌ、ㄋ〕

例字：請以台語念下列例字，先從左而右念一次，再由上而下又念一次。

t　貼 tah　代 tāi　談 tâm　銅 tâng　抵 tí

th　塔 thah　待 thāi　痰 thâm　虫 thâng　恥 thí

l　垃 lah　內 lāi　南 lâm　人 lâng　你 lí

n　凹 nah　耐 nāi　—　—　染 ní

3.2.1　選擇題：

請將適當的標音寫在答案紙上。

1.　（大）胆　a. tá^n　b. thá^n　　　1.　a. tá^n

　　　　　　　　c．láⁿ　d．náⁿ

2.　　　　來　a．tâi　b．thâi　　　2．c．lâi
　　　　　　　c．lâi　d．nâi

3.　（偵）探　a．tàm　b．thàm　　3．b．thàm
　　　　　　　c．làm　d．nàm

4.　（出）納　a．tảp　b．thảp　　4．c．lảp
　　　　　　　c．lảp　d．nảp

5.　（怨）嘆　a．tàn　b．thàn　　5．b．thàn
　　　　　　　c．làn　d．nàn

6.　（戀）呆　a．tai　b．thai　　6．a．tai
　　　　　　　c．lai　d．nai

7.　（心）貪　a．tam　b．tham　　7．b．tham
　　　　　　　c．lam　d．nam

8.　（實）例　a．tē　b．thē　　　8．c．lē
　　　　　　　c．lē　d．nē

9.　（姑）娘　a．tiû　b．thiû　　9．d．niû
　　　　　　　c．liû　d．niû

10.　　　　農　a．tông　b．thông　10．c．lông
　　　　　　　c．lông　d．nông

3.2.2　配合題：

請將適當的標音順序寫在答案紙上。

1.　讀樂獨　　　tỏk　　　thỏk　　　lỏk　　　nỏk

2.　奴土圖　　　tô·　　　thô·　　　lô·　　　nô·

3.	甜奶天	tiⁿ	thiⁿ	liⁿ	ni
4.	流籌娘	tiû	thiû	liû	niû
5.	利治雉（雞）	tì	thì	lì	nì
6.	啼厘尼	tî	thî	nî	lî
7.	停庭玲	têng	thêng	nêng	lêng
8.	體禮短	té	thé	né	lé
9.	豆鬧漏	tāu	thāu	nāu	lāu
10.	待奈代	tāi	thāi	nāi	lāi

1.	thȯk	lȯk	tȯk
2.	lô·	thô·	tô·
3.	tiⁿ	ni	thiⁿ
4.	liû	tiû	niû
5.	lī	tī	thī
6.	thî	lî	nî
7.	thêng	têng	lêng
8.	thé	lé	té
9.	tāu	nāu	lāu
10.	thāi	nāi	tāi

3.3 舌尖音（齒音）：

ch 、chh 、s 、j 〔ㄐ、ㄑ、ㄒ、ㄖ〕

例字：請以台語念下列例字。

ch 災 chai　層 chàn　情 chêng　嬋 chím　志 chì

chh 猜 chhai　燦 chhàn　松 chhêng　寢 chhím　飼 chhî

s 獅 sai　散 sàn　成 sêng　審 sím　是 sî

j —　—　仍 jêng　忍 jím　字 jî

3.3.1 選擇題：

將適當的標音寫在答案紙上。

1.	詩	a. chi	b. chhi	1. c. si
		c. si	d. ji	
2.	任	a. chīm	b. chhīm	2. d. jīm
		c. sīm	d. jīm	
3.	信	a. chìn	b. chhìn	3. c. sìn
		c. sìn	d. jìn	
4.	質	a. chit	b. chhit	4. a. chit
		c. sit	d. jit	
5.	從	a. chiông	b. chhiông	5. a. chiông
		c. siông	d. jiông	
6.	雀	a. chiok	b. chhiok	6. b. chhiok
		c. siok	d. jiok	
7.	樹	a. chiū	b. chhiū	7. b. chhiū
		c. siū	d. jiū	
8.	裕	a. chū	b. chhū	8. c. jū
		c. sū	d. jū	
9.	醉	a. chùi	b. chhùi	9. a. chùi

```
                    c.  sùi    d.  jùi
                                                    ┌─────────────────┐
10.    順  a.  chūn  b.  chhūn                       │ 10.  c.  sūn     │
                    c.  sūn    d.  jūn              └─────────────────┘
```

3.3.2　配合題：

將適當的標音順序寫在答案紙上。

1.	入習集	chi̍p	chhi̍p	si̍p	ji̍p
2.	商章充	chiong	chhiong	siong	jiong
3.	寸舜俊	chùn	chhùn	sùn	jùn
4.	租蘇粗	cho·	chho·	so·	jo·
5.	軟選喘	choán	chhoán	soán	joán
6.	創宋壯	chòng	chhòng	sòng	jòng
7.	住喻士	chū	chhū	sū	jū
8.	秤信進	chìn	chhìn	sìn	jìn
9.	設節切	chiat	chhiat	siat	jiat
10.	前然禪	chiân	chhiân	siân	jiân

1.	ji̍p	si̍p	chi̍p
2.	siong	chiong	chhiong
3.	chhùn	sùn	chùn
4.	cho·	so·	chho·
5.	joán	soán	chhoán
6.	chhòng	sòng	chòng
7.	chū	jū	sū

8.	chhìn	sìn	chìn
9.	siat	chiat	chhiat
10.	chiân	jiân	siân

3.4 舌根音和零聲母：

k、kh、g、ng、h、φ〔ㄍ、ㄎ、ㄍ゙、ㄫ、ㄏ、φ〕

例字：請以台語念下列例字。

k	幹 kàn	景 kéng	極 kek	紀 kí	古 kó͘
kh	看 khàn	肯 khéng		齒 khí	苦 khó͘
g		研 géng	玉 gek	擬 gí	
ng					午 ngó͘
h	漢 hàn	幸 hēng	域 hek	喜 hí	虎 hó͘
φ	案 àn	永 éng	譯 ek	以 í	毆 ó͘

3.4.1 選擇題：

請將適當的標音寫在答案紙上。

1.　（文）雅　a. ká　　b. khá
　　　　　　　　c. ngá　 d. gá

2.　　　　鴨　a. kah　 b. khah
　　　　　　　　c. hah　 d. ah

3.　　　　開　a. kui　 b. khui
　　　　　　　　c. gui　 d. ngui

1.	c. ngá
2.	d. ah
3.	b. khui

4. （遺）憾　a．kām　b．khām
　　　　　　c．hām　d．ām

5. 　　眼　a．kán　b．khán
　　　　　　c．gán　d．ngán

6. （連）藕　a．khāu　b．gāu
　　　　　　c．ngāu　d．āu

7. 　　境　a．kéng　b．khéng
　　　　　　c．géng　d．ngéng

8. 　　刻　a．kek　b．khek
　　　　　　c．gek　d．hek

9. 　　奇　a．kî　b．khî
　　　　　　c．gî　d．î

10.　　夜　a．kiā　b．khiā
　　　　　　c．hiā　d．iā

4. c．hām

5. c．gán

6. c．ngāu

7. a．kéng

8. b．khek

9. a．kî

10. d．iā

3.4.2 配合題：

1. 驗儉炎　kiām　khiām　giām　ngiām　iām
2. 業葉脅　kiap　giap　hiap　iap　ngiap
3. 欣欽金　kim　khim　gim　him　im
4. 揚強雄　kiông　khiông　hiông　giông　iông
5. 約菊曲　kiok　khiok　giok　hiok　iok
6. 可果好　kó　khó　gó　hó　ó
7. 許虎午　kó·　khó·　gó·　ngó·　hó·
8. 捐彎歡　koan　khoan　goan　hoan　oan

9.　孔往訪　　kóng　　khóng　　hóng　　góng　　óng

10.　婦遇舊　　kū　　khū　　gū　　ngū　　hū

1. giām	khiām	iām
2. gia̍p	ia̍p	hia̍p
3. him	khim	kim
4. iông	kiông	hiông
5. iok	kiok	khiok
6. khó	kó	hó
7. khó·	hó·	ngó·
8. koan	oan	hoan
9. khóng	óng	hóng
10. hū	gū	kū

3.5 鼻音與帶音聲母之分：

m：b、n：l、ng：g　〔ㄇ：ㄅ、ㄋ：ㄌ、π：ㆣ〕

例字：請以台語念下列例字。

m　罵mā　　麵mī　　棉mî　　魔mô·　　脈me̍h

b　碼bā　　味bi　　微bî　　模bô·　　麥be̍h

n　耐nāi　　鬧nāu　　爾ní　　年nî　　鳥niáu

l　內lāi　　漏lāu　　李lí　　狸lî　　瞭liáu

ng 艾 ngāi 傲 ngō· 娥 ngô·

g 碍 gāi 誤 gō· 五 gō·

台語 m、n、ng 開頭的音節，韻尾不能有 p、t、k、m、n 或 ng，所以一個字如果有韻尾 p、t、k、m、n、ng，它的聲母可能是 b、l、g，而不可能是 m、n、ng，（"兩" nñg 裡的 ng 是韻母，不是韻尾）。

3.5.1 選擇題：

1.	帽	a. mō	b. bō	1.	b. bō
2.	冒	a. mō·	b. bō·	2.	a. mō·
3.	望	a. mōng	b. bōng	3.	b. bōng
4.	文	a. mûn	b. bûn	4.	b. bûn
5.	棉	a. mî	b. bî	5.	a. mî
6.	離	a. nī	b. lī	6.	b. lī
7.	憐	a. niân	b. liân	7.	b. liân
8.	卵	a. nñg	b. lñg	8.	a. nñg
9.	腦	a. náu	b. láu	9.	a. náu
10.	例	a. nē	b. lē	10.	b. lē
11.	雅	a. gá	b. ngá	11.	b. ngá
12.	藝	a. gē	b. ngē	12.	a. gē
13.	迎	a. gêng	b. ngêng	13.	a. gêng
14.	傲	a. gō·	b. ngō·	14.	b. ngō·
15.	餓	a. gō	b. ngō	15.	a. gō

3.5.2　配合題：

1.	麥脈	pė̍h	mė̍h	bė̍h
2.	麵味	bî	mî	pî
3.	藝硬	ngē	gē	nē
4.	你爾	ní	lí	dí
5.	兩柳	niú	liú	rí
6.	誤唔	ngō·	gō·	ō·
7.	魔謀	bô·	mô·	bô
8.	荔內	raī	naī	laī
9.	年狸	dî	nî	lî
10.	微棉	bî	mî	ûi

1.	bė̍h	mė̍h
2.	mî	bî
3.	gē	ngē
4.	lí	ní
5.	niú	liú
6.	gō·	ngō·
7.	mô·	bô·
8.	nāi	lāi
9.	nî	lî
10.	bî	mî

3.6　j與l〔ㄐ：ㄌ〕之分和方音差異：

例字：

厘 lî　　利 lī　　憐 liân　列 liát　　了 liáu

兒 jî　　字 jī　　然 jiân　熱 jiát　　爪 jiáu

有些地區（包括台南市內和台北市內的一部分）不分 l 和 j。j 都說成 l（例如 " 利 " 和 " 字 " 都念成 lī）。也有些地方的人把 j 都說成 g（例如 " 字 " 和 " 義 " 都念成 gī）。這些地方的人為了通話的需要，必須記住別人把哪些字念 j，哪些字念 l。已經學會北平語的人可以從北平語推測：如果北平話是 " 日 " 開頭，台灣話多半是 j（例如：" 入 " ㄖㄨˋ，jip，" 辱 " ㄖㄨˋ，

jiŏk ）； 如果北平語是 l（ㄌ）開頭，台灣話也是 l （例如：
"禮" ㄌ丨∨ , lé , "龍" ㄌㄨㄥˊ , lêng ）。

3.6.1 選擇題：

1.	料	a. jiāu	b. liāu		1.	b.	liāu
2.	擾	a. jiáu	b. liáu		2.	a.	jiáu
3.	任	a. jīm	b. līm		3.	a.	jīm
4.	立	a. jĭp	b. lĭp		4.	b.	lĭp
5.	人	a. jîn	b. lîn		5.	a.	jîn
6.	諒	a. jiōng	b. liōng		6.	b.	liōng
7	略	a. jiŏk	b. liŏk		7.	b.	liŏk
8.	柔	a. jiû	b. liû		8.	a.	jiû
9.	亂	a. joān	b. loān		9.	b.	loān
10.	令	a. jēng	b. lēng		10.	b.	lēng

3.6.2 配合題：

1.	六 弱	jiŏk	liŏk	liăk		1.	liŏk jiŏk
2.	字 吏	jī	lī	lē		2.	jī lī
3.	燃 年	jiân	liân	lân		3.	jiân liân
4.	裂 熱	jiăt	liăt	liăt		4.	liăt jiăt
5.	寮 皺	jiâu	liâu	lâu		5.	liâu jiâu
6.	裕 呂	jiū	lū	jū		6.	jū lū
7.	立 入	jĭp	liăp	lĭp		7.	lĭp jĭp
8.	絨 良	jiông	liông	liâng		8.	jiông liông

9.	留 柔	jiûu	liûu	jiûu		9.		liûu	jiûu
10.	軟 暖	joán	loán	lán		10.		joán	loán

3.7　綜合練習：

請在答案紙上填入適當的聲母。

A. 台灣歌謠：

春　　天　　花　　當　　清　　　芳，
— un　— iⁿ　— oe　— ng　— eng　— ang
1　　2　　3　　4　　5　　6

雙　　　人　　心　　頭　　齊　　振　　動，
— iang　— âng　— im　— âu　— ê　— ín　— āng
7　　8　　9　　10　　11　　12　　13

有　　話　　想　　欲　　對　　你　　講，
ū　oē　— iūⁿ　— eh　— ùi　— í　— áng
14　　15　　16　　17　　18

毋　知　　通　抑　毋　通
m̄　— ai　— ang　iá　m̄　— ang
19　20　　　　21

叨(那)一　　項　　敢　猶　有　別　項
— ó　— it　— āng，　— ám　iáʊū - a̍t　— āng
22　23　　24　　　25　　　26　27

肉	文	笑	目	瞌	降
—ah	—ûn	—io̍	—a̍k	—iu	—àng
28	29	30	31	32	33

你	我	戀	花	朱	朱	紅
—í	—oá	—oân	—oe	—u	—u âng
34	35	36	37	38	39

1.	chh	14.	s	27.	h
2.	th	15.	b	28.	b
3.	h	16.	t	29.	b
4.	t	17.	l	30.	chh
5.	chh	18.	k	31.	b
6.	ph	19.	ch	32.	ch
7.	s	20.	th	33.	k
8.	l	21.	th	34.	l
9.	s	22.	t	35.	g
10.	th	23.	ch	36.	l
11.	ch	24.	h	37.	h
12.	t	25.	k	38.	ch
13.	t	26.	p	39.	ch

B. 台灣俗語：

1.　一　　兼　　二　　顧；

　　—it　—iam　—ī　—ò.

摸　蜊　仔　兼　洗　褲
— ong — àh — á — iam — é — ò·

2.　魚　趁　鮮；　人　趁　嫩
— î — àn — iⁿ　— âng — àn — íⁿ

3.　鯽　魚　釣　大　魟
— it — î — iò — oā — āi

4.　龜　頭　嘛　是　龜　內　肉
— u — âu　mā — ī — u — āi — ah

5.　掠　虱　母　相　咬
— iah — at — ó — io — a

6.　廣　東　目　鏡　在　人　掛
— ng — ang — àk — iàⁿ — āi — âng — oà

7.　十　二　月　天；　睏　曆　頂
— àp — ī — oeh — iⁿ　— ùn — ù — éng

1.　φ，k，j，k；
　　b，l，φ，k，s，kh。

2.　h，th，chh；l，th，ch。

3.　ch，h，t，t，t。

4.　k，th，s，k，l，b。

5.　l，s，b，s，k。

6.　k，t，b，k；ch，l，k。

7.　ch，j，g，th；kh，chh，t。

第四章　五個非入聲的辨認

　　五個非入聲調1、2、3、5、7，一共有十對。這十對聲調都能辨認了，就能辨認五個非入聲調。爲了容易辨認聲調，有時我們除了 ′ ` ^ - ' 以外，還以數字代表聲調，例如：

tong¹, tóng², tòng³, tok⁴, tông⁵, tōng⁷, to̍k⁸。

4.1　第一聲與第二聲的分別 （ tong : tóng ）

　　第一聲的例字：今 kim¹、清 chheng¹、東 tong¹、

碑 pi¹、基 ki¹。

第二聲的例字：錦 kim²、請 chheng²、黨 tóng²、

比 pí²、紀 kí²。

A. 選擇題：

請選出下列各字正確的標音（如果一時念不出某字的發音就請和前面的漢字一起念）。

						A:	
（當）今	a. kim¹	b. kím²		a.	kim
（圍）攻	a. kong¹	b. kóng²		a.	kong
（防）守	a. siu¹	b. siú²		b.	siú
（相）比	a. pi¹	b. pí²		b.	pí
（接）收	a. siu¹	b. siú²		a.	siu
（全）島	a. to	b. tó		b.	tó
（工）資	a. chu	b. chú		a.	chu
（代）表	a. piau	b. piáu		b.	piáu
（申）請	a. chheng	b. chhéng		b.	chhéng
（台）中	a. tiong	b. tióng		a.	tiong

每字答完後請核對右邊的答案。遇有錯誤就請多念兩三次。

B. 配合題：

拼讀下面羅馬字，再讀下面漢字，並把發音相符的羅馬字寫在答案紙上。

Q₁： i、í、kun、kún、kim、kím

1.（桌）椅 2.（仁）君 3.（衣）錦 4.（中）醫

5.滾

A₁：　1. í 、 2. kun 、 3. kím 、 4. i 、 5. kún 。

Q₂：　to 、 tó 、 chheng 、 chhéng 、 tong 、 tóng 。

6.（反對）黨、7.（申）請、8.（榮）刀、9.（全）島、

10.（水）清。

A₂：　6. tóng 、 7. chhéng 、 8. to 、 9. tó 、 10. chheng 。

以上十題如果沒有全對，請再念4.1，直到全對後再念4.2。

4.2　第二聲（上聲）與第三聲（陰去）的分別

（ tóng ： tòng ）

第二聲的例字：黨 tóng 、廣 kóng 、滾 kún 、己 kí 、

産 sán 。

第三聲的例字：棟 tòng 、貢 kòng 、棍 kùn 、記 kì 、

散 sàn 。

A．選擇題：

請選出正確的標音（如果一時念不出某字的發音，就請和前

面的漢字一起念）。

Q：1.（工）黨　　　　　　A：　1. a. tóng

a. tóng　　b. tòng

2. （複）寫
    a．siá   b．sià

3. （書）記
    a．kí   b．kì

4. 滾
    a．kún   b．kùn

5. （神）聖
    a．séng   b．sèng

6. 錦
    a．kím   b．kìm

7. 跑
    a．pháu   b．phàu

8. （故）意
    a．í   b．ì

9. （設）宴
    a．ián   b．iàn

10. （歷）史
    a．sú   b．sù

---

2. a．siá

3. b．kì

4. a．kún

5. b．sèng

6. a．kím

7. a．pháu

8. b．ì

9. b．iàn

10. a．sú

B. 配合題：

　　拼讀下列羅馬字，再讀下列漢字，並選擇適當標音寫在答案紙上。

　　tóng、tòng、kóng、kòng、sán、sàn、kí、kì、séng、sèng、siá、sià。

Q：1.（三）棟、2.（推）廣、3.（四）散、4.（自）己、

　　5.（反）省、6.（神）聖、7.（複）寫、8.（民主）黨、

　　9.（書）記、10.（財）產。

A：

1. tòng、2. kóng、3. sàn、4. kí、5. séng、	
6. sèng、7. sía、8. tóng、9. kì、10. sán。	

以上十題如果沒有全對，請再大聲念4.2；如果全對，請做4.3。

4.3 第一聲與第三聲的分別（tong：tòng）

　　第一聲的例字：金 kim、生 seng、西 se、衣 i、書 su。
　　第三聲的例字：禁 kìm、聖 sèng、世 sè、意 ì、賜 sù。

A．選擇題：

　　請選出正確的標音（每字答完後，請核對右邊的答案。若有錯誤，請把該字多念兩三次，並把答案寫在答案紙上。）

Q：1.　（白）金	A：| 1.　a．kim
a．kim　　b．kìm	
2.　（神）聖	2.　b．sèng
a．seng　　b．sèng	
3.　（主）修	3.　a．siu
a．siu　　b．siù	
4.　（四）散	4.　b．sàn
a．san　　b．sàn	

5. （答）應
    a．eng   b．èng

6. （文）書
    a．su   b．sù

7. 宣
    a．soan   b．soàn

8. 凍
    a．tang   b．tàng

9. （惡）霸
    a．pa   b．pà

10. 跳
    a．thiau   b．thiàu

5. b．èng
6. a．su
7. a．soan
8. b．tàng
9. b．pà
10. b．thiàu

B．配合題：

拼讀下列羅馬字，再讀下列漢字，並選擇適當的標音寫在答案紙上。

i、ì、cha、chà、chiong、chiòng、kim、kìm、eng、èng、hiong、hiòng、kam、kàm。

Q：1.（注）意、2.（調）查、3.（始）終、4.（軟）禁、5.（中）英、6.（一）向、7.（便）衣、8.（甜）甘、9.（答）應、10.（清）香。

A：
1. ì、2. cha、3. chiong、4. kìm、5. eng、
6. hiòng、7. i、8. kam、9. èng、10. hiong。

以上十題如果沒有全部答對，請再出聲念4.3，直到把錯誤校正後才做4.3.1。

4.3.1 第一、二、三聲的分別（ tong : tóng : tòng ）

第一聲的例字：今 kim　基 ki　希 hi　彎 oan　燈 teng

第二聲的例字：錦 kím　紀 kí　喜 hí　腕 oán　頂 téng

第三聲的例字：禁 kìm　記 kì　戲 hì　怨 oàn　釘 tèng

A. 選擇題：

請選出正確的標音寫在答案紙上。每字答完後，請核對右邊的答案。若有錯誤，請將該字再讀兩三遍。

Q：1.　（設）使　　　　　　　　A：　1.　b. sú

　　　　a. su　b. sú　c. sù

　2.　　　希　　　　　　　　　　　2.　a. hi

　　　　a. hi　b. hí　c. hì

　3.　（發）展　　　　　　　　　　3.　b. tián

　　　　a. tian　b. tián　c. tiàn

　4.　　　注　　　　　　　　　　　4.　c. chù

　　　　a. chu　b. chú　c. chù

　5.　（安）慰　　　　　　　　　　5.　c. ùi

　　　　a. ui　b. úi　c. ùi

　6.　（民）選　　　　　　　　　　6.　b. soán

　　　　a. soan　b. soán　c. soàn

7. （阿里）山

    a. san b. sán c. sàn

8. （便）衣

    a. i b. í c. ì

9. （集）訓

    a. hun b. hún c. hùn

10. （拜）訪

    a. hong b. hóng c. hòng

7.	a. san
8.	a. i
9.	c. hùn
10.	b. hóng

B. 配合題：

拼讀下列羅馬字，再讀下列漢字，並選擇適當標音寫在答案紙上。

hí、hì、koan、koán、koàn、pan、pán、soán、soàn、tham、thàm、chiam、chiàm。

Q：1.（歡）喜　2.（主）觀　3.（一）貫　4.（託）管

    5.（死）板　6.（珠）算　7.（人）選　8.（試）探

    9.（霸）佔　10.針

A：

1. hí	2. koan	3. koàn	4. koán
5. pán	6. soàn	7. soán	8. thàm
9. chiàm	10. chiam		

4.4　第三聲和第五聲的分別 （tòng : tông）

請大聲讀下列例字：

第三聲的例字：記 kì　怨 oàn　貫 koàn　賜 sù　慰 ùi

第五聲的例字：旗 kî　完 oân　權 koân　詞 sû　違 ûi

A. 選擇題：

請選出正確的標音。每字答完後，請核對右邊的答案。若有錯誤，請將該字重讀兩三遍，並將答案寫在答案紙上。

Q：	A：
1.　（大）戲 　　a. hì　　b. hî	1.　a. hì
2.　（包）圍 　　a. ùi　　b. ûi	2.　b. ûi
3.　（圍）困 　　a. khùn　　b. khûn	3.　a. khùn
4.　（兒）童 　　a. tìng　　b. tông	4.　b. tông
5.　（批）評 　　a. phèng　　b. phêng	5.　b. phêng
6.　（國）泰 　　a. thài　　b. thâi	6.　a. thài
7.　（校）舍 　　a. sià　　b. siâ	7.　a. sià
8.　（教）材 　　a. chài　　b. châi	8.　b. châi

9.（權）要

    a．iàu   b．iâu

10.（事）前 *

    a．chiàn   b．chiân

9. a．iàu	
10. b．chiân	

B．配合題：

拼讀下列羅馬字，再讀下列漢字，並選擇適當標音寫在答案紙上。

kì、kî、chèng、chêng、tiàu、tiâu、thàm、thâm、koàn、chài、koân、châi、khùn、khûn。

Q：1.（白）旗   2.（書）記   3.（公）證   4.（私）情

    5.吊   6.（大）潭 7.（貪）財   8.（三）再

    9.（民）權 10.睏

A：

1. kî	2. kì	3. chèng	4. chêng
5. tiàu	6. thâm	7. châi	8. chài
9. koân	10. khùn		

以上十題若有錯誤，再做一次 4.4 之練習，然後繼續做 4.5 的練習。

4.5　第一聲與第五聲的分別（tong：tông）

---

*事前也有人念成 su-chêng。頭前大部分人都念成 thâu-chêng。

第一聲的例字：基 ki　分 hun　　書 su　風 hong　妖 iau

第五聲的例字：期 kî　雲 hûn　　詞 sû　防 hông　謠 iâu

A. 選擇題：

請將答案寫在答案紙上。

Q：1.　（工）程　　　　　　　　　A：　1.　b. têng

　　　a. teng　　b. têng

　　2.　（犧）牲　　　　　　　　　　　2.　a. seng

　　　a. seng　　b. sêng

　　3.　（心）貪　　　　　　　　　　　3.　a. tham

　　　a. tham　　b. thâm

　　4.　（寬）容　　　　　　　　　　　4.　b. iông

　　　a. iong　　b. iông

　　5.　（靈）魂　　　　　　　　　　　5.　b. hûn

　　　a. hun　　b. hûn

　　6.　（吟）詩　　　　　　　　　　　6.　a. si

　　　a. si　　b. sî

　　7.　（動）詞　　　　　　　　　　　7.　b. sû

　　　a. su　　b. sû

　　8.　（公）平　　　　　　　　　　　8.　b. pêng

　　　a. peng　　b. pêng

　　9.　（水）溪　　　　　　　　　　　9.　a. khe

　　　a. khe　　b. khê

10. （心）情　　　　　　　　　　| 10. b. chêng |

　　　a. cheng　b. chêng

B. 配合題：

siong 、 bêng 、 hông 、 hong 、 gêng 、 heng 、 hêng 、
hian 、 oân 、 oan 、 hiân 、 siang 。

Q：1.（東）風　2.（歡）迎　3.宏　　　4.（聖）賢
　　5.（轉）彎　6.（人）員　7.（光）明　8.（經）商
　　9.（黑）松　10.（無）形

A：| 1.	hong	2.	gêng	3.	hông	4.	hiân
5.	oan	6.	oân	7.	bêng	8.	siong
9.	siông	10.	hêng				

以上若有錯誤，請將錯誤的字重讀二、三遍後，才繼續做 4.5.1。

4.5.1 第一、三、五聲的分別 (tong : tòng : tông)

第一聲的例字：基 ki　珠 chu　風 hong　生 seng　英 eng
第三聲之例字：記 kì　注 chù　放 hòng　聖 sèng　應 èng
第五聲之例字：旗 kî　慈 chû　防 hông　成 sêng　榮 êng

A. 選擇題：

Q：1.（吐）痰　　　　　　　　　　A：| 1. c. thâm |
　　　a. tham　b. thàm
　　　c. thâm

2.　（水）兵
　　a．peng　　　b．pèng
　　c．pêng

3.　（文）化
　　a．hoa　　　b．hoà
　　c．hoâ

4.　（安）慰
　　a．ui　　　　b．ùi
　　c．ûi

5.　（平）安
　　a．an　　　　b．àn
　　c．ân

6.　（治）療
　　a．liau　　　b．liàu
　　c．liâu

7.　（優）良
　　a．liong　　　b．liòng
　　c．liông

8.　（火）車
　　a．chhia　　　b．chhià
　　c．chhiâ

9.　（因）素
　　a．so·　　　　b．sò·
　　c．sô·

2.　a．peng

3.　b．hoà

4.　b．ùi

5.　a．an

6.　c．liâu

7.　c．liông

8.　a．chhia

9.　b．sò·

10.　（生）存

　　　a．chun　　　b．chùn

　　　c．chûn

10. c．chûn

B．配合題：

　　pân、ông、iǔ、pan、ong、ûi、ui、su、sù、

　　î、ì、i。

Q：1.（上）班　2.（國）王　3.（稱）謂　4.（老）翁

　　5.（牛）油　6.優　　　7.（文）書　8.（賞）賜

　　9.（大）姨　10.（如）意

A：

1.　pan	2.　ông	3.　ùi	4.　ong
5.　iû	6.　iu	7.　su	8.　sù
9.　î	10.　ì		

以上十題如有錯誤，請將錯誤的字重讀二、三遍後才繼續做 4.6。

4.6　第二聲與第五聲的分別（tóng：tông）

　　第二聲的例字：展 tián　喜 hí　友 iú　冷 léng　省 séng

　　第五聲的例字：田 tîan　魚 hî　油 iû　龍 lêng　成 sêng

A．選擇題：

Q：1.（楊）柳

　　　a．liú　　　b．liû

A： 1.　a．liú

2. （失）戀

　　a．loán　　b．loân

3. （富）美

　　a．bí　　b．bî

4. （道）理

　　a．lí　　b．lî

5. （光）榮

　　a．éng　　b．êng

6. （財）團

　　a．thoán　　b．thoân

7. （清）酒

　　a．chiú　　b．chiû

8. （水）管

　　a．koán　　b．koân

9. （森）林

　　a．lím　　b．lîm

10. （家）庭

　　a．téng　　b．têng

2.　b．loân

3.　a．bí

4.　a．lí

5.　b．êng

6.　b．thoân

7.　a．chiú

8.　a．koán

9.　b．lîm

10.　b．têng

B．配合題：

ngî 、 ngí 、 bú 、 bî 、 haí 、 haî 、 sé 、 sê 、 kióng 、

kiông 、 lí 、 lî 、 suí 、 suî 。

Q：1. 武　　2. 無　　3. 孩　　4. 海　　5. 洗

　　6. 強　　7. 水　　8. 釐　　9. 李　　10. 黃

A：

1. bú	2. bû	3. hâi	4. hái	5. sé̱
6. kîⁿiong	7. súi	8. lî	9. lí	10. n̂g

以上十題如有錯誤，請將錯誤的字再讀二、三遍後，才繼續做 4.6.1。

4.6.1 第一、二、三、五聲的分別 (tong : tóng : tòng : tông)

第一聲的例字：收 siu   刀 to   燈 teng   商 siong
第二聲的例字：守 síu   島 tó   頂 téng   賞 síong
第三聲的例字：秀 siù   到 tò   釘 tèng   (宰)相 siòng
第五聲的例字：酬 siû   逃 tô   庭 têng   祥 siông

A. 選擇題：

Q：1. （常）常　　　　　　　　A：1. d. siông
　　　a. siong　b. síong
　　　c. siòng　d. siông

　　2. （全）新　　　　　　　　2. a. sin
　　　a. sin　b. sín
　　　c. sìn　d. sîn

　　3. （審）判　　　　　　　　3. c. phoàⁿ
　　　a. phoáⁿ　b. phoáⁿ
　　　c. phoàⁿ　d. phoâⁿ

4.　（修）補

　　a．po·　　　b．pó·

　　c．pò·　　　d．pô·

5.　（健）康

　　a．khong　　b．khóng

　　c．khòng　　d．không

6.　（喘）氣

　　a．khui　　　b．khúi

　　c．khùi　　　d．khûi

7.　（合）群

　　a．kun　　　b．kún

　　c．kùn　　　d．kûn

8.　（可）取

　　a．chhu　　　b．chhú

　　c．chhù　　　d．chhû

9.　（主）持

　　a．chhi　　　b．chhí

　　c．chhì　　　d．chhî

10.　（政）府

　　a．hu　　　　b．hú

　　c．hù　　　　d．hû

4.　b．pó·

5.　a．khong

6.　c．khùi

7.　d．kûn

8.　b．chhú

9.　d．chhî

10.　b．hú

B．配合題：

hu、hù、í、î、î̂、iu、iú、iù、iû、keng、kéng。

Q： 1. 副　　2. 夫　　3. 移　　4. 以　　5. 友

　　 6. 幼　　7. 憂　　8. 油　　9. 境　　10. 經

A：
1. hù	2. hu	3. î	4. í	5. iú
6. iù	7. iu	8. iû	9. kéng	10. keng

以上十字若有錯誤，請將錯誤的字重讀兩三遍後，才繼續做 4.7。

4.7　第一聲（陰平）與第七聲（陽去）的分別

（ tong ： tōng ）

第一聲的例字：爭 cheng　　尖 chiam　　州 chiu

　　　　　　　　興 heng　　番 hoan

第七聲的例字：靜 chēng　　漸 chiām　　就 chiū

　　　　　　　　幸 hēng　　犯 hoān

A. 選擇題：

Q： 1.（推）翻

　　　　a．hoan　　b．hoān

　　 2.（開）會

　　　　a．hoe　　b．hoē

　　 3.（新）俸

　　　　a．hong　　b．hōng

　　 4.（增）加

　　　　a．ka　　b．kā

A：
1. a．hoan
2. b．hoē
3. b．hōng
4. a．ka

5. （康）健
　　a．kian　　b．kiān

6. （豬）肝
　　a．koa^n　　b．koā^n

7. （社）區
　　a．khu　　b．khū

8. （美）麗
　　a．le　　b．lē

9. （教）授
　　a．siu　　b．siū

10.（山）珍
　　a．tin　　b．tīn

5.	b．kiān
6.	a．koa^n
7.	a．khu
8.	b．lē
9.	b．siū
10.	a．tin

B．配合題：

kau、kāu、to、tō、toan、toān、tong、tōng、
chng、chn̄g、kan、kān。

Q：1.（教）導　2.（大）刀　3. 端　　4. 緞

　　5. 洞　　　6.（獎）狀　7.（嫁）粧　8. 干

　　9. 厚　　10.（外）交

A：	1.	tō	2.	to	3.	toan	4.	toān
	5.	tōng	6.	chng	7.	chng	8.	kan
	9.	kāu	10.	kau				

以上十字如有錯誤，請將錯誤的字再讀兩三遍後，才繼續做 4.8。

4.8 第五聲與第七聲的分別（tông：tōng）

第五聲的例字：喉 âu 蠻 bân 榮 êng 嚴 giâm 原 goân

第七聲的例字：後 āu 萬 bān 用 ēng 驗 giām 願 goān

A. 選擇題：

Q：1. 餓

　　　a．gô̂　　　b．gō

　　2.（水）牛

　　　a．gû̂　　　b．gū

　　3.（錢）項

　　　a．hâng　　b．hāng

　　4.（學）校

　　　a．hâu　　　b．hāu

　　5.（英）雄

　　　a．hiông　　b．hiōng

　　6.（太）陽

　　　a．iông　　　b．iōng

　　7.（主）任

　　　a．jîm　　　b．jīm

　　8.（老）猴

　　　a．kâu　　　b．kāu

A：　1.　b．gō

　　　2.　a．gû̂

　　　3.　b．hāng

　　　4.　b．hāu

　　　5.　a．hiông

　　　6.　a．iông

　　　7.　b．jīm

　　　8.　a．kâu

9. （新）舊

　　　a．kû　　　b．kū

10. （水）利

　　　a．lî　　　b．lī

```
9.   b. kū

10.  b. lī
```

B．配合題：

lî、lī、liâu、liāu、nñg、nng、phâng、phāng、
sî、sī、siâ、siā。

Q：1.（狐）狸　2.（專）利　3.（治）療　4.（原）料

　　5.（鷄）蛋　6.（檳）榔　7.（布）帆　8.是

　　9.（鎖）匙　10.（感）謝

A：

```
1.  lî      2.  lī      3.  liâu     4.  liāu

5.  nñg     6.  nng     7.  phâng    8.  sī

9.  sî      10. siā
```

以上十字若有錯誤，請將該錯字讀兩三遍後，才繼續做 4.8.1。

4.8.1 第一、五、七聲的分別（tong：tông：tōng）

第一聲的例字：睇 sia　　傷 siong　　輸 su　東 tang　雕 tiau

第五聲的例字：斜 siâ　　松 siông　　詞 sû　銅 tâng　條 tiâu

第七聲的例字：射 siā　　上 siōng　　事 sū　重 tāng　調 tiāu

A．選擇題：

Q：1. （公）務
　　　　a．bu　　b．bû　　c．bū

　　2. （人）民
　　　　a．bin　　b．bîn　　c．bīn

　　3. （悲）哀
　　　　a．ai　　b．âi　　c．āi

　　4. （收）支
　　　　a．chi　　b．chî　　c．chī

　　5. （服）從
　　　　a．chiong　b．chiông　c．chiōng

　　6. （都）市
　　　　a．chhi　　b．chhî　　c．chhī

　　7. （災）禍
　　　　a．ho　　b．hô　　c．hō

　　8. （一）囘
　　　　a．hoe　　b．hoê　　c．hoē

　　9. （公）共
　　　　a．kiong　b．kiông　c．kiōng

　　10. （要）求
　　　　a．kiu　　b．kiû　　c．kiù

A：

1.	c．bū
2.	b．bîn
3.	a．ai
4.	a．chi
5.	b．chiông
6.	c．chhī
7.	c．hō
8.	b．hoê
9.	c．kiōng
10.	b．kiû

B．配合題：

　　koan、koân、koān、lai、lâi、lāi、
　　leng、lêng、lēng、pai、pâi、pāi。

Q：1.（主）權　2.（主）觀　3.（市）縣　4.（原）來

　　5.（國）內　6.（本）能　7.（牛）奶　8.　另

　　9.（失）敗　10.（安）排

A：

1.	koân	2.	koan	3.	koān	4.	lâi
5.	lāi	6.	lêng	7.	leng	8.	lēng
9.	pāi	10.	pâi				

以上十字如有錯誤，請將錯誤的字重讀兩三遍後，才繼續做 4.9。

4.9　第二聲與第七聲的分別（ tóng ： tōng ）

　　第二聲的例字：榜 póng　本 pún　省 séng　守 siú　斗 táu

　　第七聲的例字：飯 pōng　笨 pūn　盛 sēng　壽 siū　豆 tāu

A. 選擇題：

Q：1.　（長）短

　　　　a．té　　　b．tē

　　2.　（坐）墊

　　　　a．tiám　　b．tiām

　　3.　（宮）殿

　　　　a．tián　　b．tiān

　　4.　（君）子

　　　　a．chú　　b．chū

A：

1.	a．té
2.	b．tiām
3.	b．tiān
4.	a．chú

5.（勇）敢

    a．kám   b．kām

6.（零）件

    a．kiáⁿ   b．kiāⁿ

7.（餐）館

    a．koán   b．koān

8.（原）諒

    a．lióng   b．liōng

9.（興）旺

    a．óng   b．ōng

10.（報）表

    a．pió   b．piō

5.	a．kám
6.	b．kiāⁿ
7.	a．koán
8.	b．liōng
9.	b．ōng
10.	a．pió

B. 配合題：

    pó·、pō·、sí、sī、sun、sún、chó、chō、úi、ūi。

Q：1.（脚）步 2.（修）補 3.（開）始 4.（表）示

   5.（安）順 6.（竹）笱 7.（紅）棗 8.（製）造

   9.（主）委 10. 胃

A：			
1.　pō·	2.　pó·	3.　sí	4.　sī
5.　sun	6.　sún	7.　chó	8.　chō
9.　úi	10.　ūi		

以上十題如有錯誤，請將錯誤的字重讀兩三遍後，才繼續做4.9.1。

4.9.1 第一、二、五、七聲的分別（tong : tóng : tông : tōng）

第一聲的例字：偵 cheng　秋 chhiu　英 eng　思 su　方 hong
第二聲的例字：腫 chéng　手 chhiú　永 éng　史 sú　訪 hóng
第五聲的例字：情 chêng　愁 chhiû　營 êng　詞 sû　皇 hông
第七聲的例字：靜 chēng　樹 chhiū　用 ēng　序 sū　奉 hōng

A. 選擇題：

Q：1.　（前）後

　　　a. au　　　b. áu

　　　c. âu　　　d. āu

　　2.　（目）眉

　　　a. bai　　b. bái

　　　c. bâi　　d. bāi

　　3.　（山）東

　　　a. tang　　b. táng

　　　c. tâng　　d. tāng

　　4.　（五）指

　　　a. chi　　b. chí

　　　c. chî　　d. chī

　　5.　（門）診

　　　a. chin　　b. chín

　　　c. chîn　　d. chīn

A：　1.　d. āu

　　2.　c. bâi

　　3.　a. tang

　　4.　b. chí

　　5.　b. chín

6.（水）深
    a．chhim   b．chhím
    c．chhîm   d．chhīm

7.（象）牙
    a．ge   b．gé
    c．gê   d．gē

8.（主）婦
    a．hu   b．hú
    c．hû   d．hū

9.（絲）絨
    a．jiong   b．jióng
    c．jiông   d．jiōng

10.（樹）枝
    a．ki   b．kí
    c．kî   d．kī

6. a．chhim

7. c．gê

8. d．hū

9. c。jiông

10. a．ki

B．配合題：

oan、oán、oân、oān、pho·、phó·、pô、phō、
te、tê、tē。

Q：1.（手）腕　2.（藥）丸　3.（轉）彎　4.援
    5.（筆記）簿　6.（食）譜　7.（老）婆　8.舖
    9.（落）弟　10.（飲）茶

A： 1. oán   2. oân   3. oan   4. oān

> 5.　phō·　　6.　phó·　　7.　pô　　8.　phǒ·
> 9.　tē　　10.　tê

以上十題如有錯誤，請再念4.9.1，一直到全都作對了，才繼續
作4.10。

4.10　第三聲和第七聲的分別（ tòng ： tōng ）

第三聲的例字：凍 tàng　債 chè　　正 chèng　　孝 hàu
　　　　　　　憲 hiàn

第七聲的例字：重 tāng　坐 chē　　靜 chēng　　效 hāu
　　　　　　　現 hiān

A．選擇題：

Q：1.　（落）雨　　　　　　　　A：　1.　b．hō·

　　　　a．hò·　　b．hō·

　　2.　（興）奮　　　　　　　　　　2.　a．hùn

　　　　a．hùn　　b．hūn

　　3.　（世）界　　　　　　　　　　3.　a．kài

　　　　a．kài　　b．kāi

　　4.　（事）故　　　　　　　　　　4.　a．kò·

　　　　a．kò·　　b．kō·

　　5.　（重）量　　　　　　　　　　5.　b．liōng

　　　　a．liòng　　b．liōng

6.（會）社
  a．sià   b．siā

7.（謹）慎
  a．sìn   b．sīn

8.（明）智
  a．tì   b．tī

9.（老）大
  a．toà   b．toā

10.（反）抗
  a．khòng   b．khōng

6. b．siā

7. b．sīn

8. a．tì

9. b．toā

10. a．khòng

B．配合題：

àm 、 ām 、 chè 、 chē 、 chìn 、 chīn 、 chòng 、
chōng 、 chù 、 chū。

Q：1. 暗   2. 領   3. 坐   4. 際
   5. 盡   6. 進   7. 壯   8. 狀
   9. 自   10. 註

A：
1. àm   2. ām   3. chē   4. chè
5. chīn   6. chìn   7. chòng   8. chōng
9. chū   10. chù

4.11 五個非入聲的總複習

第一聲的例字：東 tong　基 ki　收 siu　彎 oan　丁 teng

第二聲的例字：黨 tóng　紀 kí　守 siú　遠 oán　等 téng

第三聲的例字：棟 tòng　記 kì　秀 siù　怨 oàn　訂 tèng

第五聲的例字：同 tông　旗 kî　酬 siû　丸 oân　亭 têng

第七聲的例字：洞 tōng　忌 kī　壽 siū　緩 oān　定 tēng

A. 選擇題：

Q：1.（鹽）酸　　　　　　　　　　A：　1.　a. sng

　　　a. sng　　b. sńg　　c. sǹg

　　　d. sn̂g　　e. sn̄g

　　2.（跟）隨　　　　　　　　　　　2.　d. sûi

　　　a. sui　　b. súi　　c. sùi

　　　d. sûi　　e. sūi

　　3.（布）袋　　　　　　　　　　　3.　e. tē

　　　a. te　　b. té　　c. tè

　　　d. tê　　e. tē

　　4.（勤）快　　　　　　　　　　　4.　c. khoài

　　　a. khoai　b. khoái　c. khoài

　　　d. khoâi　e. khoāi

　　5.（大）鼓　　　　　　　　　　　5.　b. kó·

　　　a. ko·　　b. kó·　　c. kò·

　　　d. kô·　　e. kō·

　　6.（富）貴　　　　　　　　　　　6.　c. kùi

　　　a. kui　　b. kúi　　c. kùi

d. kûi　e. kūi

7. （老）人

　　a. lang　b. láng　c. làng

　　d. lâng　e. lāng

8. （命）令

　　a. leng　b. léng　c. lèng

　　d. lêng　e. lēng

9. （黑）斑

　　a. pan　b. pán　c. pàn

　　d. pân　e. pān

10. （大）小

　　a. sio　b. sió　c. siò

　　d. siô　e. siō

7.	d. lâng
8.	e. lēng
9.	a. pan
10.	b. sió

B. 配合題：

sin、sín、sìn、sîn、sīn、kai、kái、kài、

lūn、lûn、lún、sái、sài。

Q：1. 訊　　2. 神　　3. 辛　　4. 腎

　　5. 改　　6. 階　　7.（警）戒　8. 潤

　　9. 輪　　10. 賽

A：1. sìn	2. sîn	3. sin	4. sīn
5. kái	6. kai	7. kài	8. lūn
9. lûn	10. sài		

C. 標音練習題:

下面台語成語的標音，凡是需變調的都已經標了變調，並以數目字表示其變調。沒有數目字的字，都要念本調。標音下劃有兩條橫線的請標出本調。

1. Bōe³ chiảh⁴ gō·³ - jit⁴ - cheh⁸ chang

   未　　食　　五　　日　　節　　粽

   phòa² hiu m̄³ - kam⁷ pang

   破　　裘　　唔　甘　　放

2. Lak - goẻh⁰ hoé¹ - sio⁷ - po·

   六　　月　　火　　燒　　埔

   chhit - goẻh⁰ bô⁷ ta⁷ tho·

   七　　月　　無　涸　土

3. Kau - goẻh⁰ khí¹ káu¹ - kang

   九　　月　　起　　九　　降

   chhàu² - thau bô⁷ tàng² chhang

   臭　　頭　　無　當　　藏

4. Goeh î ⁿ⁷ - kho· ē³ phảk - po·

   月　圓　箍　會　曝　埔

   Jit î ⁿ⁷ - kho· ē lỏh³ - ho·

   日　圓　箍　會　落　雨

5. Saⁿ⁷ - jit bô⁷ - liu

   三　　日　無　餾

peh² - chiū⁻ⁿ³ 　chhiu

扐　　　上　　　樹

A : | 1. | chǎng |
| --- | --- |
| | hiû　　　pǎng |
| 2. | lȧk　　　po‧ |
| | chhit　　thô‧ |
| 3. | káu　　　kàng |
| | thâu　　chhǎng |
| 4. | Goėh　　kho‧　　po‧ |
| | jit　　　kho‧　　hō‧ |
| 5. | jit　　　liū |
| | chhiū |

第五章　兩個入聲的辨認

5.1 以 p，t，k 爲韻尾的兩個入聲的分別

第四聲的例字：則 chek　　福 hok　　漆 chhat

法 hoat　　級 kip　　攝 liap

---

*注意：台中等地的人，第四聲與第八聲在詞組收尾沒有分別，可是不在詞組收尾就有分別。例如 " 漆 " chhat 與 " 賊 " chhat 同音，但是 " 漆仔 " 與 " 賊仔 " 就有分別。因此台中等地的人要判斷一個字是第四聲還是第八聲，需要靠字在非詞組收尾的發音來判斷。爲了這些人我們將在 5.5 和 5.6 兩節裡討論，詞組收尾不分 " 漆 " 和 " 賊 " " 借 " 和 " 石 " 的人，如何辨認第四聲和第八聲。這些人請先看 5.5 和 5.6 兩節。

第八聲的例字：籍 che̍k　　服 ho̍k　　賊 chha̍t

　　　　　　　罰 hoa̍t　　及 ki̍p　　粒 lia̍p

A．選擇題：

Q：1. （獨）立

　　　　a．lip　　　b．li̍p

　　2. （愛）博

　　　　a．phok　　b．pho̍k

　　3. （彩）色

　　　　a．sek　　　b．se̍k

　　4. （干）涉

　　　　a．siap　　b．sia̍p

　　5. （損）失

　　　　a．sit　　　b．si̍t

　　6. （價）值

　　　　a．tat　　　b．ta̍t

　　7. （對）敵

　　　　a．tek　　　b．te̍k

　　8. （津）貼

　　　　a．thiap　　b．thia̍p

　　9. （求）乞

　　　　a．khit　　b．khi̍t

　　10. （土）木

　　　　a．bok　　　b．bo̍k

A：　1.　b．li̍p

　　　2.　a．phok

　　　3.　a．sek

　　　4.　b．sia̍p

　　　5.　a．sit

　　　6.　b．ta̍t

　　　7.　b．te̍k

　　　8.　a．thiap

　　　9.　a．khit

　　　10.　b．bo̍k

B.　配合題：

iok、iȯk、chiok、chiȯk、chip、chíp、hoat、
hoa̍t、kek、ke̍k、put、pút。

Q：1.　足　　2.　執　　3.　集　　4.　發　　5.　極
　　6.　革　　7.　佛　　8.　不　　9.　約　　10.　育

A：
1. chiok	2. chip	3. chíp	4. hoat	
5. ke̍k	6. kek	7. pút	8. put	
9. iok	10. iȯk			

5.2　以 h 為韻尾的兩個入聲的分別

第四聲的例字：借 chioh　伯 peh　貼 tah　塔 thah　隻 chiah

第八聲的例字：石 chiȯh　白 pe̍h　踏 ta̍h　疊 tha̍h　食 chia̍h

A.　選擇題：

Q：1.　赤
　　　　a．chhiah　b．chhia̍h

　　2.　（歪）斜
　　　　a．chhoah　b．chhoa̍h

　　3.　（金）額
　　　　a．giah　b．gia̍h

A：
1.	a．chhiah
2.	b．chhoa̍h
3.	b．gia̍h

4. （保）甲
   a．kah　　b．ka̍h

5. （人）格
   a．keh　　b．ke̍h

6. （旅）客
   a．kheh　　b．khe̍h

7. 辣
   a．loah　　b．loa̍h

8. （生）活
   a．oah　　b．oa̍h

9. （三）百
   a．pah　　b．pa̍h

10. 薄
   a．poh　　b．po̍h

4.	a．	kah
5.	a．	keh
6.	a．	kheh
7.	b．	loa̍h
8.	b．	oa̍h
9.	a．	pah
10.	b．	po̍h

B．配合題：

tah、ta̍h、chih、chi̍h、chhioh、chhio̍h、hioh、
hio̍h、seh、se̍h、iah、ia̍h、toh、to̍h。

Q：1. 踏　　　2. 貼　　　3. 舌　　　4. 尺

　　5.（草）蓆　6. 葉　　　7. 歇　　　8.（兵）役

　　9. 雪　　　10.（椅）桌

A：

1.	ta̍h	2.	tah	3.	chi̍h	4.	chhioh
5.	chhio̍h	6.	hio̍h	7.	hioh	8.	ia̍h
9.	seh	10.	toh				

5.3　第三聲與有h韻尾的第四聲的分別

如 sià : siah 。

第三聲的例字：計 kè　舍 sià　照 chiò　笑 chhiò　世 sè

第四聲的例字：格 keh 錫 siah 借 chioh 尺 chhioh 雪 seh

A. 選擇題：

Q :		A :	
1. （優）勢		1.	a. sè
	a. sè　　b. seh		
2. （可）惜		2.	b. sioh
	a. siò　　b. sioh		
3. （顛）倒		3.	a. tò
	a. tò　　b. toh		
4. （鋼）鐵		4.	b. thih
	a. thì　　b. thih		
5. （相）隔		5.	b. keh
	a. kè　　b. keh		
6. （厝）契		6.	a. khè
	a. khè　　b. khch		
7. （過）去		7.	a. khì
	a. khì　　b. khih		
8. （虎）豹		8.	a. pà
	a. pà　　b. pah		

9.（叔）伯
  a．pè b．peh

10.（水）滴
  a．tì b．tih

---

9. b．peh

10. b．tih

B．配合題：

 pà、thà、sì、thah、koà、tih、sò、peh、tì、
pè、chheh、koah、chhè、soh。

Q：1.（燈）塔 2.（位）置 3．索   4．燥

  5．八   6.（貨）幣 7.（惡）霸 8.（卜）卦

  9．割   10.（註）冊

A：

1. thah	2. tì	3. soh	4. sò
5. peh	6. pè	7. pà	8. koà
9. koah	10. chheh		

5.3.1 以 h 為韻尾的第四、八聲與第三聲的分別：

第三聲的例字：勢 sè   照 chiò   笑 chhiò

     （貨）幣 pè （蚊）罩 tà

第四聲的例字：雪 seh   借 chioh   尺 chhioh

     伯 peh   貼 tah

第八聲的例字：轉 sėh   石 chiȯh （草）蓆 chhiȯh

     白 pėh   踏 tȧh

A. 選擇題：

Q：1.（厚）薄　　　　　　　　　　　A：1.　c. poh

　　　a. pò　　b. poh　　c. poh

　　2.（椅）桌　　　　　　　　　　　　2.　b. toh

　　　a. tò　　b. toh　　c. toh

　　3.（光）學　　　　　　　　　　　　3.　c. oh

　　　a. ò　　b. oh　　c. oh

　　4.（出）世　　　　　　　　　　　　4.　a. sì

　　　a. sì　　b. sih　　c. sih

　　5.（大）赦　　　　　　　　　　　　5.　a. sià

　　　a. sià　　b. siah　　c. siah

　　6.（龜）鱉　　　　　　　　　　　　6.　b. pih

　　　a. pì　　b. pih　　c. pih

　　7.（食）物　　　　　　　　　　　　7.　c. mih

　　　a. mì　　b. mih　　c. mih

　　8.（打）獵　　　　　　　　　　　　8.　c. lah

　　　a. là　　b. lah　　c. lah

　　9.（分）割　　　　　　　　　　　　9.　b. koah

　　　a. koà　　b. koah　　c. koah

　10.（木）屐　　　　　　　　　　　10.　c. kiah

　　　a. kiù　　b. kiah　　c. kiah

B. 配合題：

kà、kah、kȧh、chhiò、chhioh、chhiȯh、tà、

tah、tȧh、sià、siah、siȧh。

Q：1. 甲　　　2. 教　　　3.（草）蓆　4. 笑

5. 尺　　　6. 罩　　　7. 踏　　　8. 貼

9. 錫　　10. 舍

A：
1. kah	2. kà	3. chhiȯh	4. chhiò
5. chhioh	6. tà	7. tȧh	8. tah
9. siah	10. sià		

5.4　第七聲與有 h 為韻尾的第八聲的分別（如：mī： mȧh *）

第七聲的例字：（姓）謝 chiā　　（嫁）娶 chhoā

（大）麵 mī　　　（老）父 pē

（棉）被 phoē

第八聲的例字：　　食 chiȧh　　（歪）斜 chhoȧh

（食）物 mȧh　　（黑）白 pȧh

（雪文）沫 phoȧh

A．選擇題：

＊注意：彰化大甲與宜蘭等地的人以 h 為韻尾的第八聲和第七聲
無分別，因此，"夜" iā 與 "役" iȧh 都念成 iā 。這些地區的人，
在練習拼寫時，不必練習這些分別。但是為了與其他地域的人通話時
不致於產生誤會，需要練習並記住哪些字是第七聲、哪些字是第八聲。

· 104 ·

Q：1.（草）席　　　　　　　　A： 1.　b．chhioh

　　a．chhiō　b．chhioh

2.（都）市　　　　　　　　　 2.　a．chhī

　　a．chhī　b．chhih

3.（文）藝　　　　　　　　　 3.　a．gē

　　a．gē　b．geh

4.（歪）斜　　　　　　　　　 4.　b．chhoah

　　a．chhoā　b．chhoah

5.（名）額　　　　　　　　　 5.　b．giah

　　a．giā　b．giah

6.（災）禍　　　　　　　　　 6.　a．hō

　　a．hō　b．hoh

7.（眞）熱　　　　　　　　　 7.　b．joah

　　a．joā　b．joah

8.（日）夜　　　　　　　　　 8.　a．iā

　　a．iā　b．iah

9.（準）備　　　　　　　　　 9.　a．pī

　　a．pī　b．pih

10.（寶）石　　　　　　　　 10.　b．chioh

　　a．chiō　b．chioh

B．配合題：

　　hō　hoh　mī　mih　tā　tah

　　lōa　loah　koāⁿ　koahⁿ　mē＝mā　meh

Q：1.（白）鶴　2.（店）號　3.（壽）麵　4.（吃）物
　　5.（脚）踏 · 6.（動）脈　7.（相）罵　8.（姓）賴
　　9.（眞）辣　10.（流）汗

A：

1. hȯh	2. hō	3. mī	4. <u>mȧh</u>
5. tȧh	6. mėh	7. mē＝mā	8. loā
9. loȧh	10. koā^n		

5.4.1 第三聲和第七聲與以h爲韻尾的第四、八聲的分別（如 chhiò：chhiō：chhioh：chhiȯh）

第三聲的例字：（貨）幣 pè　　（宿）舍 sià

　　　　　　　（討）厭 ià　　　　蔗 chià

　　　　　　　　　計 kè

第七聲的例字：（老）父 pē　　（多）謝 siā

　　　　　　　（日）夜 iā　　（姓）謝 chiā

　　　　　　　（高）低 kē

第四聲的例字：　　　伯 peh　　（鉛）錫 siah

　　　　　　　（手）挖 iah　　（脚）脊 chiah

　　　　　　　（人）格 keh

第八聲的例字：　　　白 pėh　　　　杓 siȧh

　　　　　　　（兵）役 iȧh　　　　食 chiȧh

　　　　　　　（手）逆 kėh

A. 選擇題：

Q：1.　（名）額　　　　　　　A：　1.　d．giảh
　　　　a．già　　b．giā
　　　　c．giah　　d．giảh

　　2.　（寸）尺　　　　　　　　　2.　c．chhioh
　　　　a．chhiò　　b．chhiō
　　　　c．chhioh　　d．chhiỏh

　　3.　（日）照　　　　　　　　　3.　a．chiò
　　　　a．chiò　　b．chiō
　　　　c．chioh　　d．chiỏh

　　4.　（綠）豆　　　　　　　　　4.　b．tāu
　　　　a．tàu　　b．tāu
　　　　c．tauh　　d．tảuh

　　5.　（紅）柿　　　　　　　　　5.　b．khī
　　　　a．khǐ　　b．khī
　　　　c．khih　　d．khỉh

　　6.　（性）格　　　　　　　　　6.　c．keh
　　　　a．kè　　b．kē
　　　　c．keh　　d．kẻh

　　7.　（服）役　　　　　　　　　7.　d．iảh
　　　　a．ià　　b．iā
　　　　c．iah　　d．iảh

　　8.　（甘）蔗　　　　　　　　　8.　a．chià
　　　　a．chià　　b．chiā
　　　　c．chiah　　d．chiảh

9. （白）鶴

　　a. hò　　　b. hō

　　c. hoh　　 d. hȯh

10. 赤

　　a. chhià　 b. chhiā

　　c. chhiah　d. chhiȧh

9.　d. hȯh

10.　c. chhiah

B. 配合題：

chiò、chiō、chioh、chiȯh、chì、chih、chȮh、
bè、bē、beh、bėh、chhoà、chhoā、chhoah、
chhoȧh。

Q：1. 借　　2. 照　　3. 石　　4. 舌

5. 誌　　6. 麥　　7.（買）賣　8.（嫁）娶

9.（歪）斜　10.（姓）蔡

A：
1. chioh	2. chiò	3. chiȯh	4. chȮh
5. chì	6. bėh	7. bē	8. chhoā
9. chhoȧh	10. chhoà		

5.5　在詞尾不分「漆」和「賊」二音的人如何辨認第四聲和第八聲

這一節和下一節（5.6）是專給台中等地區的人看的。這些聲調的字在詞組尾或單獨出現時，無法分辨調值的不同，而必須在

其他位置時才能分辨出來，例如："漆"和"賊"、"色"和
"熟"、"竹"和"敵"。如果念完本節還不能辨認 chhat 和
chhat̍ 兩音的分別，先念第六章一般變調之後再念本節。

"漆"和"賊"在詞尾或單獨出現的時候念法沒有兩樣。可
是在"漆面"和"賊面"裡，也就是不在詞組的收尾時，卻有分
別。因此如果要分辨所有入聲字是第四還是第八聲，就需要把這
些字放在詞組開頭或中間的位置念。"漆面"chhat-bīn ⅂⊦ 的
"漆"和"賊面"chhat̍-bīn ⅃⊦ 的"賊"，聲調不同。"漆"
的聲調又高又短，是第四聲；"賊"卻低而短，是第八聲。

　　　第四聲的例字：叔（伯）chek　　福（氣）hok
　　　　　　　　　　法（度）hoat　　竹（椅）tek
　　　第八聲的例字：籍（貫）chek̍　　服（從）hok̍
　　　　　　　　　　罰（錢）hoat̍　　敵（意）tek̍

A. 選擇題：

Q：1. 色（彩）
　　　a．sek　　b．sek̍

　　2. 熟（肉）
　　　a．sek　　b．sek̍

　　3. 失（意）
　　　a．sit　　b．sit̍

　　4. 值（錢）
　　　a．tat　　b．tat̍

A：1. a．sek

　　2. b．sek̍

　　3. a．sit

　　4. b．tat̍

5. 貼（錢）
    a. thiap   b. thia̍p

6. 乞（食）
    a. khit   b. khi̍t

7. 木（材）
    a. bok   b. bo̍k

8. 博（士）
    a. phok   b. pho̍k

9. 立（志）
    a. lip   b. li̍p

10. 法（律）
    a. hoat   b. hoa̍t

5.	a.	thiap
6.	a.	khit
7.	b.	bo̍k
8.	a.	phok
9.	b.	li̍p
10.	a.	hoat

B. 配合題：

  iok 、 io̍k 、 chip 、 chi̍p 、 sit 、 si̍t 、 kek

  pu̍t 、 phok 、 iok 、 io̍k 、 pho̍k 、 ke̍k 、 ke̍h

Q：1.集（合） 2.執（行） 3.實（意） 4.失（意）

    5.極（端） 6.不（幸） 7.佛（祖） 8.博（愛）

    9.約（束） 10.革（命）

A:	1. chi̍p	2. chip	3. si̍t	4. sit
	5. ke̍k	6. put	7. pu̍t	8. phok
	9. iok	10. kek		

5.6　在詞組收尾不分「借」和「石」二音的人如何辨認第四聲和第八聲？

　　本節的情形與5.5節的情形相似，所不同的是本節只處理 h 韻尾，而5.5節卻處理了 p 、 t 、 k 韻尾。台中等地區的人，"借" 和 "石" 在詞組開頭或中間位置才有區別，如 "借刀" chioh-to ㄣㄟ 、 "石刀" chiòh-to ㄥㄟ 。

　　第四聲的例字：八（葉）peh　　　貼（此）tah

　　　　　　　　　　塔（內）thah　　　鴨（仔）ah

　　第八聲的例字：白（葉）pèh　　　踏（此）tàh

　　　　　　　　　　疊（樓）thàh　　　盒（仔）àh

A. 選擇題：

Q：1.　赤（色）　　　　　　　　　　A：

　　　　a. chhiah　b. chhiàh　c. chhiā

　2.　額（外）

　　　　a. giah　　b. giàh　　　c. giā

　3.　甲（等）

　　　　a. kah　　　b. kàh　　　c. kā

　4.　客（氣）

　　　　a. kheh　　b. khèh　　　c. khē

　5.　臘（筆）

　　　　a. lah　　　b. làh　　　c. lā

1.	a. chhiah
2.	b. giàh
3.	a. kah
4.	a. kheh
5.	b. làh

6. 白（人）

    a. peh   b. pe̍h   c. pē

7. 活（人）

    a. oah   b. oa̍h   c. oā

8. 八（枝）

    a. pe̲h   b. pe̲̍h   c. pē̲

9. 踏（地）

    a. tah   b. ta̍h   c. tā

10. 格（式）

    a. keh   b. ke̍h   c. kē

6.	b. pe̍h
7.	b. oa̍h
8.	a. pe̲h
9.	b. ta̍h
10.	a. keh

B. 配合題：

（請把下面的字放在詞首或詞中造句，如 " 薄：薄紙 "）

Q：1. poh、loa̍h、chhioh、hio̍h、hioh、po̍h、chhio̍h、loah。

    (1)辣　(2)薄　(3)歇　(4)尺　(5)葉

  2. seh、se̍h、sioh、sio̍h、toh、to̍h、chih、chi̍h。

    (1)雪　(2)惜　(3)桌　(4)舌　(5)折

A：

1.	(1) loa̍h	(2) po̍h	(3) hioh	(4) chhioh	(5) hio̍h
2.	(1) seh	(2) sioh	(3) toh	(4) chi̍h	(5) chih

5.7 聲調辨認總複習：

A．問答題：

1. 下面的標音中有些是錯誤的，有些是正確的。哪些正確的標音是把入聲韻尾和入聲配合的？

   gia̍h　go̍ng　tèk　tȯk　tōng　tong　giâ

   tòng　tòng　tók　tok　tȯk　tóng　gia̍

2. 上面哪些正確的標音是非入聲韻尾和非入聲相配的？

3. 上面哪些錯誤的標音是把入聲韻尾和非入聲配合的？

4. 上面哪些錯誤的標音是把非入聲韻尾和入聲韻尾相配的？

5. 請寫出可以用下列各標音標示的漢字。

   tong　tóng　tòng　tok　tōng　tōng　tȯk

6. 下面各字的聲母都是 t，韻母都是 eng 或 ek：

   燈　等　釘　竹　亭　定　敵

   請把這些字的標音寫出來。

A：
1. tok　tȯk　giah

2. tōng　giâ　tòng　tóng　tong

3. tèk　tók　tōk

4. go̍ng　tȯng　gia̍

5. 東　黨　棟　督　同　洞　毒　（同音字請看 2.3）

6. teng　téng　tèng　tek　têng　tēng　te̍k
   （其他例字請看 2.3）

B．標調練習題：

請利用排在前頭的聲母和韻母，把每字的標音寫出來。

1. hoan hoat 罰 反 翻 法 販 煩 犯
2. kun kut 裙 君 骨 滑 郡 滾 棍
3. ti tih 池 豬 智 抵 滴 碟 治
4. kim kip 急 及 錦 金 禁 妗
5. keng kek 景 經 窮 敬 勁 革 極
6. tong tok 同 督 東 洞 黨 棟 毒

A：

1.	hoa̍t	hoán	hoan	hoat	hoàn	hoān	hoān
2.	kûn	kun	kut	ku̍t	kūn	kún	kùn
3.	tî	ti	tì	tí	tih	ti̍h	tī
4.	kip	ki̍p	kím	kim	kìm	kǐm	
5.	kéng	keng	kêng	kèng	kēng	kek	ke̍k
6.	tông	tok	tong	tōng	tóng	tòng	to̍k

C. 排列題：

下面各行有八個字，請按八聲的次序加以排列。上聲字可以排在第二聲，也可以排在第六聲的位置。

1. 短 少 闊 狹(e̍h) 毛 身 面 嘴
2. 人 衫 褲 鼻 短 直 闊 倭
3. 走 龜 逐(je̍k) 猴 兔 走 掠(lia̍h) 象

Ａ：　　　1　2　3　4　5（6）7　8

1. 身　短　嘴　闊　毛　少　面　狹

2. 衫　短　褲　闊　人　倭　鼻　直

3. 龜　走　兔　[△]逐　猴　走　象　掠

第六章　一般變調

　　台灣話的詞素（大體上，一個詞素由一個漢字代表）出現在詞組尾是一個聲調，出現在其他的位置又是另外一個聲調。這些變化都很有規則的。請比較下列形容詞，在單獨出現時和雙疊時聲調變化的情形。並注意標調一律要標本調。遇有變調時，除了標本調以外，還以數目字在右上角標變調。

1→7　甜 ti^n，甜甜 ti^{n7}-ti^n　┤┐　清 chheng　清清 chheng[7]-
　　　開 khui　開開 khui[7]-khui　　燒 sio　　　　chheng
　　　　　　　　　　　　　　　　　　　　　　　燒燒 sio[7]-sio

2→1　軟 nńg　軟軟 nńg'-nńg　⟩⟨ 壞 phái^n　壞壞 phái^{n1}-phái^n

美 s'ui　美美 súi^1-súi　　短 té　　短短 té-té

我們把這種現象叫做 " 連調變化 "（ tone sandhi ）。各詞素出現在詞尾時的聲調，叫做 " 本調 "（ original 或 inherent tone ），出現在其他位置的聲調，叫做 " 變調 "（ changed 或 derived tone ）。本地人說話的時候，却在無意識中很自然地，但很有規律地的運用連調變化的規則，稍有錯誤，聽者和說者都會立刻覺察出來。可是，連調變化的規則如何，要經過一番研究才能描述它的道理。本節的目的在使讀者⑴把握連調變化的規則，⑵標調的時候，能正確地一律標本調，⑶念字句的聲調時，能夠分別應用本調或變調。

6.1　什麼情形要變調

凡是詞組的最後一個音節（或字），除非變爲輕聲，都不要念變調，而在其他的位置就要念變調。例如下列第一句裡的 khak sio、和 hōe 三個音節（或字）都不變調，其他的都要變調。（請注意下列變調是根據南部音，與北部音略有不同。）

	名　詞　組			動詞組		子		句	
1.	我	頭	殻	燒	燒	無	愛	去	開	會

．# Goa'^{1}　thâu^7-khak # sio^7-sio　# bô^7-ài^2　khì^2　khui^7　hoē#

	名　詞　組				動　詞　組			子	句
2.	這	粒	藥	丸 仔	緊	吞	落 去	就	好

chit^8-liap'^{4}　ioh^3-oân'-á # kín^1　thun　loh°-khì#　chiū^3　hó

名　　詞　　組

3.　我　　　藥　　丸　仔

\#Goá¹　　ió͘h³- oân⁷- á #

動　　詞　　組　　　　　句尾助詞

已　經　　吞　落　去　　眞　久　　à

í¹- keng⁷ thun⁷ ló͘h³-khì² chin⁷-kú # à #

可是，如果詞組的最後一個音節或幾個音節變成輕聲時，輕聲前的音節不變調。例如在例句2裡，"落去"ló͘h khì 兩個音節出現在詞組末尾都變爲輕聲，因此"吞"不變調。在例句3裡，"落去"不在詞組的末尾，不變爲輕聲。如此，"吞"既不在詞組末尾也不在輕聲之前，就要變調了。念成輕聲的詞除了標出本調以外，還在調號之後：用"。"表示。如"食一碗"chiáh = chit°-óaⁿ。輕聲的出現情形在下章討論。

　　詞組和詞組的分界大半都有停頓。這種分界我們在上例中用#的符號代表。變調詞組 tone sandhi phrase和語法有密切的關係。凡是名詞組（ noun phrase 如"頭殼"，"藥丸仔"）、動詞組（ verb phrase 如"燒燒"）、子句（ clause 如"就 好"）後面都有變調詞組分界。句尾助詞（final particles 如 a、bo、be 、la、lo）通常都單獨成爲變調詞組，因爲它的前後都各有一個變調詞組分界（ # ）。同一個詞組內的輕聲字，台灣教會的出版物都用"--"表示。如"食一碗"chiáh--chit-óaⁿ。我們改用" = "的符號chiáh=chit-óaⁿ。凡是" = "號後的字都需念輕聲，不必另記"。"號。

　　代名詞（ goá、goán-gún 、lí 、lín 、i、in、lán ）是名詞

組，可以單獨成爲一個變調詞組。可是，通常除非爲了加強語氣，都喪失其變調詞組的地位，而歸併於後面的變調詞組。例如例句1和3裡的"我"goá，如果要加強語氣，可以念成 goá 而成爲獨立的變調詞組，不然就念成 goá¹ 第一聲。

問答題：

Q1： 台灣話的音標除了念成輕聲的情形以外，要標本調還是變調？

A1： 一律標本調。

Q2： 一個或一個以上的詞素在什麼位置可以變爲輕聲？

A2： 在變調詞組的末尾。

Q3： 下面那一個念法是錯誤的？

(a)泅來 siû=lâi° (b)泅來這 siû-lâi°-chia

(c) siû⁷-lâi⁷-chia

A3： (b)

Q4： 輕聲怎麼樣標出？

A4： 除了標本調以外，再在音標頂上寫一個"°"。但輕聲字如果出現在詞組末尾時，在輕聲之前以"="表示，可以不另寫"°"。

Q5： 輕聲字前面的字（除非本身念成輕聲）應該念本調還是變調？

A5： 本調。

Q6： 在什麼情形下要念成變調？

A6： 凡是不在變調詞組末尾的音節，且出現在非輕聲前面的音節或字都要念變調。

Q7： 「台灣」這兩個字的標音哪一種對？

(a) Tâi-oân   (b) Tâi-oâng

A7： (a) Tâi-oân

Q8： 下列各句裡哪些音節要變調？哪些音節不要變調？請在不要變調的音標下面劃一條橫線。

(1) 陳主任 ＃ Tân-chú-jīm ＃

(2) 陳先生 ＃ Tân-sin-seⁿ ＃

(3) 台灣逐所在攏總眞好迌迌

＃ Tâi-oân ＃ tàk-só-chāi ＃ lóng-chóng chin hó-chhit-thô. ＃

(4) 白賊白決 ＃ pèh-chhàt-pèh-koat ＃

(5) 啞口 ê 壓死子 無話 thang 講

＃ É-káu=ê ＃ teh-sí kiáⁿ ＃ bô oē ＃ thang kóng ＃

(6) 講一 ê 影，生一 ê 子

＃ Kóng chit-ê iáⁿ ＃ seⁿ chit-ê kiáⁿ ＃

(7) 加減仔趁(賺) 才 bē hō· 窮

＃ Ke-kiám-á thàn ＃ chiah bē hō· sàn ＃

(8) 你 明仔 chai 欲 來 無

＃ Lí(＃) bîn-á-chài ＃ beh laî ＃ bô ＃

(9) 風吹(風箏) 愛有風 吹 才會飛

＃ Hong-chhoe ＃ ài ū hong ＃ chhoe ＃ chiah ē poe ＃

(10) Sēng 豬 giâ 灶，sēng 子 不孝

＃ Sēng-ti ＃ giâ-chàu ＃ sēng-kiáⁿ ＃ put-hàu ＃

A8： (1) j̲i̲m̲   (2) T̲â̲n̲

　　 (3) o̲á̲n̲ c̲h̲ā̲i̲ t̲h̲ô̲   (4) k̲o̲a̲t̲

　　 (5) k̲á̲u̲ k̲i̲á̲ⁿ k̲ó̲n̲g̲ o̲ē̲   (6) i̲á̲ⁿ k̲i̲á̲ⁿ

　　 (7) t̲h̲à̲n̲ s̲à̲n̲   (8) L̲í̲(Li 也可變調)c̲h̲à̲i̲ l̲â̲i̲

　　 (9) c̲h̲h̲o̲e̲, h̲o̲n̲g̲   (10) t̲i̲ c̲h̲à̲u̲ k̲i̲á̲ⁿ h̲à̲u̲

　　　　 c̲h̲h̲o̲e̲, p̲o̲e̲

6.2　什麼調變成什麼調　（一般變調）

　　把本調念成變調時，究竟由什麼調變成什麼調？這是本節要處理的問題。變調的情形絕大多數都按一般變調的規則。可是有極少數的情形，除了一般變調以外，還要特殊變調，特殊變調有兩種情形：(1)三連音頭再變調（如＂紅紅紅＂、＂平平平＂、＂老老老＂中的第一音節），(2)＂仔＂前再變調（如＂桌仔＂、＂樹仔＂、＂父仔子＂中的＂桌＂、＂樹＂、＂父＂）。每種變調都要做三項工作：(1)規則的把握，(2)寫的訓練，(3)念的訓練。

6.2.1　一般變調：規則的把握

第一聲變成第七聲。　　　　　開開 khui⁷-khui

第二聲變成第一聲。　　　　　緊緊 kín¹-kín

第三聲變成第二聲。　　　　　臭臭 chhàu²-chhàu

第四聲如果韻尾是 -p、-t、- k 即變

　　成第八聲；如果韻尾是 -h, 即變

　　成第二聲而同時消失 -h 尾　　溼溼 sip⁸- sip

　　　　　　　　　　　　　　闊闊 khoa²h-khoah

第五聲變成第七聲　　　　　　　紅紅 âng⁷-âng âng³-
（但在台北地區變成第三聲）。　　　　âng）
第七聲變成第三聲。　　　　　　　慢慢 bān³ - bān
第八聲如果韻尾是 -p,-t,-k, 即變成　直直 tit⁴-tit
　　第四聲；如果韻尾是 -h, 即變成
　　第三聲而同時消失 -h 尾。　　　　辣辣 loah³-loah

當我們說話或聽話時，絕不會把變調規則弄錯。可是當寫音標或念音標時，需要經過一段時間的訓練才能正確地標出連調變化來。把握上述的規則可以幫助我們正確地標調。下面的變調連鎖圖更可以幫助我們的記憶。

一般變調連鎖圖：

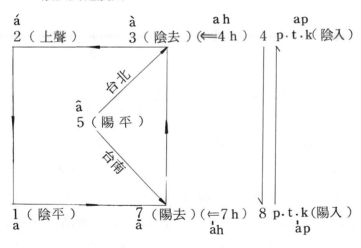

台南與台北的變調，只在第五聲的變調有不同，其他完全一致。

就變調的情形看，以 -h 為韻尾的第四聲（4h）和第三聲變

法相同〔3（⇐4h）〕都變爲第二聲。以‑h爲韻尾的第八聲（8h）

和第七聲變法相同 〔7（⇐8h）〕都變爲第三聲。（4 p.t.k）是

指以‑p,‑t,‑k爲韻尾的第四聲。（8p.t.k）是指以‑p,‑t,‑k 爲

韻尾的第八聲。

有的人乾脆把第四聲（陰入）的變調當做第二聲（高降），

而把第八聲（陽入）的變調當做第三聲（低降）處理。這樣的處

理可使變調規律更爲簡化，值得做我們的參考。

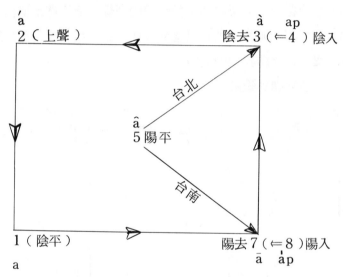

這個圖表一定要學到隨時都能寫出來爲止。在四角上先寫1

2、3、7，中央寫5，4與8分別寫在3、7的右邊,然後順着7

3、2、1的方向（即7→3→2→1→7）畫箭頭。下面的例子

都有關身體的部位和它們的形容詞，可以隨時用來幫助記憶變調

的規則。

    1→7　　脚蹺蹺　　　　khiau⁷-khiau

2→1	手軟軟	nńg¹-nńg
3→2	嘴臭臭	chhàu²-chhàu
4→2	鼻闊闊	khoah²-khoah
↘8	鼻啄啄	tok⁸-tok
5→7	毛長長	tn̂g⁷-tn̂g
7→3	耳重重	tāng³-tāng
8→3	面肉白白	pe̍h³-pe̍h
↘4	面肉滑滑	ku̍t⁴-ku̍t

$$2→1 \quad 手軟軟 \quad nńg^1-nńg$$

另外一套字是和 " 東 " tong　同音而不同調的字。以這些字做詞首的詞都可以幫我們檢查變調的內容。

1→7	東	東部
2→1	黨	黨部
3→2	棟	棟樑
4→8	督	督導
5→7.3同		同學
7→3	洞	洞內
8→4	毒	毒藥

變調第三聲與本調第三聲的調值只能說是近似但並不完全相同。本調第三聲的調值低而下降「↓」，變調第三聲的調值却低而不下降「↓」。其他聲調的變調和本調之間的相似的程度比較高。每一種聲調的變調都有一個共同之點，即說成本調的音節都比較長，說成變調的音節都比較短。不過一般人都不容易察覺出來。

問答題：

Q1： 在一般變調裡，

　　　　第一聲變成第幾聲？

　　　　第二聲變成第幾聲？

　　　　第三聲變成第幾聲？

　　　　第四聲如果是以 -h 為韻尾

　　　　的變成第幾聲？

　　　　第四聲如果是以 -p,-t,-k 為

　　　　韻尾的變成第幾聲？

　　　　第五聲變成第幾聲？

　　　　第七聲變成第幾聲？

　　　　第八聲如果是以 h 為韻尾的變

　　　　成第幾聲？

　　　　第八聲如果是以 -p,-t,-k 為

　　　　韻尾的變成第幾聲？

A1：

第七聲
第一聲
第二聲
第二聲
第八聲
第七聲 (台北系第三)
第三聲
第三聲
第四聲

Q2： 一般變調連鎖圖，主要部分由四角形　A2： 1,2,3,7
　　　形成。第一角在左下角，是第幾聲？
　　　第二角在左上角，是第幾聲？第三角
　　　在右上角，是第幾聲？第四角在右下
　　　角是第幾聲？

Q3： 一般變調連鎖圖中央放第幾聲？第3　A3： 5;4,8
　　　和第7的右邊各放第幾聲？

Q4： 請畫一般連鎖圖。１２３７變調的箭
頭是什麼方向？

A4： 前部分答案
請看本節課
文。
是反時鐘方
向，即

Q5： 在下面的重疊詞裡，如果第一個字要
念變調，就用數字表示它們的變調。

A5：

1.	歪歪	oai-oai	1.	oai^7-oai
2.	青青	chhe^n-chhe^n	2.	chhe^{7n}-chhe^n
3.	輕輕	khin-khin	3.	khin^7-khin
4.	短短	té-té	4.	té^1-té
5.	空空	khang-khang	5.	khang^7-khang
6.	勇勇	ióng-ióng	6.	ióng^1-ióng
7.	痛痛	thiàn-thiàn	7.	thiàn^2-thiàn
8.	軟軟	nńg-nńg	8.	nńg^1-nńg
9.	足足	chiok-chiok	9.	chiok^8-chiok
10.	臭臭	chhàu-chhàu	10.	chhàu^2-chhàu
11.	晚晚	oàn-oàn	11.	oàn^2-oàn
12.	氣氣	khì-khì	12.	khì^2-khì
13.	濕濕	sip-sip	13.	sip^8-sip
14.	闊闊	khoah-khoah	14.	khoa^2-khoah
15.	白白	pèh-pèh	15.	pèh^3-pèh
16.	七七	chhit-chhit	16.	chhit^8-chhit
17.	紅紅	âng-âng	17.	âng^{7,3}-âng

18.	趖趖	sô-sô	18.	sô⁷,³-sô	
19.	重重	tāng-tāng	19.	tāng³-tāng	
20.	長長	tn̂g-tn̂g	20.	tn̂g⁷,³-tn̂g	
21.	慢慢	bān-bān	21.	bān³-bān	
22.	近近	kīn-kīn	22.	kīn³-kīn	
23.	遠遠	hn̄g-hn̄g	23.	hn̄g³-hn̄g	
24.	活活	oảh-oảh	24.	oảh³-oảh	
25.	熱熱	joảh-joảh	25.	joảh³-joảh	
26.	裂裂	lỉh-lỉh	26.	lỉh³-lỉh	
27.	直直	tỉt-tỉt	27.	tỉt⁴-tỉt	
28.	蹺蹺	khiau-khiau	28.	khiau⁷-khiau	
29.	緊緊	kín-kín	29.	kín¹-kín	
30.	暈暈	hîn-hîn	30.	hîn⁷,³-hîn	

6.2.2　一般變調：寫的訓練

　　我們說的時候說變調，寫的時候卻要寫本調，因此難免受到說話的影響，寫成變調。為了避免這種錯誤，最好的辦法是把非出現於詞尾的音節個別發音，以便審定聲調。例如 " 台灣 " 的 " 台 tâi "， " 美國 " 的 " 美 bí "， " 聯合國 " 的 " 聯 liân " 與 " 合 hảp " 等等。

　　另外一個有效的方法是「背」。我們學漢字的字形都要一個一個地死背。一般人既能背幾千個複雜的漢字，背幾十個常用的台語詞彙的音標應該是輕而易舉的事情（例如： " 會 ē " " 個 ê " " 我 goá "、 " 你 lí "、 " 伊 i "、 " 不愛 m̄-ài "）。如此，讀的速度可以大增。

　　在台灣話的**變調**裡，有本調不同，而變調後則相同的現象。因此，常有因變調而產生的雙關語。這種雙關語，音標雖不同（因標本調），發音卻相同。

第四聲 -h 收尾的和第三聲都變成第二聲：

4
　＞2　〔to²＋kha¹〕　　這個發音可能是 " 桌脚　toh-kha "
3
　　　　　　　　　　　　　　也可能是 " 倒脚　　tò-kha "
　　　　　　　　　　　　　　　　　　　　　　　　　　（右脚）

　　　　〔thi²＋thau⁵〕　　{ 鐵頭 thih-thâu
　　　　　　　　　　　　　　{ 剃頭 thì　thâu

　　　　〔ta²＋cho²＋hoe²〕　{ 貼做伙 tah chò-hoé
　　　　　　　　　　　　　　　{ 罩做伙 tà chò-hoé

第八聲 -h 收尾的和第七聲都變成第三聲：

8
　＞3　〔li³＋chit⁴＋chhun³〕　{ 裂一寸 lih chit-chhùn
7　　　　　　　　　　　　　　　{ 離一寸 lī　chit-chhùn

　　　　〔ke³＋lo·⁷〕　　{ 逆路 keh-lō·
　　　　　　　　　　　　{ 低路 kē- lō·

　　　　〔be³＋moe⁵〕　　{ 麥糜 beh-<u>moê</u>
　　　　　　　　　　　　{ 賣糜 bē -<u>moê</u>

　　　　〔nge³＋choa²〕　{ 挾紙 ngeh choá
　　　　　　　　　　　　{ 硬紙 ngē-choá

第五聲與第一聲都變成第七聲（只限於台南系的方音）：

1
　＞7　〔siu⁷＋lai⁷＋chia¹〕這個發音有兩個可能的意思，卽
5

$$\begin{cases} 收來這 \ siu\text{-}l\hat{a}i\text{-}chia \\ 泅來這 \ si\hat{u}\text{-}l\hat{a}i\text{-}chia \end{cases}$$

$[ng^7 + bak^4 + chiu^1]$
$$\begin{cases} 掩目睛 \ ng \ b\acute{a}k\text{-}chiu \\ 黃目睛 \ \hat{n}g \ b\acute{a}k\text{-}chiu \end{cases}$$

$[tong^7 + tiau^5]$
$$\begin{cases} 東朝 \ tong\text{-}ti\hat{a}u \\ 唐朝 \ t\hat{o}ng\text{-}ti\hat{a}u \end{cases}$$

$[liam^7 + kim^7 + choa^2]$
$$\begin{cases} 拈金紙 \ liam \ kim\text{-}cho\acute{a} \\ 粘金紙 \ li\hat{a}m \ kim\text{-}cho\acute{a} \end{cases}$$

第五聲和第七聲都變成第三聲（只限於台北市系的方音）：

$\begin{matrix} 5 \\ \quad > 3 \\ 7 \end{matrix}$ $[phe^3 + lai^7]$ 這個發音有兩個意思，即：

$$\begin{cases} 皮內 \ ph\hat{e}\text{-}lai \\ 被內 \ ph\bar{e}\text{-}lai \end{cases}$$

$[kui^3 + bo^3 + loh^4 + khi^3]$
$$\begin{cases} 跪無落去 \ k\bar{u}i\text{-}b\hat{o}\text{-}l\acute{o}h\text{-}kh\grave{i} \\ 櫃無落去 \ k\bar{u}i\text{-}b\hat{o}\text{-}l\acute{o}h\text{-}kh\grave{i} \end{cases}$$

$[koa^n{}^3 + ka^2h + beh^2 + si^2]$
$$\begin{cases} 寒 \ kah \ 欲死 \ k\hat{o}a^n\text{-}kah\text{-}beh\text{-}s\acute{i} \\ 捾 \ kah \ 欲死 \ k\bar{o}a^n\text{-}kah\text{-}beh\text{-}s\acute{i} \\ （提東西，提得要死） \end{cases}$$

填空題：

如果我們把一般變調裡的六個變調，按照它們來源的多寡加以分類，可以有下面兩種情形：

A．一元變調：1、4和8三個變調都只來自一個本調。

Q 1．變調第一聲一定來自本調第＿＿聲。

Q 2．變調第四聲一定來自本調第＿＿聲。

A：
1.	二
2.	八

Q 3. 變調第八聲一定來自本調第____聲。　　　　3.　四

B. 雙元變調：2、3、7 三個變調都來自兩
　　個不同的本調。

Q 4. 變調第二聲可能來自本調第____聲，　A:　4.　三、四
　　　也可能來自 -h 收尾的本調第____聲。

Q 5. 變調第三聲可能來自本調第____聲，　　　5.　七、八
　　　也可能來自 -h 收尾的本調第____聲。　　　　　　五
　　　在台北口音裡又可能來自第____聲。

Q 6. 變調第七聲可能來自本調第____聲，　　　　6.　一、五
　　　在台南口音裡也可能來自本調第__聲。　　　　　　一

Q 7. 〔siu⁷+lai⁷+chia¹〕的〔siu⁷〕這個發　　　　7.　收 siu
　　　音在台南口音裡可能有___和___兩個　　　　　　泅 siû
　　　不同的意義。

Q 8. 〔to²+kha¹〕的〔to²〕可能有__和__兩個。　　8.　倒 tò
　　　意義。　　　　　　　　　　　　　　　　　　　桌 toh

Q 9. 〔li³+saⁿ-chhun³〕的〔li³〕可能有__和　　　9.　裂 lih
　　　__兩個意義。　　　　　　　　　　　　　　　　離 lī

Q10. 在一般變調裡沒有一個本調是變成第__　　10.　五
　　　聲的。

　　請標下面各詞的聲調　（請抄整個音標）。

　　1.　狗肝 kau-koaⁿ　　教官 kau-koaⁿ　　A:　1.　káu-koaⁿ
　　　　　　　　　　　　　　　　　　　　　　　　　kàu-koaⁿ
　　2.　這本 chit pun　　一本 chit-pun　　　　2.　chit-pún
　　　　　　　　　　　　　　　　　　　　　　　　　chit-pún
　　3.　倒面 to-bin　　　刀面 to-bin　　　　　3.　tò-bin
　　　　　　　　　　　　　　　　　　　　　　　　　to-bin
　　4.　白葉 peh-hioh　　八葉 peh-hioh　　　　4.　peh-hioh
　　　　　　　　　　　　　　　　　　　　　　　　　peh-hioh

5.　蛇箱 choa-siuⁿ　　紙箱 choa-siuⁿ
6.　奶牛 leng-gu　　冷牛 leng-gu
7.　園路 hng-loˀ　　遠路 hng-lo•
8.　軟葉 nng-hioh　　兩葉 nng-hioh
9.　泅走 siu-chau　　收走 siu-chau
10.　煙筒 ian-tang　　鉛筒 ian-tang

5.	choâ-siuⁿ
	choá-siuⁿ
6.	leng-gû
	léng-gû
7.	hn̂g-lō·
	hn̄g-lō·
8.	nńg-hióh
	nn̄g-hióh
9.	siû-cháu
	siu-cháu
10.	ian-tâng
	iân-tâng

下面是望春風歌詞第一首，請標調。

獨　夜　無　伴　守　灯　火
tok-ia bo phoaⁿ chiu teng-hoe

清　風　對　面　吹
chheng-hong tui-bin chhoe

十　七　八　歲　未　出　嫁
chap-chhit-peh hoe boe chhut-ke

遇　到　少　年　家
gu-tioh siau-lian-ke

果　然　漂　緻　面　肉　白
ko-jian phiau-ti bin-bah peh

誰　人　的　子　弟
saⁿ-lang e chu-te

想　要　問　伊　驚　歹　勢
siuⁿ beh mng i kiaⁿ phaiⁿ-se

心　內　彈　琵　琶
sim-lai toaⁿ phi-pe

tȯk-iā bô phoāⁿ chiú teng ho̤é

chheng-hong tùi-bīn chho̤e

chȧp-chhit-peh ho̤è bo̤ē chhut-kè

gū-tiȯh siàu-liân-ke

kó-jiān phiau-tì bīn -bah pȧh

siáⁿ-lâng ê chú- tē

siūⁿ beh mn̄g i kiaⁿ pháiⁿ-sè

sim-lāi toāⁿ gî-pê

6.2.3 一般變調: 念的訓練

第一步:對初學的人,在同一組音標裡,先把各字念成本調,再把它們合起來念,自然會念成正確的變調。例如" 輕＋輕 ",個別念本調第一聲,合起來念時,一定會很自然地念成第七聲和第一聲。這種念法比較費時,未能確切地把握的人才用這個方法。

第二步: 能正確發本調的人 ,可以不出聲默默地念各字的本調,然後把各字合在一起念出聲來。

第三步:經過一番訓練之後,不必預先" 心念 "而可以直接念出變調來。

第四步:以上三個步驟是朗誦的訓練。可是因為念書朗誦的速度比默念慢,所以除了練習朗誦以外,還要練習默念,也就是不出任何聲音而可把握音標所代表的詞。

下面各詞請依下列步驟來練習念。第一步,誦念本調;第二步,心念本調;第三步,直接念出變調;第四步,默念。每次念完之後，可以對照右面的漢字。

1.	Tâi-oân	台灣
2.	iân-pit	鉛筆
3.	chhài-tû	菜櫥
4.	hoe-kan	花矸
5.	pe̍h-hio̍h	白葉
6.	bē-chú	賣主
7.	toh-téng	桌頂
8.	tek-sún	竹筍
9.	te̍k-jîn	敵人
10.	tiám-teng	點灯
11.	Liân-ha̍p-kok	聯合國
12.	Tân-chú-jīm	陳主任
13.	khoàⁿ lāu-jia̍t	看鬧熱
14.	kiaⁿ-sí-lâng	驚死人
15.	phoà chiú-kan	破酒矸
16.	âng chheh-phoê	紅冊皮
17.	thâu-ke-niû	頭家娘
18.	m̄-bat-jī	不識字
19.	súi cha-bó͘	美查某
20.	khit-chiah-miā	乞食命

選擇題：

下面各題請先念出音標，然後選出與漢字符合的正確音標。

1. a. Tai-oân   b. Tâi-oân   （台灣）A:
   c. Tāi-oân   d. Tái-oân

2. a. Tiong-kok   b. Tiông-kok （中國）
   c. Tiōng-kok   d. Tiòng-kok

3. a. kau-sái   b. káu-sái   （猴屎）
   c. kàu-sái   d. kâu-sái

4. a. lai-saⁿ   b. lāi-saⁿ   （內衫）
   c. lài-saⁿ   d. lâi-saⁿ

5. a. ha̍k-hāu   b. hak-hāu   （學校）
   c. hàk-hāu   d. hák-hāu

6. a. be̍-mi̍h   b. bè-mi̍h   （買物）
   c. bé-mi̍h   d. bē-mi̍h

7. a. thàn-chîⁿ   b. thân-chîⁿ （趁錢）
   c. thān-chîⁿ   d. than-chîⁿ

8. a. joà-thiⁿ   b. joah-thiⁿ （熱天）
   c. joa̍h-thiⁿ   d. joā-thiⁿ

9. a. chi̍t-ki   b. chit-ki   （一枝）
   c. chih-ki   d. chi-ki

10. a. khoah-chhùi   b. khoá-chhùi （闊嘴）
    c. khoà-chhùi   d. khoa̍h-chhùi

A:
1.	b
2.	a
3.	d
4.	b
5.	a
6.	c
7.	a
8.	c
9.	a
10.	a

配合題：

1. 白葉、八葉

    a. pe̍h-hio̍h   b. pe̍h-hio̍h   c. pè-hio̍h   A: 1. b. a.

2. 教官、狗肝
   a. kau-koaⁿ   b. káu-koaⁿ   c. kàu-koaⁿ

3. 長手、斷手
   a. tn̂g-chhiú   b. tn̄g-chhiú   c. tǹg-chhiú

4. 黨內、洞內
   a. tong-lāi   b. tóng-lāi   c. tōng-lāi

5. 買主、賣主
   a. bē-chú   b. bé-chú   c. be-chú

2.	c. b
3.	a. b
4.	b. c
5.	b. a

第七章　特殊變調

（"仔 á "前再變調和三連音頭再變調）

7.1 á 前再變調：規則的把握

台灣話" 貓仔 niau-á "裡的 á 有如北平語的" 兒 "和"子"：出現於名詞詞尾時，通常表示細小或不重要（如" 厝仔 chhù-á""店員仔 tiàm-oân á "）或親暱（如" 心肝仔 sim-koaⁿ-á"）。有時候沒有什麼特別的意思，只是習慣上需要這樣用。

"仔 á "前的音節需要按一般規則變調，可是變調後的聲調不能有降調。如果是降調，那麼除了一般變調之外還需要再變為平板調。

請參閱下列圖表。

例字	龜姑	鼓椅	鋸	桌竹	糊姨	舅	蓆姪
本調	˧ 一	˥ 二	˩ 三	˥ 四	˥ 五	˧ 七	˥ 八
一般變調	˧ 7	˥ 1	˥ 2	˥ 8	˧ 7	˩ 3	˥ 4
	非高 (中)	高	高	高	非高 (中)	非高 (低)	非高
	平	平	降	降	平	降	降
	長	長	長	短	長	長	短
á前變調	˧ 7	˥ 1	˥ 1	˥ 8	˧ 7	˧ 7	˩ 4
	非高	高	高	高	非高	非高	非高
	平	平	平	平	平	平	平
	長	長	長	短	長	長	短

　　變調後的兩個入聲（4、8），在一般變調時都稍有下降，而在á前就不下降。可是第四聲不致於和其他聲調相混，仍算第四聲；第八聲亦然，仍算第八聲。至於變調後的第二和第三聲就不同了。它們再變為不下降的平板調的結果第二聲和第一聲相混而聽不出其分別，第三聲和第七聲相混而聽不出其分別，因此而有產生雙關語的可能。

　　如此，á前的變調，如果是下降調第二或第三聲，即高降調（第二聲）要再變為高平調（第一聲），非高（低）降調（第三聲）要再變為非高（中）平調（第七聲）。á前的變調，如果是平調

（1、7）或入聲（4、8），就不必再變調了。

　　請注意"仔"前的聲調只有四種可能：1、7、4或8。

　　á前的音節如果有 -m、-n、-ng 等鼻音韻尾，〔á〕的發音就變成〔má，ná，ngá〕。但是我們標音的時候，還是標本音〔á〕，不標成變音〔má，ná，ngá〕等。例如：

　　　　柑仔　　kam-á　　〔kam⁷-ma²〕

　　　　秤仔　　chhìn-á　〔chhìn¹-na²〕

　　　　松仔　　chhêng-á〔chheng⁷-nga²〕

　　á前的音節如含有 -p,-t,-k 塞音韻尾，〔á〕就發音　為〔bá,lá,gá〕。但標音時，還是一律標本音〔á〕，不標成變音〔ba²,la²,ga²〕等。例如：

　　　　挾仔　　giap-á　　〔giab⁴-ba²〕

　　　　漆仔　　chhat-á　〔chhal⁸-la²〕

　　　　叔仔　　chek-á　　〔cheg⁸-ga²〕*

　　á本身可以出現於詞尾，也可以出現於詞首或詞中。其變調情形按一般變調的規則：出現於詞尾時，不變調，出現於其他位置即變爲第一聲。

　　　　桌仔　　toh-á　　〔toh¹-á〕

　　　　桌仔頂　toh-á-téng〔toh¹-á¹-téng〕

問答題：

---

*　"仔"á與"啊"aº不同。"啊"用在叫稱名之後，念爲輕聲（
　例如"阿叔啊"a-chek＃aº。"阿母啊"a-bú＃aº。 "阿財啊"
　châi＝aº）輕聲前的音節一律念本調。

Q1：" 仔 á " 前的變調在什麼情形下只按照一般變調的規則變化？

Q2：" 仔 á " 前的變調在什麼情形下除了按照一般變調的規則變化以外，還要再特別變化？

Q3：" 仔 á " 因受前面音節的影響，有時候念成〔ma²、na²、ba²、ga²〕等。標音的時候，標本音還是變音？

Q4：下列各詞中，〔á〕前的音節有那些需要再變調？

叔仔	chek-á	肉砧仔	bah-tiam-á
灯仔	teng-á	一點仔	chi̍t-tiám-á
等仔	téng-á	店仔	tiàm-á
亭仔	têng-á	坐墊仔	chē-tiām-á
竹仔	tek-á		

Q5：上面需要再變調的音節最後各變成第幾聲？

A：
1：變調後的聲調是平調（1、7）或入聲（4、8）時。

2：變調後的聲調是降調（2、3）時。

3：本音 á 。

4：店 tiàm　墊 tiām

5：店仔 tiàm¹-á　坐墊仔 chē³-tiām⁷-á

7.2　á前再變調：寫的訓練

á前面的音節如有特殊變化，很容易錯誤，因此要特別注意。寫音標時，一定要逐字念成本調。

下列各詞請先念成詞，再把各字單獨念，然後注出本調。

Q 1.　桔仔　kiat-a　　　　A：　1.　kiat-á

　　2.　簿仔　phō͘-a　　　　　　　phō͘-á

Q 3.　街仔路　ke-a-lo͘

　4.　母仔子　bo-a-kiaⁿ

　5.　兄弟仔　hiaⁿ-ti-a

　6.　店仔　tiam-a

　7.　羊仔　iuⁿ-a

　8.　馬仔　be-a

　9.　兔仔　tho͘-a

　10.　枝仔冰　ki-a-peng

　3.　ke-á-lō͘

　4.　bó-á-kiáⁿ

　5.　hiaⁿ-tī-á

　6.　tiàm-á

　7.　iûⁿ-á

　8.　bé-á

　9.　thò͘-á

　10.　ki-á-peng

下列的詞請按四種不同的方法念：

(1)　先出聲念各字的本調後，再合念全詞。

(2)　先不出聲念各字的本調後，再合念全詞。

(3)　直接出聲念出全詞。

(4)　默念音標，然後寫出其所代表的意義或漢字。

1.　phīⁿ-á	鼻仔
2.　ām-kún-á	領頸仔
3.　sin-pū-á	新婦仔
4.　teng-á	釘仔
5.　ki-á-peng	枝仔冰
6.　hiaⁿ-tī-á	兄弟仔
7.　é-káu-á	啞口仔
8.　tiàm-á	店仔
9.　chhìn-á	秤仔
10.　tû-á	櫥仔
11.　iûⁿ-á-kiáⁿ	羊仔子

12.	koa-á-tiāu	歌仔調
13.	toh-á- téng	桌仔頂
14.	chhiū-á-kha	樹仔脚
15.	ô-á-chian	蠔仔煎
16.	ō-á-peng	芋仔冰
17.	a̍p-á-lāi	盒仔內
18.	chha̍t-á	賊仔
19.	tek-á	竹仔
20.	sam-á	杉仔

7。3　á 前再變調：念的訓練

選擇題：

1. a. toh-á　　b. to-á　　c. to̍h-á　　（桌仔）

2. a. chûn-á　　b. chūn-á　　c. chun-á　　（船仔）

3. a. chhat-á　　b. chha̍t-á　　c. chhah-á　　（賊仔）

4. a. o-á　　b. ô-á　　c. ō-á　　（蠔仔）

5. a. a̍h-á　　b. ah-á　　c. ā-á　　（盒仔）

6. a. chhiu-á　　b. chiù-á　　c. chhiū-á　　（樹仔）

7. a kim-á　　b. kím-á　　c. kîm-á　　（金仔）

8. a. gin-a lâng　b. gin-á-lâng　c. gín-á-lâng　（囝仔人）

9. a. chhak-á　　b. chha̍k-á　　c. chhah-á　　（鑿仔）

10. a. chhioh-á　b. chhio̍h-á　c. chhiò-á　　（蓆仔）

A:
1.	a toh-á	6.	c. chhiū-á
2.	a. chûn-á	7.	a. kim-á
3.	b. Chhảt-á	8.	c. gín-á-lâng
4.	b. ô-á	9.	b. chhảk-á
5.	a. ảh-á	10.	b. chhióh-á

配合題：

1.	墊仔、店仔	A: 1. tiām-á, tiàm-á
	tiam-á, tiām-á, tiàm-á	
2.	椅仔、姨仔	2. í-á, î-á
	í-á, î-á, ī-á	
3.	狗仔、溝仔	3. káu-á, kau-á
	káu-á, kāu-á, kau-á	
4.	街仔、架仔	4. ke̱-á, kè-á
	kè-á, ke̱-á, kē-á	
5.	等仔（秤）、灯仔	5. téng-á, teng-á
	teng-á, tèng-á, téng-a	

7.4 三連音頭再變調的規則：規則的把握

　　台語的三連音是指同一個形容詞重疊三次，如＂紅紅紅＂、
＂闊闊闊＂、。三連音的前兩個音節通常按一般變調的規則變調，
可是頭一音節的變調除了高聲調（一、二、八）以外都要再變調，
一律變成第五聲。換句話說，如果頭一音節的變調是第三、四、

七聲等非高音調，一律都要變成第五聲。出現於三連音頭音節的第五聲比出現於詞尾的第五聲高得多，可是無論出現於什麼位置，第五聲都是上昇的。

　　台灣話的單音節形容詞都可以雙疊和三疊，請注意，三連音的頭兩個音節如按一般變調規則變調，它的變調一定都相同。有些情形需要"再經過特殊變化"，其餘卻不需要。請注意，需要特別再變調的條件。

單音	雙疊	三疊
歪 oai	oai^7-oai	oai^5-oai^7-oai
軟 nńg	nńg^1-nńg	nńg^1-nńg^1-nńg
臭 chhàu	chhàu^2-chhàu	chhàu^2-chhàu^2-chhàu
濕 sip	sip^8-sip	sip^8-sip^8-sip
闊 khoah	khoah^2-khoah	khoăh -khoăh -khoah
長 tn̂g	tn̂g^{7}tn̂g	tn̂g^5-tn̂g^7-tn̂g
慢 bān	bān^3-bān	bān^5-bān^3-bān
直 tı̍t	tı̍t^4-tı̍t	tı̍t^5-tı̍t^4-tı̍t
白 pe̍h	pe̍h^3-pe̍h	pe̍h^5-pe̍h^3-pe̍h

　　三連音頭音節的再變調，無論是寫或念都不應該有什麼問題。同一個形容詞重疊三次，因為寫的時候都標本調，所以三個音節的寫法都應該相同。

　　三連音在台灣話裡出現並不多，所以不必太注重，把上面的練習念幾次就夠了。

下列三連音的頭兩個音節都需要變音，最後變成什麼調，請用數字表示。

Q			A:		
1.	輕輕輕	khin-khin-khin		1.	5 - 7 - 1
2.	短短短	té-té-té		2.	1 - 1 - 2
3.	足足足	chiok-chiok-chiok		3.	8 - 8 - 4
4.	俗俗俗	siȯk-siȯk-siȯk		4.	5 - 4 - 8
5.	熱熱熱	joȧh-joȧh-joȧh		5.	5 - 3 - 8
6.	合合合	hȧh-hȧh-hȧh		6.	5 - 3 - 8
7.	闊闊闊	khoah-khoah-khoah		7.	2 - 2 - 4
8.	慢慢慢	bān-bān-bān		8.	5 - 3 - 7
9.	橫橫橫	hoâi^n-hoâi^n-hoâi^n		9.	5 - 7 - 5
10.	痛痛痛	thià^n-thià^n-thià^n		10.	2 - 2 - 3

7.5　標調總複習

標出下面台灣俗諺的聲調來。

1. 甘　蔗　無　雙　頭　甜
   kam-chia bo siang-thau-ti^n

2. 用　別　人　的　指　頭仔　做　火箸
   Iong pat-lang e <u>cheng</u>-thau-a <u>cho</u> <u>hoe</u>-ti

3. 甘　願　做　牛　不　驚　無　犁　可　拖
   kam-goan <u>cho</u> gu, m-kia^n bo le thang-thoa

4. 刣　鷄　用　牛刀
   thai <u>ke</u> iong gu-to

5. 死 鴨 仔 硬 嘴 巴
si ah-a , nge chhui-phoe

6. 有 狀 元 學 生 無 狀 元 先 生
u chiong-goan hak-seng bô chiong-goan sin-se^n

7. 死 皇 帝 不 值 得 活 乞 食
si hong te, m̄-tat-tioh oah khit-chiah

8. 好 額 人 乞 食 性 命
Ho-giah-lang khit-chiah sè^n-mia

9. 有 食 有 行 氣 有 燒 香 有 保 庇
u chiah u kia^n-khi u sio-hiu^n u po-pi

10. 活 哩 食 一 粒 豆, 較 贏 死 了 孝 豬 頭
oah-le chiah chit-liap tau,
khah ia^n si-liau hau ti-thau

11. 死 坐 活 食
si che oah chiah

12. 在 生 不 樂 加 鬼 揹 包 袱 (=守財奴)
chai-seng put-lok ka kui phai^n pau-hok

A:

1. kam-chià bô siang-thâu-ti^n
2. Iōng pat-lâng ê chéng-thâu-á chò hoé-tī
3. kam-goān chò gû , m̄-kia^n bô lê thang thoa
4. Thâi-ke iōng gû-to
5. sí-ah-á ngē chhùi-phoé

6. Ū chiōng-goân ha̍k-seng, bô chiōng-goân sin-seⁿ

7. Sí-hông-tè m̄-ta̍t-tio̍h o̍ah-khit-chia̍h

8. Hó-gia̍h-lâng khit-chia̍h sèⁿ-miā

9. Ū-chia̍h ū-kiâⁿ-khì , ū-sio-hiuⁿ ū-pó-pì

10. O̍ah＝le chia̍h chi̍t-lia̍p tāu , khah-iâⁿ sí-liáu hàu
    ti-thâu

11. Sí chē o̍ah chia̍h

12. chāi-sēng put-lo̍k , kā kúi phāiⁿ pau-ho̍k

第八章　輕聲的出現

　　發音爲輕聲的音節，多半是常用虛詞，或其他在標示意義上沒有什麼主要功能的音節，輕聲前的音節都要念本調，要重讀，這種音節便有較重要的標義功能。

　　輕聲出現的情形可以分爲三種：

　　1.　某字在變調詞組末尾時變爲輕聲是一個意思，不變爲輕聲是另外一個意思，例如：" 後日 āu-ji̍t（＝以後，將來）" 和 " 後日 āu=ji̍t（＝後天）" 的不同意義。

　　2.　出現於變調詞組末尾時，一定變成輕聲的，例如 " 泅來

siû-lâi"、"陳先生 tân˭sin-seⁿ

3. 出現於變調詞組末尾時念或不念輕聲都不改變意義的，只有重點或語氣上的不同，例如 "吃一碗 chiảh˭chit-oáⁿ 或 chiảh chit-oáⁿ "*。

在一般文章裡，第一種情形的輕聲一定要標明才能清楚地表達詞意。第二種情形，如果精通台語的就會知道怎麼樣念音標：應念輕聲的，一定會念成輕聲；不應念輕聲的，一定也不會念成輕聲。第三種情形與第一種情形相似，要標明輕聲才能清楚地表達語氣。雖然不念輕聲也不影響詞意，可是語氣卻有不同。不念輕聲時，整句的語氣肯定加重；念成輕聲時，整句的語氣輕淡不肯定。語氣的肯定或不肯定或強弱往往可以從上下文來決定。因爲本章的目的在於使讀者了解變調的內容，所以凡是念輕聲的，連第二種情形，都一律標出輕聲來。

請注意，輕聲字除了句尾助詞以外，一律出現於詞組的末尾。我們在輕聲字之前加上符號 " ＝ "，以便把詞組內非輕聲字加以分開，因此有了 " ＝ " 就不必用 " 0 " 符號把輕聲字標出來。

輕聲的發音又低又短，有時候很像第三聲。如果一時辨別不出來的時候，有一個妙法可資判斷；就是輕聲前面的字不變調，而第三聲前面的字要變調。例如 " 泅去 siû-khì " 的 siû 不變調，所以 khì 是輕聲。" 受氣 siū³-khì " 的 siū 從第七聲變爲第三聲，所以 khi 不是輕聲。可是句尾助詞（如 bô、boē、bē），單獨形成變調詞組，變或不變輕聲都不影響前面的變調（也是說前面的

*有人認爲這兩個念法代表不同的意義，我們認爲這是由於語氣加重在 " 吃 " 或在 " 一碗 " 而引起的 " 意義上 " 的不同。

字一定不變調）。因此，這個辦法就不能用來判斷句尾助詞是不是輕聲了（如 Beh laʰ°,Lí m̄-khì hoⁿ°中的 lā 和 hoⁿ°）。因爲第一種情形多半是第二種情形的特殊情形，以下就把它列入第二種情形一起討論。

8.1　一定變爲輕聲的字或如不變輕聲詞義就不同的字

我們把這兩種情形在這裡一起處理，因爲這些例字都要憑記憶，而不像8.2的情形可以靠語法的規則來決定是否應該變爲輕聲。

A. 一些名詞詞尾：

1. 先生　陳先生　Tân꞊sin°-seⁿ°（或）Tân꞊sian°-seⁿ°
    但是陳先生娘　Tân-sin-seⁿ-niû

2. 的　陳的　tân-ê°（＝老陳）
    大的　toā-ê° *

3. 氏　陳氏　tân-sì°

4. 家　陳家　tân꞊ka°

5. 月　三月　saⁿ꞊goeh°
    但是三月天　saⁿ-goeh-thiⁿ（＝三月天氣）
    頂月　téng-goeh（＝上個月）。

6. 日　後日　āu꞊jit°（＝後天）昨日choh꞊jit°（＝前天）
    但是後日　āu-jit（＝以後，將來）另日 lēng-jit（＝改天）

---

*但是 ê 如果表示所屬的意義時，就不變調：我的goá ê（我的東西）
細漢的的 sè-hàn꞊ê° ê（＝屬於小個子的）

7. 時　　日時 ji̍t=sî ᵃ , 冥時 mê=sî° , 但是當時 tong-sî

8. 當時　日當時 ji̍t=táng°-sî° , 冥當時 mê=tang°-sî°
　　　　但當時　tong-sî

9. 世　　前世 chêng=sì° ,但後世 āu=sì , 彼世 hit-sì ,
　　　　出世 chhut-sì , 這世 chit=sì

10. 啊　　在人名或叫稱之後　阿狗啊 a-káu#a° ,
　　　　叔啊　chek=a° 財啊　châi=a°

B. 表示動作"時段"（phase）的大部分動詞詞尾：

1. 着（從無而有的動作的成功）　買着 bé=tio̍h°（＝買到）
　　想着 siuⁿ=tio̍h°（＝想到）看着 khoàⁿ=tio̍h°（＝看到）

2. 掉（從有而無的動作的成功）　賣掉 bē=tiāu°（＝賣掉）
　　擦掉 chhit=tiāu°　　擲掉 tàng=tiāu°

3. 去（動作完成而不可挽回）　無去 bô=khì°（＝丟掉）
　　死死去 sî-sî=khì°（＝死掉）食去 chia̍h=khì°（＝食掉）

4. 哩（動作進行）　看哩 khoàⁿ=leh⁰（＝看着）
　　企哩 khiā=leh⁰（＝站着）

5. 起來（動作開始）　紅起來 âng=khí°-lâi°

6. 過　（動作曾經發生）　去過 khì=koè°

7. 落去　（動作繼續）　做落去 chò=lo̍h-khì°（＝做下去

C. 一些趨向動詞補語：

下列"趨向動詞"（directional verbs）出現於變調詞組
末尾時一律變成輕聲。

　過 koè 轉 tńg 倒 tò 入 ji̍p 出 chhut 起 khí 落 lo̍h
　依 oá 來 lâi 去 khì

例：飛過　poe-koè°　　挨來　e=lâi°（＝推來）

"來"和"去"還可以和其他的趨向動詞結合成爲複合補語。這個時候可能只有"去"或"來"變成輕聲，也可能整個補語都變成輕聲。例如：

飛過去 poe⁷-koè=khì°（或）poe=koè°-khì°

坐倚來 chē⁸-oá = lâi°（或）chē=oá°-lâi°

D.　一些形容詞補語：

死：驚死　kiaⁿ=sí°（但是）驚死 kiaⁿ-sí（＝胆小）

　　打死　phah=sí°

hoa熄　pûn-hoa°（＝吹息）

E.　「是」做副詞詞尾時：

總是　chóng=sī° 或　者是　hek-chiá=sī°

不過是 put-kò=sī°　　差不多是　chha-put-to=sī°

但是 tàn=sī°　抑是 ah=sī° 不但是 put-tàn=sī°

8.2　因語氣可變爲輕聲的詞

在這些情形下也可以不變爲輕聲，但是語氣不同。

1.　句尾助詞：bô 無　bē 不會　boē 未

伊有去無　I ū khì bô

I ū khì bô°

伊吃飽未　I chia̍h pá boē

I chia̍h pá boē°

2.　代名詞（goá、lí、i、goán 、lán、lín、in、lâng ）出

現於動詞後面的時候：

　　　　伊欺負人　I khi-hū³　lâng

　　　　　　　　　I khi-hū　lâng°

　　　伊無疼我　I bô　thià^{n2}　goá

　　　　　　　　　I bô　thià^n goá°

　　3. 數量詞組如 " 兩三碗 "、" 一枝 "、" 幾枝仔 "、" 少許 " 等出現於動詞後面的時候：

　　吃兩三碗 chia̍h³ nn̄g-san-oá^n（或）chia̍h=nn̄g°-sa^{ng}-oá^{nø}

　　買少許就好 bé-sió-khoá tō hó（或）bé=sió°-khoá　tō hó

　　下列諸詞中請挑出輕聲字。凡是一定要變成輕聲的，請在音標上畫一圈或一點。凡是可變也可不變成輕聲來表語氣的，請在音標下面畫一橫線。有些句子是不能說成輕聲的。請特別記住：在變調詞組末尾可變成輕聲的字，如果不出現於詞組末尾時，一律念成本調。

		A:	
1.	食一碗		1.	chi t°-oá^n
2.	食一碗飯		2.	
3.	陳先生		3.	sin°-se^n°
4.	許先生娘		4.	
5.	這是什麼人 ê		5.	
6.	我愛彼粒大 ê		6.	ê°
7.	咱三月才欲去		7.	goe̍h°
8.	彼隻鳥仔死去 a		8.	khì°
9.	後日早起		9.	
10.	等到後日（＝後天）看覓 le		10.	ji t°

11.	伊無錢是無	11.	b__ô__
12.	你吃飽未	12.	bo__ē__
13.	緊擲出去	13.	chhut°-kh î °
14.	伊眞欺負人	14.	lâng
15.	我僅單食一碗 niā-niā	15.	
16.	你要食m̄	16.	m̄
17.	正月正時 m̄- thang 相罵	17.	
18.	明仔再是正月	18.	go__e__h°
19.	咱這仔陳家上興旺	19.	ka°
20.	收入去	20.	jip°-khî °

第九章　韻母的辨認

9。1 韻母的種類

台灣話的韻母可以分爲入聲韻母（又叫促音韻母）和非入聲韻母（又叫舒音韻母）。入聲韻母一定有 -p、-t、-k、-h 做韻尾，非入聲韻母一律沒有這種韻尾。例如：

入聲韻母：急 kip　乙 it　俗 siŏk　割 koah　辣 loăh

非入聲韻母：金 kim　因 in　上 siōng　歌 koa　賴 loā

入聲韻母可以分爲口輔音韻尾（ oral consonantal ending: -p、-t、-k ）和喉輔音韻尾（ glottal consonantal ending:-h）非入聲韻母也可以分爲口輔音韻尾（ -m,-n,-ng）和其他韻尾（

零韻尾或元音韻尾)。

	有口輔音韻尾的 oral consonantal ending	沒有口輔音韻尾的	
入聲	急 kip 乙 it 俗 siok	非鼻化	割 koah
		鼻化	唅 sah^n
非入聲	金 kim 因 in 上 siong	鼻化	官 koa^n 黃 n̂g
		非鼻化	歌 koa

沒有口輔音韻尾的韻母，又可以分為鼻化的（ nasalized vowel 以位置較高的 n 代表，如 " 山 soa^n " ）和非鼻化的兩種。有口輔音韻尾的韻母，其元音都不能鼻化，所以沒有鼻化和不鼻化的分別。

有 -h 韻尾的韻母，毫無例外地只出現於所謂的「白話音」。

問答題：

聯 liân ，合 hap̍ ，國 kok ，歌 koa ，官 koa^n，闊 khoah 等音節：

① 那些有入聲韻母？
② 那些有鼻化韻母？
③ 那些有喉輔音韻尾？
④ 那些有口輔音韻尾？

A:
① hap̍, kok, khoah
② koa^n
③ khoah
④ hap̍, kok, liân

9.2　文白之分和韻母的種類

　　鼻化韻母（如“三 saⁿ、官 koaⁿ”）只出現於「白話音」，“可惡 khó-ò̤ⁿ”的 ò̤ⁿ，“好色 hò̤ⁿ-sek”的 hò̤ⁿ　雖有鼻化韻母，卻被認爲是「文言音」，應算例外。

　　又 -h 韻尾的韻母鼻化的情形特別少。除了幾個動詞（如“tihⁿ 要 sahⁿ 唭”）以外，大都是擬聲或擬象詞（onomatopoeic expressions，如 khe̍hⁿ、hiahⁿ）。其他的韻母，也就是不含 -h 韻尾也不鼻化的韻母，比較常出現，既出現於「白話音」也出現於「文言音」。

　　以前的讀書人堅持念書要用「漢音」或「文言音」。許多詞在日常生活裡有普遍而固定的發音，但是這些讀書人卻認爲這種發音很粗野，而稱之爲“土音”。

	讀書音（文言音）	語音（白話音）
三	sam	saⁿ
官	koan	koaⁿ
學	ha̍k	o̍h
食	si̍t	chia̍h

　　文字既是代表語言，最理想的文字是「怎麼說就怎麼寫，怎麼寫就怎麼說」。這種文字才有力量，也容易學習、容易使用。我們上面分文白的目的當然不是要提倡念書和說話的發音要不同。“學”字在“學問、文學”裡讀做 ha̍k，在“學駛車、學寫字”裡

念成 oh 。"學"字在台灣話裡無論是說話或書寫都有其地位。

　　「文言音」和「白話音」既用在說話的時候又用在念書的時候，二者只不過是爲了區別漢字的兩種發音所取的名稱而已。文言音和白話音這兩個名稱有兩種用處。第一，研究台灣話的語音史；第二，推測其他方言的發音。大體說來，白話音是由上古音（即漢語在詩經時代或造成漢字形聲字的時代）直接演變而成。文言音則是唐末北方讀書人移民到福建時所帶來的發音，滲入福建話以後演變出來的。要推測其他方言的發音，用文言音來推測比較有規則。

Q1：　有 -h 韻尾的音節屬於「白話音」或「文言音」？

A1：　白話音

Q2：　有鼻化韻母的音節大都屬於「白話音」還是「文言音」？

A2：　白話音

Q3：　不含 -h 韻尾也不含鼻化韻尾的音節，出現於 a.白話音、b.文言音、還是 c.白話音和文言音？

A3：　白話音和文言音

Q4：　我們說話的時候 a.只用白話音、b.只用文言音、c.白話音和文言音都用。

A4：　白話音和文言音都用

Q5：　我們用音標書寫台灣話的時候，a.怎麼說就怎麼寫、b.一律寫白話音、c.一律寫文言音。

A5：　a

Q6：　我們用台灣話念漢字的時候，a.一律念白話、b.一律念文言音、c.怎麼說就怎麼念。

A6：　c

9。3　以零韻尾(φ)或元音韻尾收尾的韻母

這類韻母一共有十六個。其中有六個單元音（ a、e、o、oˑ、i、u ）、八個雙元音（ io、ia、iu、oe、oa、ui、au、ai ）、和兩個三元音（ oai、iau ）。

9。4　單元音韻母

六個單元音的音值如下：

	前	央	後
高	i〔i〕		u〔u〕
中	e〔e,ɛ〕	o〔ə,o〕	oˑ〔ɔ〕
低		a〔a〕	
	扁唇		圓唇

同一個台灣話的韻母 e，同一個人有時候發音爲〔ɛ〕（較低）有時發音爲〔e〕（較高）。韻母 o，南部人發音爲〔ə〕（不圓唇），北部有一部份人發音爲〔o〕（後中高圓唇）。oˑ 的發音是中低圓唇。

9.4.1　i,e,a,u, oˑ〔ㄧ, ㄝ, ㄚ, ㄨ, ㆦ〕的分別

例字：詩 si　紗 se　抓 sa　書 su　穌 soˑ
　　　基 ki　雞 ke　家 ka　龜 ku　姑 koˑ

A. 選擇題:

					A:	
1. 示	a. sī	b. sē	c. sū		1.	a. sī
	d. sā	e. sō˙				
2. 嘉	a. ki	b. ke	c. ka		2.	c. ka
	d. ku	e. ko˙				
3. 體	a. thí	b. thé	c. thá		3.	b. thé
	d. thú	e. thó˙				
4. 置	a. tì	b. tè	c. tà		4.	a. tì
	d. tù	e. tò˙				
5. 務	a. bī	b. bē	c. bā		5.	d. bū
	d. bū	e. bō˙				
6. 所	a. sí	b. sé	c. sá		6.	e. só˙
	d. sú	e. só˙				
7. 齊	a. chî	b. chê	c. châ		7.	b. chê
	d. chû	e. chô˙				
8. 府	a. cí	b. hé	c. ngá		8.	d. hú
	d. hú	e. hó˙				
9. 雅	a. ngí	b. ngé	c. há		9.	c. ngá
	d. ngú	e. ngó˙				
10. (腹)肚	a. tí	b. té	c. tá		10.	e. tó˙
	d. tú	e. tó˙				

B. 配合題:

1. 子姊早祖止　　chí　　ché　　chá　　chú　　chó˙

2. 記駕顧計句	kì	kè	kà	kù	kò˙
3. 巫麻微迷模	bî	bê	bâ	bû	bô˙
4. 布幣秘豹富	pì	pè	pà	pù	pò˙
5. 柴切醋刺次	chhî	chhè	chhâ	chhù	chhò˙

A：

1.	chú	chè	chá	chó˙	chí
2.	kì	kà	kò°	kè	kù
3.	bû	bâ	bî	bê	bô˙
4.	pò˙	pè	pì	pà	pù
5.	chhâ	chhè	chhò˙	chhì	chhù

9.4.2　o和o˙的分別

以本地人來說，o和o˙在發音上的分別很清楚。可是因為寫法很相像，極容易相混，需要特別練習。

例字：所só˙　都to˙　姑ko˙　補pó˙　布pò˙

　　　鎖só　刀to　哥ko　寶pó　報pò

A、選擇題：

1. 普	a. phó˙	b. phó	A：	1.	a. phó˙
2. 助	a. chō˙	b. chō		2.	a. chō˙
3. 課	a. khò˙	b. khò		3.	b. khò
4. 好	a. hó˙	b. hó		4.	b. hó
5. 素	a. sò˙	b. sò		5.	a. sò˙
6. 誤	a. gō˙	b. gō		6.	a. gō˙

7. 告	a. kò˙	b. kò		7.	b. kò
8. 步	a. pō˙	b. pō		8.	a. pō˙
9. 圖	a. tô˙	b. tô		9.	a. tô˙
10. 討	a. thó˙	b. thó		10.	b. thó

B、配合題:

1. 所鎖	só	só˙	suó	A:	1.	só˙	só
2. 古果	kú	kó˙	kó		2.	kó˙	kó
3. 導度	tō	tō˙	tū		3.	tō	tō˙
4. 告故	kù	kò˙	kò		4.	kò	kò˙
5. 佈報	pò	pòu	pò˙		5.	pò˙	pò
6. 慕帽	bō	bō˙	bū		6.	bō˙	bō
7. 可苦	khóu	khó˙	khó		7.	khó	khó˙
8. 土桃	thô	thâu	thô˙		8.	thô˙	thô
9. 萄徒	tô	tô˙	thâu		9.	tô	tô˙
10. 五餓	gō	gō˙	gē		10.	gō˙	gō

9.5　雙元音和三元音韻母

　　這兩類韻母可按照(1)有無 -i, -u 韻尾, (2)圓唇介音（u-, o-）起頭, 前高元音介音（i-）起頭, 還是零介音起頭, (3)主要元音是低還是非低, 這三個特徵來分類。

韻尾＼介音	i-	零介音	u-, o-	
-i 韻尾		ai	ui oai〔oai, uai〕	非低 低元音
-u 韻尾	iu iau	au		非低 低元音
零韻尾	io〔iə, io〕 ia	單元音	oe〔oe, ue〕 oa〔oa, ua〕	非低 低元音

　　oai 的發音有時爲〔oai〕有時爲〔uai〕，可是一律拼成 oai 不能拼成 uai。同樣的道理〔ua, ue〕的發音，也須寫成 oa, oe。請切記我們的標音法只有 oai、oe、oa 拼寫法，而沒有 uai、ue、ua 的拼寫法。

9.5.1 **ui, oe, oai, oa, ai** 〔ㄨㄧ,ㄛㄝ,ㄛㄚㄧ,ㄛㄚ,ㄚㄧ〕 的分別

例字： 鬼 kúi　餜 koé　怪 koài　掛 koà　戒 kài

　　　醉 chùi　最 choè　—　　紙 choá　再 chài

　　　肥 pûi　賠 poê　—　　　　拜 pài

　　　位 ūi　話 oē　歪 oai　倚 oá　哀 ai

　　　毀 húi　火 hoé　懷 hoâi　化 hoà　害 hāi

A、選擇題：

1. 隊　a. tūi　b. toē　c. toā　d. tāi　e. toāi

2. 紙　a. chúi　b. choé　c. choá　d. chái　e. choái

3. 乖　a. kui　b. koe　c. koa　d. kai　e. koai

4. 配　a. phùi　b. phoè　c. phoà　d. phài　e. phoài

5. 派　a. phùi　b. phoè　c. phoà　d. phài　e. phoài

6. 華　a. hûi　b. hoê　c. hoâi　d. hoâ　e. hâi

7. 瑞　a. sūi　b. soē　c. soāi　d. soā　e. sāi

8. 懷　a. hûi　b. hoê　c. hoâi　d. hoâ　e. hâi

9. 批　a. phui　b. ph<u>oe</u>　c. phoai　d. phoa　e. phai

10. 彩　a. chhúi　b. chhoé　c. chhoái　d. chhoá　e. chhái

<table>
<tr><td rowspan="6">A：</td><td>1. a. tūi</td><td>6. d. hoâ</td></tr>
<tr><td>2. c. choá</td><td>7. a. sūi</td></tr>
<tr><td>3. e. koai</td><td>8. c. hoâi</td></tr>
<tr><td>4. b. phoè</td><td>9. b. ph<u>oe</u></td></tr>
<tr><td>5. d. phài</td><td>10. e. chhái</td></tr>
</table>

B、配合題：

1. 派破配屁　phùi　phoè　phoà　phài

2. 最醉載紙　chùi　choè　choá　chài

3. 快誇概氣　khùi　khoài　khoa　khài

4. 泰拖退腿　thúi　thoè　thoa　thài

5. 需愛歪位　ūi　oē　oai　ài

A：　1.　phài　phoà　phoè　phùi

> 2.　choè　chùi　chài　choá
>
> 3.　khoài　khoa　khài　khùi
>
> 4.　thài　thoa　thoè　thúi
>
> 5.　oē　　ài　　oai　　ūi

9.5.2 iu,io,iau,ia,au ㄧㄨ,ㄧㄛㄧㄚㄨ,ㄧㄚㄨ 的分別

例字：　憂 iu　　腰 io　　妖 iau　　野 iá　　歐 au

　　　　久 kiú　　叫 kiò　　嬌 kiau　　寄 kià　　交 kau

　　　　鬚 chhiu　笑 chhiò　搜 chhiau　斜 chhiâ　草 chháu

　　　　周 chiu　照 chiò　昭 chiau　〔這裡〕chia　走 cháu

　　　　修 siu　　燒 sio　　消 siau　　賒 sia　　掃 sàu

A、選擇題：

1.	寫	a. siú	b. sió	c. siá	A：	1. c. siá
2.	跳	a. thiù	b. thiò	c. thiàu		2. c. thiàu
3.	燒	a. siu	b. sio	c. sau		3. b. sio
4.	首	a. siú	b. sáu	c. siáu		4. a. siú
5.	包	a. piau	b. pau	c。pio		5. b. pau
6.	野	a. iú	b. iáu	c. iá		6. c. iá
7.	僑	a。kiô	b. kiâu	c. kâu		7. b. kiâu
8.	廟	a。biū	b. biā	c. biō		8. c. biō
9.	愁	a. chhiû	b. chhiâu	c. chhâu		9. a. chhiû
10.	交	a. kiu	b. kiau	c. kau		10. c. kau

B、配合題：

1. 爹勺趙綢豆　　tiû　tio　tiau　tia　tāu
2. 消舍收掃小　　siu　sió　siau　sià　sàu
3. 周者蕉奏昭　　chiu chio chiau chiá chàu
4. 車笑秋抄超　　chhiu chhiò chhiau chhia chhau
5. 謠油夜歐腰　　iû　io　iâu　iā　au

A:
```
1.  tia    tiau    tiō    tiû    tāu
2.  siau   sià     siu    sàu    sió
3.  chiu   chiá    chio   chàu   chiau
4.  chhia  chhiò   chhiu  chhau  chhiau
5.  iâu    iû      iā     au     io
```

9。5。3　e 和 oe 的分別和方言差異

　　e 和 oe 的分別，如果是替自己或和自己說相同方言的人標音的時候並〔　　〕困難。問題在於替說不同方言的人標音的時候，情形就相當複雜。

　　請先決定，你自己的口音是屬於漳州系（以台南市為代表）還是泉州系（以台北市為代表）。並請注意，士林、中和市等台北市近郊屬於漳州音，與台南市同口音。

台南市系　台北市系

（漳州音）（泉州音）　　　　　　例　　字

I　　e　　　　e　　　馬、（枇）杷、（三）把、（老）父

爬、（姓）戴、弟、第、茶帝袋胎
退梨麗例劑祭債制寨（夫）妻（雙）
叉切脆勢西世加(大)家假低繼計塊啓
穭牙毅底藝短係系蝦契禍

II.	e	oe	買賣題替初梳洗細街鷄地鞋倭齊會 薈 $\overset{\triangle}{多}$
III.	oe	e	飛灰伙歲貨過炊餲稅（骨）髓尾妹 （mōe ≡ bē）糜（môe ≡ bê）菠賠 皮倍背（棉）被火鍋穢
IV.	oe	oe	（酒）杯陪配最衰袋、（萬）歲、 （西）瓜會（hōe）劃話悔囘花垂穢

　　就台南市系的口音而言，上面的字只有兩類" 馬、買 "同屬
e，" 飛、杯 "同屬 oe）。就台北市系的口音而言，上面的字也
只有兩類（" 馬、飛同屬 e 韻母，" 杯、買 "同屬 oe 韻母）。 可
是如果按兩系的口音，則可分爲四類：第一類（ 馬 ）是 e - e 類，
第二類" 買 "是 e - oe 類，第三類" 飛 "是 oe - e 類,第四類" 杯 "
是 oe - oe 類。

　　所謂漳泉之音，只是將台灣各地方音粗略地分爲兩類。根據
歷史來源，和台南市方音相近的命名爲漳州系，和台北市相近的
命名爲泉州系。其實，現在在福建的漳泉音已經變化，和移民前
的漳泉音出入很多。三、四百年來，遷台後的漳泉音，也因爲交
通發達，漳泉人雜居，而變化更多。台南市的口音有很多泉州音
的特徵，也有很多非漳非泉的特徵。同樣地，台北市的口音也有
漳州音的特徵，也有很多非漳非泉的特徵。就內部差異來說，台

南市系（也就是漳州系）的口音比較穩定個別差異較少。台北市系（也就是泉州系）的口音比較雜亂，個別差異較大。就人數而言，似乎以說台南市系口音的人比較多。

要標記有 oe 和 e 的字的發音，至少有五個不同的辦法。

A．各地的人一律根據台南市音。

B．各地的人一律根據台北市音。

C．各地的人一律從分不從合，也就是說根據上述四類給以四種不同的標音。

D．各按各地的方音標音。

E．各地的人一律按台南市音標音，再加上方言調整符號，以便在發音時，做適當的調整。

例如 I．"馬、家" II．"買、鷄" III．"飛、尾" IV．"杯、罪"等字，按 A B C D E 各法就有下面不同的標音。

A．一律寫爲 I. bé、ke，II. bé、ke，III. poe、boé，IV. poe、choē。

B．一律寫爲 I. bé、ke，II. boé、koe，III. pe、bé IV. poe、choē。

C．一律從分不從合 I. bé、ke，II. bwé、kwe，III. pue、bué，IV. poe、choē。

念時：台南：認 u 不認 w，將 we 念成 e，將 ue 念成 oe。

　　　　台北：認 w 不認 u，將 we 念成 oe，將 ue 念成 e。

寫時：台南：須將所有發音爲 e 的字分爲兩類：e-e 類（如"馬"）標爲 e，e-oe 類（如"買"）標爲 we（讓台北人讀成 oe）；將 oe 的字也分成兩類：oe-e 類（如

"飛"）標爲 ue（讓台北人念成 e ）， oe-oe類（如
"杯"）標爲 oe 。

台北：將所有發音爲 e 的字分爲兩類：e-e類（"馬"）
標爲 e ， oe-e 類（"飛"）標爲 ue（讓台南人念成 oe
）；將所有發音爲 oe 的字也分爲兩類： e-oe類（"買"）
標爲 we（讓台南市系的人念成 e ）， oe-oe類（如"
杯"）標爲 oe 。

D. 各按各地的方音

台南市系的人寫爲 I. bé 、ke ， II. bé 、ke ， III. poe、boé
IV. poe 、 choē。

台北市系的人寫爲 I. bé 、 ke ， II. boé 、 koe ， III . pe、
bé ， IV. poe 、 choē。

E. 一律寫爲 I.e， II. e， III. oe， IV. oe。

念時台南人按照標音念；台北人 e，oe 仍念成 e 、oe ，可
是有下橫線的 e 念成 oe 、 oe 念成 e 。

決定A、 B、 C、 D、 E五個方案的優劣不是本書的目的。
爲了讀者有機會確切地觀察自己的口音，我們在本節採用D的方
案。模範答案也同時寫出兩種口音：台南市系發音寫在前，台北
市系發音寫在後。爲了了解別處的方言，在核對答案的時候也請
念念別地的發音。在本書其他章節裡則採用E的辦法，以便節省
篇幅。

例字：茶 tê-tê　勢 sè-sè　家 ke-ke　馬 bé-bé　制 chè-chè
題 tê-toê　細 sè-soè　鷄 ke-koe　買 bé-boé
△多 chē-choē　貨 hoè-hè　飛 poe-pe　皮 phoê-phê

税 soè-sè 火 hoé-hé 最 choè-choè 杯 poe-poe

配 phoè-phoè 歲 soè-soè 退 thoè-thoè

台南人要學台北音或台北人要學台南音，最經濟的方法 就是記住第二和第三類的字。凡是遇到這兩類的字便把 e 改爲 oe，把 oe 改爲 e。

A、選擇題:

請按照你自己的發音選答。

				A:		
1.	貨	a. hoè	b. hè		1.	hoè-hè
2.	細	a. soè	b. sè		2.	sè-soè
3.	買	a. bé	b. boé		3.	bé-boé
4.	馬	a. bé	b. boé		4.	bé-bé
5.	蝦	a. hê	b. hoê		5.	hê-hê
6.	倭	a. é	b. oé		6.	é-oé
7.	話	a. ē	b. oē		7.	oē-oē
8.	花	a. hoe	b. he		8.	hoe-hoe
9.	(炊)餜	a. koé	b. ké		9.	koé-ké
10.	配	a. phoè	b. phè		10.	phoè-phoè

B、配合題:

1.	茶題梨	tê	toê	lê	tê	
2.	賠陪皮	poê	phoê	phê	pê	poê
3.	飛杯買	poe	poe	pe	boé	bé
4.	家鷄加	koe	ke	ke	ke	

5. 父倍被　　pē　　pē　　pōe　　phē　　phōe

A：
1.	tê-tê　tê-toê　1ê-1ê
2.	poê-pê　poê-poê　phoê-phê
3.	poe-pe　poe-poe　bé-boé
4.	ke-ke　ke-koe　ke-ke
5.	pē-pē　poē-pē　phoē-phē

9.5.4　eh和oeh的分別和方言差異

eh 和 oeh 的分別與 e 和 oe 的分別情形一樣。因為方音的不同，需要分四組（"血"hoeh-huih ，"沫"phoeh-phoh 等不包括在內）來辨別。

	台南市系	台北市系	例　　　　字
I	eh	eh	伯白麥脈 △壓仄冊呃狹感雪 △旋格隔逆客莢挾 △要註
II	eh	oeh	八△要△提笠塞 △要 * 節
III	oeh	eh	拔襪說郭缺月
IV	oeh	oeh	挖oéh

A、選擇題：

請按你自己的發音選出答案（如果發音屬第二或第三類，將台南音寫在前，台北音寫在後）。

---

* △要，台北市有人說成 beh ，有人說成 boeh 。

		a.	b.		A:		
1.	伯	a. peh	b. poeh		1.	peh	
2.	八	a. peh	b. poeh		2.	peh-poeh	
3.	册	a. chheh	b. chhoeh		3.	chheh	
4.	缺	a. kheh	b. khoeh		4.	khoeh-kheh	
5.	旋	a. sėh	b. soėh		5.	sėh	
6.	月	a. gėh	b. goėh		6.	goėh-gėh	
7.	塞	a. seh	b. soeh		7.	seh-soeh	
8.	笠	a. lėh	b. loėh		8.	lėh-loėh	
9.	格	a. keh	b. koeh		9.	keh	
10.	拔	a. pėh	b. poėh		10.	poėh-pėh	

B、配合題：

1. 隔逆郭　koeh　keh　kėh　koėh
2. 伯八拔　pòeh　peh　poeh　poh
3. 說塞旋　soeh　seh　soėh　sėh
4. 麥要襪　boeh　beh　boėh　beh
5. 客缺提　khoeh　kheh　thoeh　thėh

A:

1. keh　kėh　koeh-keh
2. peh　peh-poeh　poėh-pėh
3. soeh-seh　seh-soeh　sėh
4. bėh　beh-boeh　boėh-bėh
5. kheh　khoeh-kheh　thėh

9.5.5 　u和i的方言差異

對於下面的方言差異，我們需要有一些認識才不致於在標音時感到困擾：

		台南	台北	高雄	嘉義	北平話
甲組	預	ū	ī ū	ī	ī	ㄩˋ
	居	ku	ki ku	ki	ki	ㄐㄩ
	舉	kú	kí kú	kí	kí	ㄐㄩˇ
	鋸	kù	kì kù	kì	kì	ㄐㄩˋ
	女	lú	lí lú	lí lú	lí	ㄋㄩˇ
	旅	lú	lí lú	lí	lí	ㄌㄩˇ
	煮	chú	chí chú	chú	chí	ㄓㄨˇ
	除	tû	tî tû	tî	tî	ㄔㄨˊ
乙組	鼠	chhú	chhú	chú	chhí	ㄕㄨˇ
	如	jû	jû	jû	jî	ㄖㄨˊ
	語	gú	gú	gí	gí	ㄩˇ
	呂	lū	lū	lī	lī	ㄌㄩˇ
丙組	龜	ku	ku	ku	ku	ㄍㄨㄟ
	霧	bu	bū	bū	bū	ㄨˋ

這些有方言差異的字（甲、乙組）在北平話都念ㄩ。如果聲母是ㄓ、ㄔ、ㄕ、ㄖ，就都念成ㄨ。古時候的發音是 iʷ。福建話與中原分離後有些方言漸漸變成 u 的音，形成口音上的方言差異。唐宋時一批移民從北方帶進一些發音，後來發展成爲文言音。那時中原的 iʷ 已經有了變化，來到福建後新舊移民的語言熔合在一

起，原來 i^w 的音也就變成 u 了。因此我們可以把 u 看做所有方言的文言音。

我們只在甲組的字的標音下，寫方音調整記號。乙組台南或台北都不念 i，就不加調整記號。因此我們的標記法是：

甲組	預	<u>ū</u>	鋸、居	ku<u> </u>	女	lú<u> </u>
乙組	鼠	chhú	如	jû
丙組	龜	ku	霧	bū

至於下列的字雖有 u 和 i 兩種讀法，並不算方言差異，應該看成同地方的文白之差。它們在北平話的發音既不是 i 也不是 u。

	u（文）	i（白）	北平話
子	孔子、女子	種子	ㄗˇ
四	四海	四枝	ㄙˋ
司	司機、司會	公司	ㄙ

"子" chí、"四" sì、"司" si，是我們早期移民到福建的先人傳下來的發音。"子" chú、"四" sù、"司" su是唐宋時期移民傳下來的發音。

方音調整　　練習：

請把下面附有方音調整符號的標音，改爲不用方音調整符號的台北標音。

1.	lú	女	A:	1.	lí	lú
2.	hù	富		2.	hù	
3.	ku<u>̄</u>	鋸		3.	kì	kù
4.	kú	久		4.	kú	

5. ku　居	5. ki　ku
6. ku　龜	6. ku
7. oe　鍋	7. e
8. ke　家	8. ke
9. hoé　火	9. hé
10. é　倭	10. oé

9.6　鼻化韻母

上述的單元音、雙元音和三元音韻母當中有下列九個可以鼻化。

iⁿ 〔ĩ〕
eⁿ 〔ɛ̃〕　　　　oⁿ 〔ɔ̃〕
aⁿ 〔ã〕
iuⁿ 〔iũ, iõ〕 aiⁿ 〔ãĩ〕 oaiⁿ 〔õãĩ, ũãĩ〕
iaⁿ 〔ĩã〕　　　　　　oaⁿ 〔õã, ũã〕

iuⁿ 台南人發音爲〔ĩõ〕，其他地方的人大都發音爲〔ĩũ〕，如"想"siuⁿ〔sĩõ、sĩũ〕〔~〕是國際音標內的鼻化記號，而我們則用 ⁿ 來表示。m-、n-、ng- 三個鼻聲母後面的韻母，一律有鼻化的現象，如"罵"〔mã〕、"鬧"〔nãu〕、"雅"〔ŋã〕等本來應該寫成 māⁿ、nāuⁿ、ngáⁿ 等，而我們則把 m-、n-、ng-後的 ⁿ 一律省去，寫成 mā-、nāu、ngá 。

9.6.1 鼻化韻母　aⁿ，iaⁿ，……[Y° , I Y°……] 和非鼻化韻母(a，ia，…… [Y , I Y])的分別。

例字：官 koaⁿ　敢 káⁿ　影 iáⁿ　搶 chhíuⁿ　揹 phāiⁿ

　　　關 koai　歌 koa　絞 ká　野 iá　手 chhíu　派 phài

　　　乖 koai　泉 choâⁿ　段 toāⁿ　兄 hiaⁿ　想 siūⁿ　指 cháiⁿ

　　　橫 hoâiⁿ　hûiⁿ　蛇 choâ　大 toā　彼處 hia　受 siū

　　　知 chai　懷 hoâi

A、選擇題 ::

		a.	b.	A:			
1.	餡	a. ā	b. āⁿ		1.	b.	āⁿ
2.	社	a. siā	b. siāⁿ		2.	a.	siā
3.	伴	a. phoā	b. phoāⁿ		3.	b.	phoāⁿ
4.	受	a. siū	b. siūⁿ		4.	a.	siū
5.	排	a. pâi	b. pâiⁿ		5.	a.	pâi
6.	壞	a. hoāi	b. hoāiⁿ		6.	a.	hoāi
7.	佳	a. ka	b. kaⁿ		7.	a.	ka
8.	硬	a. ngē	b. ngēⁿ		8.	a.	ngē
9.	命	a. miā	b. miāⁿ		9.	a.	miā
10.	場	a. tiû	b. tiûⁿ		10.	b.	tiûⁿ

B、配合題：

				A:			
1.	破判	phoà	phoàⁿ		1.	phoà	phoàⁿ
2.	城邪	siâ	siâⁿ		2.	siâⁿ	siâ

3.	右樣	iū	iū^n	3.		iū	iū^n
4.	橫懷	hoâi	hoâi^n	4.		hoâi^n	hoâi
5.	鏡寄	kià	kià^n	5.		kià^n	kià
6.	壽想	siū	siū^n	6.		siū	siū^n
7.	監獄膠	ka	ka^n	7.		ka^n	ka
8.	歌肝	koa	koa^n	8.		koa	koa^n
9.	樟州	chiu	chiu^n	9.		chiu^n	chiu
10.	指災	chai	chái^n	10.		chái^n	chai

9.6.2 i^n,e^n,i,e,〔ㄧˋㄝˋㄧㄝ〕的分別和方言差異

　　i^n 和 e^n 的分別只限於台南市等區。現在將該地區主要的 e^n
韻母的字列舉於後。有 i^n 和 e^n 的分別的人，大概屬於台南市系
（也就是漳州系：“馬”bé、“買”bé、“飛”poe、“杯”poe）
的人，可是也有很多例外。

	嬰	爭	井	青	悽	生	腥	醒
台南等地區	e^n	che^n	ché^n	chhe^n	chhe^n	chhe^n	chhe^n	chhé^n
其他地區	i^n	chi^n	chí^n	chhi^n	chhi^n	chhi^n	chhi^n	chhí^n

	星	生	姓	柄	平	澎	鄭	撐	硬
台南等地區	chhe^n	se^n	sè^n	pè^n	pê^n	phê^n	tē^n	thè^n	ngē
其他地區	chhi^n	si^n	sì^n	pì^n	pî^n	phî^n	tī^n	thì^n	ngī

	更	羹	梗	鉎
台南等地區	ke^n	ke^n	ké^n	se^n
其他地區	ki^n	ki^n	kí^n	si^n

	圓	晶	嫩	鮮魚	靑	扇	變
台南等地區	$\hat{\text{i}}^n$	chi^n	chí^n	chhi^n	chhí^n	sì^n	pì^n
其他地區	$\hat{\text{i}}^n$	chi^n	chí^n	chhi^n	chhí^n	sì^n	pì^n

	扁	邊	甜	天	鹹	見	麵
台南等地區	pí^n	pi^n	ti^n	thi^n	ki^n	kì^n	mī
其他地區	pí^n	pi^n	ti^n	thi^n	ki^n	kì^n	mī

下面的練習請按你自己的發音來做。模範答案中把台南等地區的發音寫在前，其他的發音寫在後。爲了了解其他方言，請在核對答案時，也念別地區的方音。

A、選擇題：

1. 鄭	a. tē^n	b. tē	A：	1. $\text{tē}^n\text{-tī}^n$
	c. tī^n	d. tī		
2. 鮮	a. chhi^n	b. chhe^n		2. $\text{chhi}^n\text{-chhi}^n$
	c. chhe	d. chhi		
3. 生（熟）	a. chhi^n	b. chhe^n		3. $\text{chhe}^n\text{-chhi}^n$
	c. chhe	d. chhi		
4. 扇	a. sì^n	b. sè^n		4. $\text{sì}^n\text{-sì}^n$
	c. si	d. se		
5. 姓	a: sì^n	b. sè^n		5. $\text{sè}^n\text{-sì}^n$
	c. sì	d. sè		
6. 染	a. lí	b. lé		6. ní-ní
	c. né	d. ní		

7. 平	a. pîⁿ	b. pêⁿ
	c. pê	d. pî
8. 變	a. pìⁿ	b. pèⁿ
	c. pì	d. pè
9. 硬	a. ngīⁿ	b. ngēⁿ
	c. ngī	d. ngē
10. 麵	a. mīⁿ	b. mēⁿ
	c. mī	d. mē

7. pêⁿ-pîⁿ

8. pìⁿ-pìⁿ

9. ngē-ngī

10. mī-mī

B、配合題：

1. 爭晶這　cheⁿ　chiⁿ　che　chi
2. 變柄弊　pìⁿ　pèⁿ　pè　pì
3. 羹鹹枝　kiⁿ　keⁿ　ki　ke
4. 鮮青凄　chhiⁿ　chheⁿ　si　chhi
5. 井ᴬ嫩姊　chíⁿ　chéⁿ　chí　ché

A:	
1.	cheⁿ-chiⁿ, chiⁿ-chiⁿ, che-che
2.	pìⁿ-pìⁿ, pèⁿ-pìⁿ, pè-pè
3.	keⁿ-kiⁿ, kiⁿ-kiⁿ, ki-ki
4.	chhiⁿ-chhiⁿ, chheⁿ-chhiⁿ, chhi-chhi
5.	chéⁿ-chíⁿ, chíⁿ-chíⁿ, ché-chí

9.6.3 **iuⁿ（ioⁿ），iaⁿ，oⁿ，aⁿ，aiⁿ，oaiⁿ，oaⁿ** ［ㄧㄨˊ（ㄧㆤˊ）、ㄧㄚˊ、ㆦˊ、ㄚˊ、ㄚㄧˊ、ㆦㄚㄧˊ、ㆦㄚˊ］的分別

例字：想 siū^n　城 siâ^n　可惡 ò^n　三 sa^n　歹 phái^n

關 koai^n　官 koa^n　癢 chiū^n　定 tiā^n　否 hó^n

打 tá^n　指 chái^n　橫 hoâi^n　山 soa^n

A、選擇題：

1. 好(色)	a. há^n	b. hò$^{·n}$	c. hoà^n	A:	1. b. hò^n
2. 關(門)	a. ko^n	b. koa^n	c. koai^n		2. c. koai^n
3. 宰(相)	a. chá^n	b. chiá^n	c. chái^n		3. c. chái^n
4. 胆	a. tá^n	b. toá^n	c. tó^n		4. a. tá^n
5. 揹(米)	a. phiā^n	b. phāi^n	c. phoā^n		5. b. phāi^n
6. 京	a. kiu^n	b. kia^n	c. kai^n		6. b. kia^n
7. 敢	a. kiá^n	b. ká^n	c. kái^n		7. b. ká^n
8. 聲	a. sai^n	b. sia^n	c. sa^n		8. b. sia^n
9. 楊	a. iû^n	b. iâ^n	c. oâ^n		9. a. iû^n
		·(iô^n)			(iô^n)
10. 餅	a. pá^n	b. poá^n	c. piá^n		10. c. piá^n

B、配合題：

1. 名鰻（魚）魔　　　mô·　miâ　moâi　moâ

2. 薑驚　　監（獄）kiu^n　kai^n　ka^n　kia^n

3. 歹（可）柏 判　　phà^n　phái^n　phoà^n　phoài^n

4. （銅)鼎(半)打（市)長 tá^n　toá^n　tiá^n　tiú^n

5. 橫 鼾（蚊）香　　hoâ^n　hiu^n　hia^n　hoâi^n

A:

1.	miâ	moâ	mô·

2.	kiu^n	kia^n	ka^n
3.	phái^n	phà^n	phoà^n
4.	tiá^n	tá^n	tiú^n
5.	hoâi^n	hoâ^n	hiu^n

9.7 -m/-p、-n/-t 和 -ng/-k〔ㄇ/ㄅ、ㄋ/ㄉ、ㄫ/ㄍ〕收尾的韻母

　　台灣話以輔音收尾的韻母，有以喉輔音（-h）收尾的和以口輔音（-m、-p、-n、-t、-ng、-k）收尾的兩類。

　　口輔音韻尾 -m 和 -p、-n 和 -t、-ng 和 -k 各成對應。有 -m 收尾的韻母（如 am），就有 -p 收尾的韻母（即 ap）；沒有 -m 收尾的韻母（如沒有 -uam 的韻母），也就沒有 -p 收尾的韻母（即沒有 -uap）。其實 -m 和 -p 的分別決定於非入聲和入聲的分別。非入聲韻的韻尾只能有 -m，不能有 -p；入聲韻的韻尾只能有 -p，不能有 -m。-n 之於 -t 以及 -ng 之於 -k 的情形完全一樣。

韻尾 ＼ 介音	i-	零介音	u-　o-	主要元音
-m／-p	im　ip			非低
	iam　iap	am　ap		低
-n／-t	in　it		un　ut	非低
	ian　　iat 〔iɛn,ian〕〔iɛt,iat〕	an　at	oan　oat	低
-ng／-k	iong　iok	eng　ek	ong　　ok 〔oŋ,uŋ〕〔ok,uk〕	非低
	iang　iak	ang　ak		低

這類韻母除了(1)按韻尾是 -m/-p 、 -n/-t 或是 -ng/-k 分類
以外，還可以按(2)介音是圓唇音（u-,o-）、高前元音（i-）、還
是零介音，(3)主要元音是低還是非低來加以分類。

在 iong、iok、ong、ok 裡的 o 的發音是〔ɔ〕，和〔"都"
to〕裡的 o· 相似，而和〔"刀" to〕裡的 o〔ə〕相異。可是我們
都寫成 iong、iok、ong、ok，而不寫為 *io·ng、*io·k、*o·ng
*o·k。"煙" ian 的發音和〔iɛn〕，甚至於和〔ɛn〕很相近，
可是我們一律寫成 ian。

9.7.1 am,an,ang,aⁿ〔ㄚㄇ、ㄚㄋ、 ㄚㄫ 、ㄚ°〕的分別

例字： 耽 tam 丹 tan 多 tang 担 taⁿ

(勇)敢 kám 簡 kán 港 káng 敢 káⁿ

南 lâm 難 lân 人 lâng ──

杉 sam 山 san 鬆 sang 三 saⁿ

含 hâm 韓 hân (投)降 hâng 懸 hâⁿ

A、選擇題：

1. 慘 a. chhám b. chhán A: 1. a. chhám
   c. chháng d. chháⁿ

2. 辦 a. pām b. pān 2. b。pān
   c. pāng d。paⁿ

3. 幫 a. pam b. pan 3. c。pang
   c. pang d。paⁿ

4. 怕 a. phàm b. phàn 4. d. phàⁿ

　　　　　　　c. phàng　　d. phàⁿ

5. 打　a。tám　　　b. tán　　　　　5. d. táⁿ

　　　c. táng　　　d. táⁿ

6. 感　a. kám　　　b. kán　　　　　6. a. kám

　　　c. káng　　　d. káⁿ

7. 漢　a. hàm　　　b. hàn　　　　　7. b。hàn

　　　c hàng　　　d. hàⁿ

8. 項　a. hām　　　b. hān　　　　　8. c. hāng

　　　c. hāng　　　d. hāⁿ

9. 貪　a. tham　　　b. than　　　　9. a. tham

　　　c. thang　　　d. thaⁿ

10. 萬　a. bām　　　b. bān　　　　10. b. bān

　　　c. bāng　　　d. bāⁿ

B、配合題：

1. 寒餡含杭	hâm hân hâng āⁿ	A:	1. hân āⁿ hâm hâng
2. 打董胆等	tám tán táng táⁿ		2. táⁿ táng tám tán
3. 嘆疼探	thàm thàⁿ thàng		3. thàn thàng thàm
4. 工甘奸	kam kan kang		4. kang kam kan
5. 人男蘭	lâm lân lâng		5. lâng lâm lân

9。7。2 im, in, e ng, iⁿ, eⁿ〔ㄧㄇ，ㄧㄋ，せㄤ· ㄧㆲ　せ。〕的分別

例字：　△顛 sim　信 sìn　勝 sèng　姓 sèⁿ　扇 sìⁿ

　　　　金 kim　根 kin　經 keng　更 keⁿ

心 sim   新 sin   升 seng   生 seⁿ

沉 tîm   塵 tîn   庭 têng   —   繿 tîⁿ

吟 gîm   銀 gîn   迎 gêng

A、選擇題:

					A:	
1. 錢	a. chîm	b. chîn				1. d. chîⁿ
	c. chêng	d. chîⁿ	e. chêⁿ			
2. 忍	a. jím	b. jín				2. a. jím
	c. jéng	d. jíⁿ	e. jéⁿ			
3. 品	a. phím	b. phín				3. b. phín
	c. phéng	d. phíⁿ	e. phéⁿ			
4. 井	a. chím	b. chín				4. e. chéⁿ-chíⁿ
	c. chéng	d. chíⁿ	e. chéⁿ			
5. 頂	a. tím	b. tín				5. c. téng
	c. téng	d. tíⁿ	e. téⁿ			
6. 禁	a. kìm	b. kìn				6. a. kìm
	c. kèng	d. kìⁿ	e. kèⁿ			
7. 院	a. īm	b. īn				7. d. īⁿ
	c. ēng	d. īⁿ	e. ēⁿ			
8. 鄭	a. tīm	b. tīn				8. e. tēⁿ-tīⁿ
	c. teng	d. tīⁿ	e. tēⁿ			
9. 珍	a. tim	b. tin				9. b. tin
	c. teng	d. tiⁿ	e. téⁿ			
10. 景	a. kím	b. kín				10. c. kéng
	c. kéng	d. kíⁿ	e. kéⁿ			

B、配合題：

1. 升辛（先）生心　　sim　sin　seng　si^n　se^n
2. 井振枕整　　chîm　thin　chéng　$chí^n$　$ché^n$
3. 英音嬰因　　im　in　eng　i^n　e^n
4. 彬兵邊　　pim　pin　peng　pi^n　pe^n
5. 林寧麟　　lîm　lîn　lêng

A：

```
1.  seng sin se^n-si^n sim
2.  ché^n-chí^n chîn chîm chéng
3.  eng im e^n-i^n in
4.  pin peng pi^n
5.  lîm lêng lîn
```

9.7.2.1　in 和 un ［ㄧㄣ 和 ㄨㄣ］的方言差異

下面的方言差異和 u╱i 方言差異，有些不同的地方。*

		台南	台北	北平話
甲組	恨	hin（白）	hun（文）	ㄏㄣˋ
	恩	in	un	ㄣ
	跟	kin	kun	ㄍㄣ
	均	kin	kun	ㄐㄩㄣ
乙組	勤	khîn（文）	khûn（白）	ㄑㄧㄣˊ
	巾、筋	kin	kun	ㄐㄧㄣ

近	kīn	kūn	ㄐㄧㄣˋ
銀	gîn	gûn	ㄧㄣˊ
殷	in	un	ㄧㄣ

丙組　新　sin（文）　sin（文）　ㄒㄧㄣ

　　　品　ph'in　　　ph'in　　　ㄆㄧㄣˇ

方音調整練習

請把下面附有方音調整符號的音標改爲不用方言調整符號的台北標音。

左		右
1. kīn 近		1. kūn
2. gîn 銀		2. gûn
3. in 因		3. in
4. khin 輕		4. khin
5. ke 街		5. koe
6. phoe 被		6. phe
7. kù 鋸		7. kù
8. 'in 允工作		8. 'in
9. 'in 允准		9. 'un
10. seⁿ 生		10. siⁿ

*關於 u／i 和 in／un 的方言差異，下列三點值得注意：

第一， u／i 的情形是台南保留了 u， in／un 的情形是台南保留了 in 。

第二， in／un 方言差異限於聲母是 k、kh、h、ng、g ,的音節而 u／i 方言差異的聲母，也可能是 k、kh、h、ng、g，也可能是 ch、chh、s、j 或 t、th、n。第三， 上面把甲組字的 in 認爲白話音， un 認爲文言音，把乙組字的 in 看成文言音、un 認爲白話音可能有問題，這裡不打算詳談。著者認爲有一個很明顯的趨勢可以幫助我們分辨文言音和白語音，即文言音與其他漢語方言，尤其是北平話，發音較接近，並有一定的規律可循。而白話音和其他方言相差較遠。上面北平話的例子給我們的提示不能忽略。

9.7.3 iam, ian, iang, iaⁿ [ㄧㄚㄇˋ、ㄧㄚㄢˋ、ㄧㄚㄤˋ、ㄧㄚ°] 的分別

例字：點 tiám　　典 tián　　　　　鼎 tiáⁿ

　　　佔 chiàm　　戰 chiàn　　掌 chiáng　　正 chiàⁿ

　　　暹 siâm　　仙 sian　　雙 siang　　聲 siaⁿ

　　　兼 kiam　　堅 kian　　—　　　京 kiaⁿ

A、選擇題：

				A:		
1. 店	a. tiàm	b. tiàn			1. a. tiàm
	c. tiàng	d. tiàⁿ			
2. 件	a. kiām	b. kiān			2. d. kiāⁿ
	c. kiāng	d. kiāⁿ			
3. 便	a. piām	b. piān			3. b. piān
	c. piāng	d. piāⁿ			
4. 亮	a. liām	b. liān			4. c. liāng
	c. liāng	d. liāⁿ			
5. 嫌	a. hiâm	b. hiân			5. a. hiâm
	c. hiâng	d. hiâⁿ			
6. 針	a. chiam	b. chian			6. a. chiam
	c. chiang	d. chiaⁿ			
7. 展	a. tiám	b. tián			7. b. tián
	c. tiang	d. tiáⁿ			
8. 丙	a. piám	b. pián			8. d. piáⁿ
	c. piáng	d. piáⁿ			

9. 雙　a. siam　　　b. sian　　　　9.　c. siang

　　　　c. siang　　　d. siaⁿ

10. 獻　a. hiàm　　　b. hiàn　　　10.　b. hiàn

　　　　c. hiàng　　　d. hiàⁿ

B、配合題：

1. 建鏡劍　　　kiàm　　kiàn　　kiàng　　kiàⁿ

2. 營塩延　　　iâm　　iân　　iâng　　iâⁿ

3. 雙邏聲　　　siam　　sian　　siang　　siaⁿ

4. 險響(亮)顯　hiám　　hián　　hiáng　　hiáⁿ

5. 墊定電　　　tiām　　tiān　　tiāng　　tiāⁿ

A：　1.　kiàn　　kiàⁿ　　kiàm

　　　2.　iâⁿ　　iâm　　iân

　　　3.　siang　　siam　　siaⁿ

　　　4.　hiám　　hiáng　　hián

　　　5.　tiām　　tiāⁿ　　tiān

9.7.4 ian, in, eng, iⁿ, eⁿ [ㄧㄚㄋˋ、ㄧㄋˋ、ㄝㄥ、ㄧᵒˋ、ㄝ゚] 的分別

例字：編 pian　賓 pin　兵 peng　邊 piⁿ-—

　　　電 tiān　陣 tīn　定 tēng　鄭 tēⁿ-tiⁿ

　　　仙 sian　新 sin　升 seng　生 seⁿ-siⁿ

　　　堅 kian　根 kin　間 keng　庚 keⁿ-kiⁿ

A、選擇題：

1. 善 　a. $\text{s}\bar{\text{i}}\text{n}$ 　b. $\text{s}\bar{\text{e}}\text{ng}$
   　　　c. $\text{si}\bar{\text{a}}\text{n}$

2. 省 　a. $\text{s}\acute{\text{i}}\text{n}$ 　b. $\text{s}\acute{\text{e}}\text{ng}$
   　　　c. $\text{si}\acute{\text{a}}\text{n}$

3. 緊 　a. $\text{k}\acute{\text{i}}\text{n}$ 　b. $\text{k}\acute{\text{e}}\text{ng}$
   　　　c. $\text{ki}\acute{\text{a}}\text{n}$ 　d. $\text{k}\acute{\text{i}}^{n}$ 　e. $\text{k}\acute{\text{e}}^{n}$

4. 扇 　a. $\text{s}\acute{\text{i}}\text{n}$ 　b. $\text{s}\acute{\text{e}}\text{ng}$
   　　　c. $\text{s}\grave{\text{i}}^{n}$ 　d. $\text{s}\acute{\text{e}}^{n}$

5. 病 　a. $\text{p}\bar{\text{i}}\text{n}$ 　b. $\text{p}\bar{\text{e}}\text{ng}$
   　　　c. $\text{p}\bar{\text{i}}^{n}$ 　d. $\text{p}\bar{\text{e}}^{n}$

6. 然 　a. $\text{j}\hat{\text{i}}\text{n}$ 　b. $\text{j}\hat{\text{e}}\text{ng}$
   　　　c. $\text{ji}\hat{\text{a}}\text{n}$ 　d. $\text{j}\hat{\text{i}}\text{n}$

7. 民 　a. $\text{b}\hat{\text{i}}\text{n}$ 　b. $\text{b}\hat{\text{e}}\text{ng}$
   　　　c. $\text{bi}\hat{\text{a}}\text{n}$

8. 慶 　a. $\text{kh}\grave{\text{i}}\text{n}$ 　b. $\text{kh}\grave{\text{e}}\text{ng}$
   　　　c. $\text{khi}\grave{\text{a}}\text{n}$ 　d. $\text{kh}\grave{\text{i}}^{n}$ 　e. $\text{kh}\grave{\text{e}}^{n}$

9. 鎮 　a. $\text{t}\grave{\text{i}}\text{n}$ 　b. $\text{t}\grave{\text{e}}\text{ng}$
   　　　c. $\text{ti}\grave{\text{a}}\text{n}$ 　d. $\text{t}\grave{\text{i}}^{n}$ 　e. $\text{t}\grave{\text{e}}^{n}$

10. 鼻 　a. $\text{ph}\bar{\text{i}}\text{n}$ 　b. $\text{ph}\bar{\text{e}}\text{ng}$
    　　　c. $\text{phi}\bar{\text{a}}\text{n}$ 　d. $\text{ph}\bar{\text{i}}^{n}$ 　e. $\text{ph}\bar{\text{e}}^{n}$

A：
1. c. $\text{si}\bar{\text{a}}\text{n}$
2. b. $\text{s}\acute{\text{e}}\text{ng}$
3. a. $\text{k}\acute{\text{i}}\text{n}$
4. c. $\text{s}\grave{\text{i}}^{n}$
5. d. $\text{p}\bar{\text{e}}^{n}\text{-}\text{p}\bar{\text{i}}^{n}$
6. c. $\text{ji}\hat{\text{a}}\text{n}$
7. a. $\text{b}\hat{\text{i}}\text{n}$
8. b. $\text{kh}\grave{\text{e}}\text{ng}$
9. a. $\text{t}\grave{\text{i}}\text{n}$
10. d. $\text{ph}\bar{\text{i}}^{n}$

B、配合題：

1. 敏猛免　bián　　bín　　béng　　bíⁿ

2. 遷清青　chhian　chhin　chheng　chheⁿ

3. 迎銀言　giân　　gîn　　gêng　　gêⁿ

4. 敬建絹　kiàn　　kìn　　kèng　　kèⁿ

5. 圓榮緣　iân　　iîn　　êng　　îⁿ

```
A:  1.  bín  béng  bián
    2.  chhian  chheng  chheⁿ
    3.  gêng  gîn  giân
    4.  kèng  kiàn  kìn
    5.  îⁿ  êng  iân
```

9.7.5 **ak, at, ap, ah** [ㄚ ㄍ、ㄚ ㄉ、ㄚ ㄅ、ㄚ [4,8]] 的分別

例字：貼 tah　　答 tap　　值 ta̍t　　毒 ta̍k

　　　獵 la̍h　　納 la̍p　　力 la̍t　　六 la̍k

　　　肉 bah　　密 ba̍t　　目 ba̍k

A、選擇題：

1. 甲　a. kak　b. kat
　　　c. kap　d. kah

2. 雜　a. cha̍k　b. cha̍t
　　　c. cha̍p　d. cha̍h

3. 察　a. chhak　b. chhat
　　　c. chhap　d. chah

```
A:  1.  d. kah
    2.  c. cha̍p
    3.  b. chhat
```

4.	岳	a. gak̍	b. ga̍t		4.	a。gak̍	
		c. ga̍p	d. ga̍h				
5.	達	a. tak̍	b. ta̍t		5.	b. ta̍t	
		c. ta̍p	d. ta̍h				
6.	鴨	a. ak	b. at		6.	d. ah	
		c. ap	d. ah				
7.	角	a. kak	b. kat		7.	a. kak	
		c. kap	d. kah				
8.	答	a. tak	b. tat		8.	c. tap	
		c. tap	d. tah				
9.(文)學		a. hak̍	b. ha̍t		9.	a. hak̍	
		c. ha̍p	d. ha̍h				
10.	肉	a. bak	b. bat		10.	d. bah	
		c. bap	d. bah				

B、配合題：

1. 北百八　pah　　　pap　　　pat　　　pak
2. 鑿漆插　chhah　　chhap　　chhat　　chhak̍
3. 蠟力納　la̍h　　　la̍p　　　la̍t　　　lak̍
4. 踢塔讀　thah　　　thap　　　that　　　thak̍
5. 盒壓握　a̍h　　　　ap　　　　at　　　　ak

A：　1.　pak pah pat

　　　2.　chhak̍ chhat chhah

　　　3.　la̍h la̍t la̍p

> 4. that thah thàk
>
> 5. àh ap ak

9.7.6 ip, it, ek, ih, eh [ㄧㄅ、ㄧㄌ、ㄝㄍ、ㄧ⁴˙⁸, ㄝ⁴˙⁸,] 的分別

例字：　濕 sip　　失 sit　　室 sek　　雪 seh　　薛 sih

　　　　吸 khip　　乞 khit　　克 khek　　客 kheh　　缺 khih

　　　　必 pit　　迫 pek　　伯 peh　　鱉 pih

A、選擇題：

				A：		
1. 鐵	a. thip	b. thit	c. thek		1.	d. thih
	d. thih	e. theh				
2. 碧	a. phip	b. phit	c. phek		2.	c。phek
	d. phih	e. pheh				
3. 滴	a. tip	b. tit	c. tek		3.	d。tih
	d. tih	e. teh				
4. 立	a. lip	b. lit	c. lek		4.	a。lip
	d. lih	e. leh				
5. 匹	a. phip	b. phit	c. phek		5.	b。phit
	d. phih	e. pheh				
6. 特	a. tip	b. tit	c. tek		6.	c. tek
	d. tih	e. teh				
7. 冊	a. chhip	b. chhit	c. chhek		7.	e。chheh
	d. chhih	e. chheh				
8. 日	a. jip	b. jit	c. jek		8.	b. jit

d. jih　e. jeh

9.　薛　a. sip　b. sit　c. sek　│　9.　d. sih

　　　　d. sih　e. seh

10.　執　a. chip　b. chit　c. chek　│　10.　a. chip

　　　　d. chih　e. cheh

B、　配合題：

　1.　熟習實雪閃　　sip　sit　sek　sih　seh

　2.　革格急　　　　kip　kek　keh

　3.　缺吸客乞刻　　khip　khit　khek　khih　kheh

　4. (死)絕摺責集織　chip　chit　chek　chih　cheh

　5.　逼筆鱉伯　　　pit　pek　pih　peh

A:　1.　sek　sip　sit　seh　sih

　　2.　kek　keh　kip

　　3.　khih　khip　kheh　khit　khek

　　4.　cheh　chih　chek　chip　chit

　　5.　pek　pit　pih　peh

9.7.7 iap,iat,iok,iak,iah,eh 〔ㄧㄚㄅˋ、ㄧㄚㄉˋ、ㄧㄜㄍˋ、ㄧㄚㄍˋ、ㄧㄚˋ⁴ˊ⁸ˊ、ㄝ⁴ˊ⁸ˊ〕的分別

例字：伯 peh　　壁 piah　　—　　別 piat　—

　　—　　掠 liah　粒 liap　列 liat　陸 liok　—

　　册 chheh　赤 chhiah　妾 chhiap　切 chhiat　雀 chhiok —

　　雪 seh　　削 siah　澀 siap　設 siat　蜀 siok △捧 siak

A、選擇題：

					A:		
1.	跡	a. jiap	b. jiat		A:	1.	c. jiah
		c. jiah	d. jeh				
2.	諜	a. tia̍p	b. tia̍t			2.	a. tia̍p
		c. tia̍k	d. tia̍h				
3.	哲	a. thiap	b. thiat			3.	b. thiat=tia̍t
		c. thiak	d. theh				
4.	蓄	a. thiap	b. thiat			4.	d. thiok
		c. thiak	d. thiok				
5.	錫	a. siap	b. siat			5.	d. siah
		c. siak	d. siah				
6.	雪	a. siat	b. seh			6.	b. seh
		c. siak	d. siok				
7.	熱	a. jia̍p	b. jia̍t			7.	b. jia̍t
		c. jio̍k	d. jia̍h				
8.	刦	a. kiap	b. kiat			8.	a. kiap
		c. keh	d. kiah				
9.	俗	a. sia̍t	b. sia̍k			9.	c. sio̍k
		c. sio̍k	d. sia̍h				
10.	(金)鑠	a. siat	b. siak			10.	b. siak
		c. siah	d. seh				

B、配合題：

1. 額業孽玉　　giȧp　　giȧt　　giȧh　　giȯk　　giȧk

2. 鐵徹帖畜　　thiat　　thiok　　thiah　　thioᴺ　　thih

3. 吉俠菊格　　kiap　　kiat　　kiak　　kiok　　keh

4. 剒雪澀淑　　siat　　siap　　siah　　siok　　seh

5. 汁隻足折　　chiap　　chiat　　chiak　　thiok　　chiah

```
A:  1.  giȧh  giȧp  giȧt . giȯk

    2.  thih  thiat  thiap  thiok

    3.  kiat  kiap  kiok  keh

    4.  siah  seh  siap  siok

    5.  chiap  chiah  chiok  chiat
```

9.7.8 **iat,it,ih,ek,eh**〔ㄧㄚㄉ,ㄧㄉ,ㄧ⁴,⁸,ㄝㄍ,ㄝ⁴,⁸〕的分別

例字：捷 chiȧt　舌 chȉh　一 chȉt　藉 chȅk　(死)絕 chȅh

　　　設 siat　薛 sih　失 sit　式 sek　　　雪 seh

　　　滅 biȧt　匿 bih　蜜 bȉt　默 bȅk　　　麥 bȅh

A、選擇題：

1. 匹　a. phiat　b. phit　　　　A:　1.　b.　phit

　　　c. phih　d. pheh

2. 鐵　a. thit　b. thih　　　　　　2.　b.　thih

　　　c. thek　d. theh

3. 德　a. tit　b. tih　　　　　　　3.　c.　tek

　　　c. tek　d. teh

4. 白　a. piat　b. pit
　　　c. pih　d. peh

5. 摺　a. chiat　b. chit
　　　c. chih　d. chek

6. 結　a. kiat　b. kit
　　　c. kih　d. keh

7. 日　a. jiat　b. jit
　　　c. jih　d. jeh

8. 極　a. keh　b. kit
　　　c. kih　d. kek

9. 閱　a. iat　b. it
　　　c. ek　d. eh

10. 格　a. kit　b. kih
　　　c. kek　d.keh

---

4. d. peh

5. c. chih

6. a. kiat

7. b. jit

8. d. kek

9. a. iat

10. d. keh

B、配合題：

1. 色設失雪　　siat　　sit　　sih　　sek　　seh

2. 七册策切　　chhiat　chhit　chhih　chhek　chhheh

3. 乙益謁(災)阨　iat　　it　　ih　　ek　　eh

4. 迫筆伯別　　pek　　piat　　pit　　pih　　peh

5. 列綵裂(開)　liat　　lit　　lih　　lek

A: 1. sek　siat　sit　seh

2. chhit　chhheh　chhek　chhiat

3. it　　ek　　iat　　eh

4.　pek　pit　peh　piắt

5.　liắt　lêk　lih

9.7.9 iong,iuⁿ,ong,oan,oaⁿ, un,eng [ㄧㄛㄤ、ㄧㄨ°、ㄛㄤ、ㄛㄚㄋ、ㄛㄚ°、ㄨㄋ、ㄝㄤ] 的分別

例字：終 chiong 樟 chiuⁿ 宗 chong 專 choan 煎 choaⁿ 尊 chun 貞 cheng

宮 kiong　薑 kiuⁿ　公 kong　關 koan　肝 koaⁿ　君 kun 間 keng

良 liong　　　農 lông　戀 loân　　　倫 lûn 陵 lêng

凶 hiong 燒香 hiuⁿ　芳 hong　番 hoan　歡 hoaⁿ　婚 hun 興 heng

A、選擇題：

1. 形　a. hiông　b. hông

　　　c. hûn　　d. hêng

2. 絨　a. jiông　b. jông

　　　c. jiûⁿ　　d. joân

3. 想　a. siōng　b. siūⁿ

　　　c. sūn　　d. sōng

4. 官　a. kong　b. kun

　　　c. koaⁿ　d. keng

5. 論　a. loān　b. loāⁿ

　　　c. lūn　　d. lēng

6. 通　a. thiong　b. thong

　　　c. thoan　d. thun

7. 娟　a. kong　b. koan

　　　c. koaⁿ　d. keng

A:　1. d. hêng

　　2. a. jiông

　　3. b. siūⁿ

　　4. c. koaⁿ

　　5. c。lūn

　　6. b. thong

　　7. b. koan

8.	從	a. chiông	b. chông
		c. choan	d. choaⁿ
9.	象	a. chhiōng	b. chhūn
		c. chhiūⁿ	d. chhoāⁿ
10.	原	a. gông	b. goân
		c. goâⁿ	d. gûn

8.	a。chiông
9.	c. chhiūⁿ
10.	b. goân

B、配合題：

1. 經恭薑軍功　　kiong　kiuⁿ　kong　koan　kun　keng

2. 張端忠敦單　　tiong　tiuⁿ　tong　toan　tun　toaⁿ

3. 棟(判)斷漲釘噸 tiòng　toaⁿ　tòng　tùn　toàn　tèng

4. 聰春川稱充　　chhiong chhong chhoan chhoa chhun chheng

5. 魂煩刑雄皇　　hiông　hông　hoân　hoâⁿ　hûn　hêng

A:	1.	keng	kiong	kiuⁿ	kun	kong
	2.	tiuⁿ	toan	tiong	tun	toaⁿ
	3.	tòng	toàn	tiòng	tèng	tùn
	4.	chhong	chhun	chhoan	chhong	chhion
	5.	hûn	hoân	hêng	hiông	hông

9.7.10 **iok, ioh, ok, oh, oat, oah, ut, uh**［ㄧㄛㄍ、ㄧㄛ⁴ʼ⁸、ㄛㄍ、ㄛ⁴ʼ⁸ㄛㄚㄉ、ㄛㄚ⁴ʼ⁸、ㄨㄉ、ㄨ⁴ʼ⁸］的分別

例字：雀 chhiok　　尺 chhioh　　撮 chhok　　— chhoat

　　　郁 hiok　　　歇 hioh　　　福 hok　　　法 hoat

　　　菊 kiok　　　撿 khioh　　　國 kok　　　決 koat

△睏 chhoah   出 chhut   — chhuh

鶴 hŏh   喝 hoah   忽 hut —

閣 koh   割 koah   骨 kut

A、選擇題：

1. 屈   a. khok   b. khoh
       c. khut   d. khuh

2. 局   a. kiŏk   b. kiŏh
       c. kŏk   d. kŏh

3. 惜   a. siok   b. sioh
       c. soh   d. soah

4. (提)拔 a. pŏk   b. pŏh
        c. poa̍t   d. poa̍h

5. 族   a. chiŏk   b. chiŏh
       c. chŏk   d. chŏh

6. (歪)斜 a. chhŏk b. chhŏh
        c. chhoa̍t d. chhoa̍h

7. (蔗)粕 a. phioh b. phoah
        c. phoh   d. phuh

8. 吸(水) a. sut   b. suh
        c. sok   d. siok

9. 速   a. siok   b. sioh
       c. sok   d. soh

10. 陸   a. liŏk   b. liŏh
       c. lŏk   d. lŏh

A：
1. c. khut
2. a. kiŏk
3. b. sioh
4. c. poa̍t
5. c. chŏk
6. d. chhoa̍h
7. c. phoh
8. b. suh
9. c. sok
10. a. liŏk

B、配合題：

1. 佛復罰葉　hiòk　hioh　hòk　hoàt　hut
2. 束刷淑蟀　siok　sok　soat　soah　sut
3. 割谷菊閣　kiok　kok　koh　koat　koah
4. 毒奪桌築　tiòk　tòk　toh　toàt　toàh
5. 借作祝卒　chiok　chioh　chok　chut　chuh

A：

1.	hut	hòk	hoàt	hioh
2.	sok	soat	siok	sut
3.	koah	kok	kiok	koh
4.	tòk	toàt	toh	tiòk
5.	chioh	chok	chiok	chut

9.8　鼻音韻母 – m 和 – ng〔ㄇ和ㄫ〕的分別

　　– m 韻的出現只限於幾個常用詞，如 " 不是 " m̄ – sī、"媒人"
hm̂ – lâng、" 茅 " hm̂ 。 – ng 韻，宜蘭地方發音為〔ũĩ〕。 – eng
很容易與 – ng 相混，因此也包括在本節的例字與練習內。

　　例字：⁺不 m̄　媒 hm̂

　　　　　兩 nn̄g　遠 hn̄g（姓）方 png　飯 pn̄g　捲 kńg（中）央 ng

　　　　　令 lēng　幸 hēng　　兵 peng 並 pēng 境 kéng　　英 eng

A、選擇題：

1. 遠　　a. hn̄g　　b. hm̄　　A: | 1. a. hn̄g
　　　　　c. hēng　 d. heⁿ

2. 不(好)　a. m̄　　　b. mn̄g　　| 2. a. m̄
　　　　　c. n̄g　　 d. hm̄

3. 兵　　a. png　　b. peng　　| 3. b. peng
　　　　　c. pm　　 d. pēⁿ

4. 飯　　a. pēng　 b. pm̄　　 | 4. c. pn̄g
　　　　　c. pn̄g　 d. pēⁿ

5. 整　　a. chéng　b. chńg　 | 5. a. chéng
　　　　　c. chéⁿ

6. 姆　　a. hḿ　　b. ḿ　　　| 6. b. ḿ
　　　　　c. mńg

7. 湯　　a. thm　　b. thng　 | 7. b. thng
　　　　　c. theng　d. theⁿ

8. 黃　　a. m̂　　　b. hm̂　　| 8. c. n̂g
　　　　　c. n̂g　　 d. hn̂g

9. 冷　　a. lńg　　b. léng　 | 9. b. léng
　　　　　c. léⁿ

10. 蛋　　a. nn̄g　　b. ln̄g　 | 10. a. nn̄g
　　　　　c. lēng

B、配合題：

1. (中)央英嬰　eng　ng　iⁿ　eⁿ　　A: | 1. ng　eng　eⁿ-iⁿ
2. 兩令年　　　lēng　iⁿg　nn̄g　nî　 | 2. nn̄g　leng　nî

3. 庚經光	keⁿ kng	kin keng	3. keⁿ-kiⁿ keng kng
4. 轉頂纏	tńg tńg	tṁ tîⁿ	4. tńg téng tîⁿ
5. 黃榮園	êng n̂g	hn̂g m̂	5. n̂g êng hn̂g

9.9　綜合練習

A、請將下列歌詞標音：

獨夜無伴守灯火	A: tȯk-iā bô phoaⁿ chiú teng-hoé
清風對面吹	chheng-hong tùi bīn chhoe
十七八歲未出嫁	chȧp-chhit-peh hoè bē chhut-kè
遇着少年家	gū-tiȯh siàu-liân-ke
果然標緻面肉白	kó-jiân phiau-tì bīn-bah peh
誰人的子弟	siáⁿ-lâng ê chú-tē
想要問伊驚歹勢	siūⁿ beh mn̄g i kiaⁿ pháiⁿ-sè
心內彈琵琶（望春風）	sim-lāi toâⁿ phî-pê
想要郎君做翁婿	siūⁿ beh lông-kun chò ang-sài
意愛在心內	ì-ài chāi sim-lāi
等待何時君來採	tán-thāi hô-sî kun lâi chhái
青春花當開	chheng-chhun hoe tong khai
聽着外面有人來	thiaⁿ-tiȯh goā-bīn ū lâng lâi
開門加看māi	khui mn̂g ka khoàⁿ māi
月娘笑阮戇大呆	gȯeh-niû chhiò goán gōng-toā-tai
乎風騙不知（望春風）	hō· hong phiàn m̄ chai

透早就出門	A:	thàu chá tio̍h（chiū）chhut mn̂g
天色漸漸光		thiⁿ sek chiām chiām kng
受苦無人問		siū khó͘ bô lâng mn̄g
行到田中央		kiâⁿ kàu chhân tiong ng
行到田中央		kiâⁿ kàu chhân tiong ng
爲着顧三頓，顧三頓		ūi tio̍h kò͘ saⁿ-tǹg, kò͘ saⁿ-tǹg
不驚田水冷酸酸（農村曲）		m̄ kiaⁿ chhân chúi léng-sng-sng

B、請將下面俗諺標音：

1. 一年換二十四個頭家

2. 一個查某子，允二十四個尪

3. 一代親，二代表，三代不識了了

4. 人未到，聲先到

5. 老鼠不敢吃貓乳

6. 有功無賞，打破着愛賠

7. 西瓜倚大傍

8. 好酒沉甕底

9. 有心打石，石成瘡

10. 死父路頭遠，死母路頭斷

11. 別人的子，死膾了

12. 膾曉駛船，嫌溪狹

1.	chi̍t-nî oāⁿ jī-cha̍p-sì-ê thâu-ke
2.	chi̍t-ê cha-bó͘-kiáⁿ ín jī-cha̍p-sì-ê ang
3.	chi̍t-tāi chhin, nn̄g-tāi piáu , saⁿ-tāi m̄-bat liáu- liáu.

4. Lâng boē-kàu, siaⁿ seng kàu

5. Niáu-chhú m̄-káⁿ chiảh niau-ni.

6. Iú kong bô siúⁿ, phah-phoà tiỏh-ài poê

7. Si-koe oá toā-pêng

8. Hó-chiú tîm àng-té.

9. Ū-sim phah chiỏh, chiỏh chiâⁿ chhng

10. Sí-pē lō·-thâu hng, si-bó lō·-thâu tng.

11. Pảt-lâng ê kiáⁿ, sí-bē-liáu.

12. Bē-hiáu sái-chûn, hiâm khe ẻh.

C、請將下面俗語寫成漢字：

1. Chit-jit iam(閹) káu-ti, káu-jit bô ti iam.

2. Chit-lâng chit-ke tāi, kong-má sûi-lâng chhāi

3. Chit-káu pūi iáⁿ, pah-káu pūi siaⁿ.

4. Chit-nî kè ang kè thàu-thiⁿ, kè bô chit-ê thang
   koẻ-nî

5. It-giân kí chhut, sù-má lân tui.

6. It-lâm it-lú, chit-ki hoe, ngó·-lâm ji-lú siūⁿ
   thoa-boâ.

7. Chit-mê siūⁿ-tiỏh choân thâu-lō , thiⁿ kng kî-
   sit bô-poàⁿ-pō·.

8. Kha-chhiú bān-tūn chiảh-bô-hūn.

9. Tēⁿ(掟) kiaⁿ sí, pàng kiaⁿ poe.

10. Chhò-koaⁿ nā chheng-liâm, chiảh-pn̄g tiỏh kiáu-iâm

11.　Oan-ke piⁿ chhin-ke

12.　Bô-jit m̄-chai tàu, bô-chhiu m̄-chai lāu.

A：

1.　一日閹九豬，九日無豬閹。

2.　一人一家代，公媽隨人祀。

3.　一狗吠影，百狗吠聲。

4.　一年嫁翁，嫁透天，嫁無一個好過年。

5.　一言既出，駟馬難追。

6.　一男一女，一枝花；五男二女受拖磨。

7.　一冥想着全頭路，天光其實無半步。

8.　脚手慢鈍，食無份。

9.　掠驚死，放驚飛。

10.　做官若清廉，食飯着攪鹽。

11.　冤家變親家。

12.　無日不知晝，無鬚不知老。

台語國語字音對照表

韻母 聲母	eng	enĝ
p	pang ㄅㄧㄥ兵 冰氷（冰）ㄅㄥ（崩）	phiâⁿ Ⅱ pêⁿ ≡ piⁿ（pûn）Ⅱ ㄆㄥˊ（坪） 平 蘋 （phêng）pêⁿ ≡ pîⁿ ㄆㄥˊ朋 棚 硼 Ⅲ peⁿ Ⅱ ㄆㄥ抨 ㄅㄥˋ拼 ㄅㄥˊ（繃）
ph	ㄆㄥ烹 砰 Ⅱ peⁿ pêng ㄅㄥ（繃）	pêng, piⁿ phiⁿ ≡ phéⁿ ㄆㄥˊ（棚） （澎） 膨 ㄆㄥˊ萍評 chhìn Ⅱ ㄔㄥˋ（秤） ㄆㄥˊ鵬
b		mî miâ ㄇㄧㄥˊ冥 名 明 螟銘鳴ㄇㄥˊ盟萌
m		
t	Ⅲ ㄉㄧㄥ丁町叮町釘ㄓㄥˋ徵ㄊㄥˋ町	tiâ ⁿ Ⅱ tîn thêng ㄊㄧㄥˊ亭庭廷ㄊㄥˊ滕藤 膽 Tiōng , tāng ㄓㄨㄥˋ重
	ㄉㄥ灯〔燈〕燈登ㄉㄥˋ瞪蹬	Ⅱ thêng chàn chàn ㄔㄥˊ懲橙澄澂 程 ㄘㄥˊ層
th	thiaⁿ Ⅱ thiaⁿ thèⁿ ≡ thiⁿ ㄊㄧㄥ廳 汀 聽 ㄔㄥ〔撐〕〔撐〕 Ⅲ ㄔㄥ瞠	têng ㄊㄧㄥˊ停 ㄊㄥˊ滕 騰 têng ㄔㄥˊ程 呈
l	nî（Nái） ㄋㄞˋ奶	Ⅱ Ⅱ Ⅲ lân ㄌㄧㄥˊ伶凌玲綾羚聆苓菱鈴陵零 lêng Ⅲ 靈ㄌㄥˊ鴒 齡

		Liông
		嚀擰寧(寧樽獰) 能 龍 楞稜 濘
ch	Ⅲ　　　　Chhiong 偵楨禎 僧 衝 Ⅲ chan　　　chin chēng 憎曾 增　睛精 甑 Ⅲ　　　　　cheng 征箏蒸錚 貞 鐘	chiân chûn　　bat 前 情晴 曾
chh	chhian Ⅱ chheⁿ=chhin 千 稱蟶 青 chhân 掙 清(蜻)	Siông 松
s	Ⅱ chin　seⁿ=siⁿ chheⁿ,seⁿ 勝升昇 牲 生 siaⁿ 甥笙聲陞 chheⁿ chheⁿ cheng Ⅲ sin 惺猩腥 星 旌 身	siâⁿ chiâⁿ,siâⁿ 丞乘(城)成 sîn 繩 sîn 承盛誠 (蠅)
j		仍 扔
k	kiaⁿ　　　　kiaⁿ 京兢經 荊莖 驚鯨 kiong kiong Ⅱ 宮 弓 肱 keⁿ=kiⁿ keⁿ=kiⁿ Ⅲ (kian) 庚 更 粳耕賡 肩	
kh	khin kheⁿ=khiⁿ 傾卿巠 輕 (坑) khong (khong) 匡 筐	keng 擎 鯨 kiông 瓊(窮)

g		giâ ㄋㄧㄥˊ凝　ㄧㄥˊ迎
ng		
h	hiaⁿ Hiong ㄏㄥˊ亨 ㄏㄥˊ哼 ㄒㄩㄥ(兄) 胸	II　　III Hoân ㄒㄧㄥˊ刑型形行邢 ㄏㄨㄤˊ璜 ㄏㄨㄢˊ還
	ㄒㄧㄥ興 ㄒㄩ〔興〕	hôaiⁿ ㄏㄥˊ衡恒（橫）
ɸ	enII II eⁿ≡i iⁿ ㄥ嚶媖嬰 應鷹鸚 II ㄥ櫻瑛罌膺英鶯	II iⁿ II iaⁿ ㄧㄥˊ嬴楹濴濚營 ㄖㄨㄥˊ榮 II II iaⁿ ㄧㄥˊ瑩盈縈螢贏 ㄒㄧㄢˊ閑

台語國語字音對照表

韻母 \ 聲母	éng	èng	ēng
p	Hoán ㄈㄢˇ 反 piáⁿ II III　pín II ㄅㄧㄥˇ(丙)昺炳 (禀)秉 piáⁿ (餅)	piàⁿ　　pìⁿ ㄅㄧㄥˋ併 摒 ㄅㄧㄥˋ柄	phēng pēⁿ≡pīⁿ ㄅㄧㄥˋ拚(並)(病)
ph		phòng ㄆㄥˋ(碰) ㄆㄧㄥˋ(騈) ㄆㄧㄣˋ聘	pēng ㄅㄧㄥˋ並
b	ㄇㄥˇ猛 蜢 ㄇㄧㄣˇ皿		miā ㄇㄧㄥˋ命 ㄇㄥˋ孟
m			
t	táⁿ ㄉㄥˇ等 tiáⁿ ㄉㄧㄥˇ頂 鼎	II II ㄉㄥˋ發 嶝 磴 ㄉㄧㄥˋ訂 釘	tiāⁿ tiāⁿ teⁿ≡tiⁿ ㄉㄧㄥˋ定 錠 ㄉㄧㄥˋ(鄭) II ㄉㄥˋ鄧
th	II ㄊㄧㄥˇ挺梃艇 ㄔㄥˋ逞		
l	niá niá ㄌㄥˇ冷 ㄌㄧㄥˇ嶺 領		ㄌㄧㄥˋ令 另 ㄌㄧㄥˋ鴿 lêng III
n			

ch	chén≡chín ㄐㄥˇ井 ㄓㄥˇ整	chiàn ㄓㄥˋ政 正 症 証〔證〕	ㄐㄥˋ淨 靖 靜 ㄗㄥˋ贈
	chióng(chióng) ㄓㄨㄥˇ種 腫	chiòng chiòng ㄓㄨㄥˋ種 眾	Ⅱ ㄈㄨˋ阱
chh	chhiáⁿ ㄑㄥˇ請	Ⅲ ㄔㄥ稱	chhoan chhng ㄔㄨㄢ穿
s	chhíⁿ ㄒㄥˇ省 醒	siàn sèn≡sìn ㄕㄥˋ勝 聖 ㄒㄥˋ姓 性	Ⅲ chhun ㄕㄥˊ乘 ㄕㄥˋ剩〔賸〕盛
j			
k	Ⅲ Ⅲ ㄐㄥˋ竟境 ㄐㄥˇ憬景璟	(khèng) Ⅱ ㄍㄥˋ互 更ㄐㄥˋ徑 敬	(Gēng) ngē ㄍㄥˋ(硬)
	(kiong) ㄍㄨㄥˊ龔	kéng kiàⁿ Ⅱ 竟 逕(鏡)(涇)	
	Ⅲ Ⅱ ㄍㄥˇ梗耿ㄐㄥˇ炯ㄐㄥˇ警	kiòng ㄍㄨㄥˋ供 ㄐㄥˋㄐㄧㄣˋ勁	ㄐㄥˋ競
kh	ㄎㄥˇ啃 肯	kèngⅡ ㄍㄥˋ(互) ㄑㄥˋ慶	Hông ㄏㄨㄥˊ虹
	ㄒㄥˇ頃		
G	Gián ㄧㄢˊ研		(kēng) ngē ㄍㄥˋ(硬)
ng			
h	Ⅲ ㄒㄥˋ(悻)	ㄒㄥ興	ㄒㄥˋ倖幸杏行
			(Hiān) ㄒㄧㄢˋ莧

φ	iáⁿ ㄓˇ（影）穎 ㄩˇ永 泳	ÍongⅡ ㄩ 壅	in ㄥˋ 應	ㄩˇ咏〔詠〕 詠 Ⅱ
				Ĩong ㄩ 用

台語國語字音對照表

聲母＼韻母	ek	e̍k
p	peh peh Hok,pe̍k ㄅˊ伯 柏 ㄈˋ愎　ㄅ逼	II　　Pek ㄅˊ帛 舶 ㄈˋ愎
p	pah peh ㄅˇ百 ㄆˋ迫	pe̍h ㄅˊ白
ph	phiah pit(pek) ㄆˋ(僻) 闢ㄆ珀 魄ㄆˋ劈 霹	II ㄆˋ辟
ph	piah phah ㄅˋ(壁) 璧碧 拍ㄆ	
b		ㄎ(嘿) ㄇˋ汨 覓　bak me̍k ㄇˋ墨 脈 陌 默
m		
t	tit (Tiok) ㄅ嫡 ㄉˊ得 德 ㄓˊ竹	(tat)　　　　III ㄉ廸 狄 笛 迪 ㄗˊ擇 澤 ㄉˊ翟
t	Tiàu tiah ㄉˋ(弔) ㄓ摘	tim,cho̍h II ㄓˊ軸 ㄓ擲　躑ㄊㄜˋ特ㄉˊ敵
t		II ㄉˋ的 ㄊ逖
th	tak that III chhek III ㄊ剔 (踢) ㄊˋ惕 ㄓ(坼)	the̍h ㄓˊ(宅)
th	chhek,thiah ㄔˋ叱 斥 飾 ㄔ(拆) ㄒ畜	
l	la̍k II la̍t ㄌˋ慄 栗	la̍t II la̍h　　II le̍h ㄌˋ力壢 曆 歷礫 菈 靂ㄌˋ勒 肋
l		bih Lio̍k Lio̍k ㄇˋ(匿)ㄌˋ綠 ㄌˋ錄

n		
ch	III Siok 則責昃叔卽（即）	Chit chit II（ts） 嫉寂疾瘠 籍
	chià chioh II IIchiok 唧藉借 灸窒燭	
	II chiah chā jiah 蹠（隻）蚱迹（跡）積	
	chiah III chit 績跡蹟（跡）脊鶺稷（鰂）	
chh	chhioh （siok,sek） 促蹙 尺 戚 粟	
	chheh （Thek）III 膝側（冊）測策 坼	
	(Thek)(thiah) chhiah chiok 拆（赤）雀	
s	chhò· （siah）chhioh 嗇瑟色 措 錫 媳息（惜）	III （siah）chhiòh 夕汐 席（蓆）
	III chek 昔熄 晰悉析蜥蟋（穡）	
	sài sit thaⁿ 塞 室式 識適釋飾	siok chioh 熟 石 碩
	(siok)chhek soh lah sat （粟）（索）腊臘 虷	
	chhioh 螫	
j		
k	II 戟擊 棘	kiok 劇 極
	keh keh II keh 格（膈）隔 革骼 激	

kh	khéhⁿ kheh ㄎㄜˋ克刻 喀(客)尅ㄎㄜˇ刻ㄎㄜˊ咳 khiok ㄑㄩˇ曲	
g		(Giȯk) Giȯk kéh ㄩˋ獄 玉 ㄋㄧˋ逆
ng		
h	II ㄎㄜˊ劾 ㄏㄜˋ嚇赫 hiahⁿ o ㄒㄧㄚˋ吓(嚇) ㄏ(黑)	ㄩˋ域 ㄏㄨㄛˋ惑或 獲 Hut ㄏㄜˊ核
φ	ioh, iá III ㄧˋ億憶 抑 溢益鎰	iȧh II II Iⁿ III ㄧˋ亦 奕 役掖易疫翊(翌)
		sit II III Iȧt II iȧh 翌翼 腋蜴譯軼逸驛
	eh III II Ài II ㄜˋ厄 呃扼 ㄞˋ隘	oē Hoā, oē ≡ ūi Iȯk ㄏㄨㄚˋ劃(畫) ㄩˋ浴 ㄧㄝˋ液

台語特別詞表　符號體例說明

一般
　　〔　：繼續上行同欄
　　＝　：書面的音節輕聲，前面的音節不變調。

（以下數字代表各欄在電腦裡由左而右的第一格位置）

羅馬字欄

　同詞異音體例

　＝：同義語
　北：北部發音　指台北、新竹等地的發音
　南：南部發音　指台南、高雄、台中、基隆等地的發音
　　　pe5　北　陪　　pe5 是北部音，其他有南部音 poe5。
　　　poo5　南　陪　　poe5 是南部音，其他有北部音 pe5。
　　　e▪　南　　嬰　　e▪是南部音，其他有北部音 i▪。

　＼　：其他又音　　ni/ne中　奶　「奶」一般讀【ni】，台中讀【ne】
　＜　：音變自　例：ē-tàng ＜ ē-tit-thang　會當 ＜ 會得通
　＞　：音變成　例：niā-tiā▪ ＞ niā-niā ＞ nā-niā ＞
　注意：音變之後的形式已經成為不同的詞以 "＝" 表示。例： chin ＝ 這內面

建議用字欄

　，　：兩種用字都好。例：to3　　倒，tò；
　　　　　　　　　　　　　e5　　　ê，的

　台語特別詞的建議用字種類寫在下面第一直行。
　　使用者如寫漢羅文時，選字建議在第二行，肯定羅馬字的人（臨時性或永久性）的人，可以採用這一行的建議。
　　全漢字文的選字建議在第三行，堅持使用漢字的人有一大部份詞有漢字可寫，但有一部份詞使用的漢字通用性真低，最好加標音或是解釋。本字表的例語盡量選羅馬字。

建議	漢羅文	全漢字文
用字欄	選字建議	選字建議
漢	漢	漢
漢漢	漢	漢

漢羅	漢或羅	漢
羅漢	羅	漢
羅漢漢	羅	漢（需要標音或釋義）
羅	羅	羅（或漢字，但是需要標音或釋義）

詞類欄 詳細請看後面＜詞類代號表＞
　1：收於常用一百詞。
　3：收於常用三百詞。
同義語欄／異音欄／漢字參考欄
同義語 ＝ 例： he 彼 ＝彼個
漢字參考體例 在漢字之後以英文字母標誌該漢字的字表，詞典。
　　　【TP：請參看筆者所編『台語兩千特別詞六大詞典用字對照表』】
　　g ：取自台灣閩南語參考字典（吳守禮）
　　r ：取自台語發音字典（鄭良偉）。有不少字是轉收吳守禮的收字。
　　x ：取自普通話閩南方言詞典　（廈門大學）　　　　　　　　　　　TP
　　y ：取自台灣閩南語語法稿　（楊秀芳）
　　c ：本計劃助理所收的漢字。
　　s ：取自台灣話大辭典（陳修）　　　　　　　　　　　　　　　　TP
　　i ：取自國台雙語大辭典（楊青矗）　　　　　　　　　　　　　　TP
　　g ：魏南安
　　j ：台日大辭典（台灣總督府）　　　　　　　　　　　　　　　　TP
　　m ：村上嘉英　　　　　　　　　　　　　　　　　　　　　　　TP
　　o ：王育德　　　　　　　　　　　　　　　　　　　　　　　　TP

　　□：該辭典從缺，沒選漢字
　　／：其他人用字
　　】：全漢字書面語中建議可用漢字
　　？：無把握的用字用"？"表示
　　nn： 各家各辭典所選漢字在電腦裡臨時找不到漢字，用兩個英數符號代替，
　　　　以手抄方式寫在"電腦外漢字代號對照表"第nn 項裡。

華語欄
例句欄
　…　： 例句中的詞條 【以後"…"改寫做"～"】
　虛詞語例請先參考"容易混亂的台語虛詞練習題"。
　　　1988　走向標準化的台灣話文 自立
　虛詞華語台譯請看
　　　1989　國語常用虛詞及其台語對應詞釋例 文鶴

詞類代號表

釋例 代號	本表 代號		詞類	詞類 簡稱
a	A	(Adjective)	形容詞	形
ax	AV	(Auxiliary Verb)	助動詞	助
c	Cj	(Conjunction)	連接詞	連
	Cm	(Complementizer)	補語	補
h	H	(Adverb)	副詞	副
	Int	(Interjection)	嘆詞	嘆
k	K	(Case Maker, Preposition)	介詞	介
loc	Loc	(Locative word, a type of	處所名詞	所
m	M	(Measure)	量詞	量
n	N	(noun)	名詞	名
n	TN	(Time Noun)	時間名詞	時
nm	Nm	(Numeral)	數詞	數
	O	(Onomatopoeia)	擬聲、擬態語	擬
p	FP	(Final Particle)	句尾詞	句尾
p	NSf	(Noun Suffix)	名詞詞尾	名尾
p	Pf	(Prefix)	詞頭	詞頭
p	Sf	(Suffix)	詞尾	詞尾
p	VSf	(Verb Suffix)	動詞詞尾	動尾
pn	Pr	(Pronoun)	代名詞	代
pn	QW	(Question Word)	疑問詞	問
v	V	(Verb)	動詞	動
	SM	(Structural Marker)	結構標誌	標
	S	(Stem)	語根	根
	AP	(Adjuctival Phrase)	形容詞詞組	形組
	VP	(Verb Phrase)	動詞詞組	動組
	NP	(Noun Phrase)	名詞詞組	名組

S ：Stem，不單獨成詞。只出現為詞的一部分。

　　如： theh　褐　　thǹg腹…

台語特別詞 三百詞用字參考表

羅馬字	建議用字	詞類	參考漢字	華語翻譯	例句
a0	啊,也,aﾟ	NSF 3	啊rﾟ阿 也 仔mx		貴…。阿美…。邊…
a2	仔	NSF 1	仔rxmhj	子,兒,及	椅…。舅…。翁…某【夫妻】
ah	啊,ah	Fp 3	而 呵j	然而	ah 你咧【然而你呢】
ah	抑	Cj 1	抑rxh也j亦m(åh)	或	熊…虎
ah8	惡,åh	Qw 3	=哪 惡rm亦j怎麼		按呢伊…beh 去。猶未咧…
ah8-sai2	惡使,åh-sái	Qw3	=哪使 惡使rm亦使j怎麼需要		…問
ah=a0	a0,啊	Fp 1	啊rx	啊	好啊…！按呢…
ah=a0	ah,啊,矣	Fp 3	啊xm矣了了	了	去…【去了】
ah=a0	ah,啊,矣	Fp [3 =å		了（新起狀態）	伊已經去…
aì	愛	AV 3	愛rmx	得,需,要,易	…食飯…去無
aì	愛	V 3	愛rmx意y	愛,喜歡,愛惜	…飯…啥物
am3-si5	暗時	TN 3	暗時rmx	晚上	
am7-kun2	頷頸	N 3	頷頸rm頷管x	脖子	
an2-choaN2>án-noá	按怎	Qw 1	按怎rmhj安怎x	怎樣	學校beh…去
an2-ne(南)	按呢	Pr 1	按呢r安爾x安呢m如此j按如h	如此	
an2-ni(北)	按呢	Pr 1	按呢r安呢m安爾	如此	
ang	翁	N 3	翁rxy?m夫婚	夫婚	前…【前夫】…婚【夫婚】
ang	尫	N 3	翁x尫rm泥偶	泥偶	土…仔【泥偶】
au2	拗	V 3	拗rxym折	折	斷…【折斷】
au7-jit0	後日	TN 3	後日rmx	後天	
au7-jit8	後日	TN 3	後日rmx	改天	
bai2	bái,\禾黑\	A 3	否x歹m壞,醜	壞,醜	心肝…。🐦…。……仔súi
bak8-bai5	目眉	N 3	目眉rmx	眉毛	
bak8-chiu	目睭	N 3	目睭rm目珠x	眼睛	
ban2	挽	V 3	挽rxmy	拔,摘	…嘴齒【拔牙】
bat/pat	bat,捌	AV 1	捌]曾mhj八x曾	曾	我…食印度料理
bat/pat	bat,捌	V 1	捌]識mhj捌x認識	認識	我…字
be7-sai2南	獪使	AV 3	獪使rx没使m不可以	不可以	
be7南	獪,bē	AV 1	獪rx没j?m昧h不會	不會	伊明仔再…來
beh	beh,欲	V 1	卜xh要mj欲v/昧/情	要,欲	你敢…去學校？
bian2,m7-	m̄-,嘸免	Cj 1	嘸免]x不免mhj 不需要	不需要	
bih	bih,匿	V 3	匿r?m覕x	逃避,躲藏	趕緊走去…
bin5-a2-chai3	明仔載	TN 3	明仔載rx明仔再rm	明天	………才閣來
bo5	無	AV 1	嘸r無rxmhjy x 没有	沒有	我昨昏…去學校

bo5-chhai2	無彩	A	3	無彩rm無采x	白費,可惜	……工。有夠……
bo5-iaN2	無影	AP	3	無影rxm	假的	……無跡。……按呢
bo5-tiuN-ti5	無張持	H	3	無張持rx?m	突然,不經意	…來尋我
boe7-sai2北	獪使	;AV	3	獪使rx没使m	不可以	
boe7南	未	;AV	1	未rxmhj	尚未	
bong2	罔	H	1	罔rxmhjy	不妨	…去看一下咧
cha-bou2	查某	N	1	查某rxm	女人	……人【女人】
cha-khi2	早起	TN	3	早起rxm	早上	
cha-pou南	查埔	N	3	查埔r丈夫x查哺m	男人	……囝仔。
chai-iaN2	知影	V	3	知影rxm	知道	
che	這	Pr	1	=這個　這rxmh此j	這	…真貴
che7南	濟	;A	3	濟,儕x多m	很多	
cheng7	從	K	1	從rxmj□h	從,自	我…彼日起攏無哺酒
chham-siang5>siong5	參詳	V	3	參詳rx?m	商量	
chheh南	慼,感	;N	3	感rm切x□y	恨	怨…【怨恨嗟歎】…心。…氣
chheng-khi3	清氣	A	3	清氣rxm	乾淨	
chhi7	飼	V	3	飼rxm	養,餵	
chhiaN3	倩	V	3	倩rxmyt	雇用	
chhiau5	chhiâu	V	3	x□ry移?m	移動	…好勢【把位置移妥】
chhin3-chhai2	清彩	A	3	清彩r?m清采x	隨便,不夠精彩,將就	……食
chhio	chhio	V	3	x□y　m	發情	鴨kah teh…【公鴨發情】
chhit-tho5/thit-	迌迌	V	3	迌迌rm佚佗x	玩耍	
chhiu-chhin3	秋清	A	3	秋清rmx	涼爽,納涼	
chhiuN7,chhin-…	親像	Cj	3	親像rm親象x	好像	
chhoa7	chhoā,娶	V	3	娶x?m	娶	…某
chhoa7	chhoā,悉	V	3	悉x?m	帶,導	…囝仔
chhong3	創	V	3	創rxm	做	…無代誌
chhu3-piN	厝邊	N	3	厝邊rxm	屋旁,鄰居	
chhu7	chhū,趄	V	3	x趄r滑?m	滑	…一倒【滑了一跤】
chhun	伸	H	3	申x剩m伸r	剩	…偌濟【剩多少】
chia	遮	Pr	3	=遮的　遮(chiâ)x這些		…真大枝
chia	遮	Loc	1	遮這?m此hj□y者t	這裡	
chia e5	遮的	Pr	3	遮的}遮　x	這些個	……攏是我的
chiah	chiah,即	Pr	1	=即}這仔　x此mhj	這麼	…大漢猶獪曉行
chiah	才	II	1	=這仔　則}即mhj才r	才	覓捅…會曩
chiah e5	chiah ê,遮的	Pr	1	遮的}	x此的mj□□h跡兮/諸個	這些
chiah-nih/lih	chiah-nih,即呢	H	1	即呢}　爾x此m如此x此呢hj	這麼	…大漢
chiah8	食	V	3	食rxmy	吃	…飯【吃飯】
chiaN5	誠	H	1	=真=足　誠rx正m戌hj	很	遮…熱
chim	chim,唚	V	3	唚rm j?m舾x	親吻	…一下【親一個】

chin3-cheng5	進前	TN	3	進前rxm晉前	提前	
chit	這	D	1	即x x此mh這rh職	這	…枝。…本
chit-ma2	這碼,chit-má	H	3	此滿m這嗎/即滿	現在	
chit8	一	Nm	3	一rmx x	一	…寡仔【一些】
chiu7	就	Cj	1	就rxmhj	就	M是伊…是你
chng5	chng,嗭	V	3	嗭x m	舐	用嘴…【用嘴巴舐】
cho2=jit8	昨日	TN	3	=choh 昨日(chòh-jit)m 昨日(cháh-lit)x	昨天	
choaN2/chaiN-iuN7	怎樣	Qw	1	怎樣rxmy		
chun3	顫	V	3	顫x震y戰r?m	發抖	
e0	兮	NSf	3	兮r的m	(用於稱呼人)	阿貴…
e5	的,ê	SM	1	x的rxhj?m兮x	的	
e5	個	M	1	個rmhj x	個	這…人
e7-hai5北	下頦	N	3	下頦rxm	下巴	
e7-hiau2南	會曉	AV	1	會曉rxmhj	能夠=會	我…駛車
e7-hoai5南	下頦	N	3	下頦rxm	下巴	
e7-pou	下晡	TN	3	下晡rxm	下午	
e7-sai2南	會使	AV	1	會使rxmhj	可以	做了才…出去
e7-tit-thang	會得通	AV	3	會得通rm		
e7南	會	AV	1	會xmhj	會,能	伊明仔再…來
eng5	閑	N	3	閑m閑rx	空閑	無…。有…
eng7-am3	盈暗	TN	3	盈暗r口暗m	晚上	
gau5	gâu,勢	H	3	勢x賢m	會	你真…畫圖
gia5	giâ,夯	V	3	夯t ?m	擇	
giah8/kiah8	擇	V	3	擇rmx(kiâh)	舉起	…筆寫字
gin2-a2	囝仔	N	3	囝仔rx口囝y囝仔m	孩子	
goa7/joa7/loa7	偌,goā	H	1	若mhj偌rx外	多,多麼	…大漢
goan2	阮	Pr	1	=gún 阮rmjy x h	我們	
gong7	戇	A	3	戇rm戇x口戇y憨	傻,笨	
hah-hi3	哈肺	V	3	哈肺r哈 (ha-hi)x喝嘻?m	打哈欠	
ham7-bin5	陷眠	V	3	陷眠rx 眠m	說夢話	
han2-tit	罕得	H	3	罕得rxm	難得	
hau2	吼	V	3	吼rxyt tm	啼哭,大聲喊叫	…嗆煞【哭個不停】
hau7-seN南	後生	N	3	後生rxm	兒子	
he	彼,he	Pr	1	=彼個 奌x彼rxmhj	那個	…真俗。…我無愛
heng-kham2	胸坎	N	3	胸坎rxm	胸腔	……chat-chat
hia	遐	Pr	1	彼仔=hiâ	遐x彼hj?m	那兒	…真闊
hia e5	遐的	Pr	3	遐的r遐兮	那些	
hiah	hiah,許,赫	H	1	許xt赫}x彼mhj或	那麼	
hiah-nih/-lin	hiah-nih,許呢	H	1	許呢}赫呢x赫爾m彼裏m彼如h彼呢j	那麼	
hiam	hiam,薟	A	3	辛?m薟xt y	辣	……【有點辣】

hiau5	hiâu,嬈	V	3	嬈】x□y　m	裝出嬌媚的姿態誘惑人
hin5	眩	V	3	眩rxm	眼睛昏花　烏暗…
hioh	歇	V	3	歇rx?m	休息,停止,睡　…熱。…工。…睏
hip	翕	V	3	翕rxm	…像【照相】
hit	彼	D	1	彼rmhj迄x□	那個　遐…個人真肥
ho2-giah8	好額	A	3	好額rmx	富有
ho2-khang	好空	A	3	好空r好孔m	
ho2-se3	好勢	A	3	好勢rmx	
ho2-se3	好勢	AV	3	好勢rmx	好意思　你敢…收這種錢
hoah	喝	V	3	喝rmx　(及喊hán比較)	喊
hou7	予,互,hō͘	K	1	互】x給?m俾hj被hjy乎r予r讓r　給,讓,使
houN	ho͘ ͘,唔	Fp	1	哦h歟j□my唔　吧　是這個…!【是這個吧!】
hui3-khi3	費氣	A	3	費氣rxm	麻煩
i	伊	Pr	1	伊rxmhj	他
i7	ī	V	3	預x肄r□y為?m　玩　…牌仔【玩牌】
ia2<iau2	猶	H	1	猶rxm還h尚j夭　尚,還
ia3-sian7	iā-siān,厭倦	A	3	厭】t瘔燀x　佴y厭倦m厭屠t　厭倦
ian5-tau5	緣投	A	3	緣投r?xm	標致
iau2-koh	猶閣	H	3	猶閣rx猶復m　還是　伊破病…猶未好
iau2>ia2	猶	A	1	猶rx?m　尚,還
iau3-be7北	猶未	AV	3	=未 猶rxm　還沒　伊…chhoē著厝哩
iau3-boe7南	猶未	AV	3	=未 猶rxm　還沒　伊…chhoē著厝哩
in	佢	Pr	1	佢rx怚mhj　他們　…ㅍ來【他們不來】
jiang2	嚷	V	3	=jióng=lióng　嚷rxm
jit8-si5	日時	TN	3	日時rxm
joa7/goa7/loa7-che7	偌濟,-che	Qw	1	偌濟r偌儕x若多mhj　多少
ka-chai3	佳哉	H	3	佳哉rx嘉?m哉m　幸而
ka-ti7	家己	Pr	1	=家治 家己rxmh自己j　自己　伊…無愛食
ka2-na2	假那	Cj	1	假那r甲若x　宛如,好像　…無伊的代誌
ka7	kā,給	K	1	給】m加 共xj供h　將之…教。
ka7	kā,給	K	1	給】m共x　向,跟　…你買,…你借
ka7	kā,給	K	1	給】加 共x為　給,為　請…我說明
ka7	kā,給	K	[1		給它,把它　這張眠床…搬出去
kah	kah	Fp	3	甲】rx及?m　如此,極了　歡喜…
kah	甲,kah	SM	3	甲rx及?m　得,既然　冷…那冰。若…按呢
kah-ì	合意	V	3	合意rxym　中意　…意【中意】
kah<kap	及,kah	Cj	3	甲hx及r?m　和,跟,與　我…伊攏m去…我做對
kah<kau3	到,kah	V	3	到r及?m　甲rx　到,得　做…人客滿意。歡喜…beh死
kam2<kiam2/kaN2	敢	Qw	1	豈】h敢rxmhj山m　怎麼,哪裡　…ㅍ是?伊…beh去?
kam5	含	V	3	含rx?m　含

kan-ta	干乾,kan-ta	H	1	干乾rmhj干湄x	只,僅	
kan-taN/na	干單,kan-na	H	1	干單r干但m僅單	只,僅	
kaN2	敢	AV	1	敢rxmhj恐怕h	有勇氣,有膽量	…看。厂…
kaN2	敢	H	1	敢rxm	大概	伊…會去才著
kan3	幹	V	3	幹r		
kang5	仝	D	1	仝r共xm□y同hj	一樣	無…【不一樣】
kang7-khoan2	仝款	V	3	仝款rxm	相同	…一個人
kap>kah	及,kah	K	1	含=參 與j合xhj及r?m恰/甲x	你…我。
kap>kah	及,kah	K	[1		和,跟	想beh…你做夥
kau3	到	V	1	到rxmj夠h	到	咱行猶未…位哩
kau3,kau3-giah8	夠額	AV	1	夠rxm	足夠	食遮頓就…啦
ke3-sin北	過身	:V	3	過身rxm	去逝	
kek-sai2	激屎	A	3	激屎rx?m		
keng-kah-thau5	肩胛頭	N	3	肩胛頭rxm	肩胛,肩膀	
keng2	揀	V	3	揀rm	挑選	
kha-chhng	腳倉	N	3	尻倉r尻川x腳倉?m	窟	屁股 拍…【打屁股】
khah	卡,較	H	1	卡r較xmhj恰x	更,再	…濟嘛食會了
khah	卡,較	H	[1		再怎麼	…講也會聽【再怎說他也不聽】
khah	卡,較	Qw		=汰=哪	怎麼	伊…會無去學校?
khah-kin2	卡緊,較-	H	3	卡緊xhj較緊m	快	…起來哩
khah-theng5-a2	卡停仔,較-	TN	3	較停仔m	呆會兒	
khan-chhiu2	牽手	N	3	牽手rm	太太	
khau	khau,鉋	V	3	摳x鉋r摻 刨m	削	…皮【削皮】
khia7	徛,企,khiā	V	3	徛x/企r 豎?m企 站	…在彼間厝蹛
khiang3	khiàng,強	A	3	強 x	有能力	真…,逐項會。
khiau2	巧	A	3	巧rxym	聰明伶俐	真…【很聰明伶俐】
khoan2	款	M	3	款rxmy	種	彼…人
khoaN3-bai7/mai7	看覓	V	3	看覓r看 m看 x	察看,探	做……
khong	悾	A	3	悾x悾r?m	傻	…【傻傻的樣子】
khun3	睏	M	3	睏rxm	陣子	做一一買hiah chē
kiam2-chhai2/kám-	減采,敢採	H	3	減采r敢採?m歉采x	說不定,或許,也許	……伊beh 來
kiaN-lang5	驚人	A	3	驚人rxm	骯髒,不乾淨	厝內真……
kiaN2	囝	N	3	子m囝rx	孩子	
kian3-siau3	見笑	A	3	見笑rxm	羞恥	
kiaN5	行	V	3	行rxm	走	
kin-a2-jit	今仔日	TN	3	今仔日rxm	今天	
kio3	kiò,叫	S	3	叫xm	以為	…是伊【以為是伊】
koa2	寡	iNm	3	寡rx寡m	些	這…【這些】一一【一些】
koan3-si3	慣勢	A	3	慣勢rxm	習慣	
koaN5-tioh8	寒著	V	3	寒著rxm	感冒	

koaN7	捾	V	3	x捾rm	提	…水【提水】
koe3-sin南	過身	ᵖ V	3	過身rxm	去逝	
koh	koh,閣	Cj	1	閣r復m　x	又,再	
koh	koh,閣	Cj	[3	=閣再=又閣	又,再加上	瘦…薄板
kong3	摃	V	3	摃rxm		…鐘【撞鐘】…尻倉【打屁股】
kou-put-chiong	姑不將	H	3	姑不將rm姑不終x	不得已	…無去膾用得
kou2-chui	古錐	A	3	古錐rx古推?m	鈴瓏可愛	
kou2-i3	古意	A	3	古意rxm	憨厚	
kou3	顧	K	1	顧rxm	討	伊…乾家怨
kui	規,歸	Pr	1	=歸hj規rxm	整	…本冊讀了了
kui-khi3	規氣,歸-	H	3	規氣rxm歸氣	乾脆	…來chhoē伊啦
kut-lat8	骨力	A	3	骨力rxm	勤勞	
lah	啦	Fp	1	啦rxmj□h	呀,啦(加強語氣)	我…
lai5-khi3	來去	AV	3	=來卜 來去rxm	去,往來	咱…學校
lam2	攬	V	3	攬rxm	攬抱	兩人相…【兩人相攬抱】
lan2	咱	Pr	1	咱rmhj　x	咱們	
lan7-hut8	lān-hút,mt核	N	3	核　核x生?核m	睪丸	
lau3	漏,làu	V	3	漏ry漉x落mt	下瀉	…屎【拉肚子】
lau7-hoe3-a2	老歲仔	N	3	老歲仔rx老歲?仔m老伙仔x老貨仔	老人	
leh	咧	Fp	1	咧rxhj□m 哩=eh	著呢(原態繼續)	伊猶未去…
li2	你	Pr	1	汝xh你rmj	你	
liah8	掠	K	1	掠rxmhj捉 摕	抓	m̄ 通…人金金相
liah8-chun2	掠準	V	3	掠準rx	以為	…是你咧
liam5-mi/liam5-piN	連鞭	H	1	臨邊x連鞭rmj	馬上	我……著會來
lim	啉	V	3	啉rx飲m	飲,喝	
lin/nih,hiah-	許呢	Pr	1	許呢j 赫裡x彼裡m彼如h彼呢j	那麼樣	…大隻
lin2	恁	Pr	1	恁rx?m□y您rhj	你們	…ê【你們的】
loh	loh,嘍	Fp	1	嘍】	喔(事體不利)	紙…筆…攏無帶來
loh8-khi3	落去	VSf	3	落去rxm	下去	膾使做…
long2	攏	H	3	攏rxmhj	都是	…是咱的人
long2-chong2	攏總	N	3	攏總rxm	全部	
lou7-iong7	路用	N	3	路用rxm		
m7	m̄,嗯,吥	AV	1	嗯】x不m嗯jh吥/怀r□y	不	你敢…去學校？…是
m7-ku2	嗯/m̄-kú	Cj	3	嗯久=嗯閣 唔 (ku)x不拘?m	但是	
m7-kuh	嗯/m̄-kuh	Cj	3	嗯拘=嗯閣 嗯 x	不過	雖然貨真好…傷貴
ma7	嘛,m̄ā	Cj	3	=也 嘛麼x	也	…好…丌
ma7-si7	嘛是	Cj	1	嘛是麼麼x並是h亦是j	還是	這枝…無好
mai3	嘜,m̄ài	ᵖ AV	1	嘜】□y勿mh.j□x	不要	…去【不要去】
mih8-kiaN7	物件	N	3	物件rxm	東西	
na2	哪	ᵖ Qw	1	哪r□x那mhj	怎麼	…會使【怎麼可以】

na2	那	H	1	那rm若x	愈	…看…真
na2	那	H	1	若x那rm	邊…邊…	…講…笑【邊說邊笑】
na2-sai2	哪使	Qw	1	哪使r那使m	怎麼需要	…著拜託?
na5-au5	露喉	N	3	露喉rxm	喉露	
na7	若	Cj	1	若rxmhj	如果	
na7-tiaN7	nā-tiāⁿ,耳定	Fp	1 耳定】=耳耳	罷了(事體微小)	伊干單會曉寫文章…
ng3	向	K	3	映rx向m	向,朝	…伊講話
nia7-nia7	niā-niā,耳耳	Fp	1 耳耳】t爾爾x□□m而己hj		
nia7-nia7	niā-niā,耳耳	Fp	[1	罷了(事體微小)伊干單會曉寫文章…	
nia7-tiaN7	niā-tiāⁿ,耳定	Fp	1 耳定】=耳仔=niā-niā		
nia7-tiaN7	niā-tiāⁿ,耳定	Fp	[1 □定m	罷了(事體微小)伊干單會曉寫文章…	
o-lo2	阿佬,o-ló	V	3	阿佬】?m阿咾x	讚美	
oaN3	晏	A	3	晏rxmy	晚	傷…【太晚】
ou	烏	A	1	烏rxmhj	黑	…暗眠
pak-tou2	腹肚	N	3	腹肚rxm	肚子	
pan7-se3	扮/範勢	A	3	範勢】辦勢		
phah-m7-kiN3	拍m̄見	VP	3	x拍不見m	丟掉,遺失	
phaiN2-se3	歹勢	A	3	歹勢rm否x	不好意思	…講【不好意思說】
phaiN2/phai2	歹	A	1	歹mj□y否x呆m	壞	…人【壞人】物件…去
phaiN2/phai2	歹	H	1	歹mj□y否x呆m	不好,難	…做,…食【難吃】
phaiN2/phai2	歹	H	[1		不好	這本字典…用
phak	仆	V	3	仆rx覆m	伏	…tī桌頂
pheng7	phēng,倂,並	K	1	倂】並xmhjyt=比	比	我…你較高
phoa3-peN7/piN7	破病	V	3	破病rxm	生病	
phui3	唾/呸	V	3	唾/呸x唾?m	吐	…瀾
pin5-toaN7	貧惰	A	3	貧段r貧憚x憑惰?m	懶惰	
poah8	跋	V	1	跋rxm	跌	…一倒。…落去
poah8-kiau2	跋 kiáu	V	3	跋橄r跋賭m跋九x博y	賭博	
poah8-poe	跋杯	V	3	跋 m跋 x		
pou7	哺	V	3	哺rxm	嚼	…噲爛【嚼不爛】
pun2-te2/toe2	本底	H	3	本底rxm	原先,先前	
pun5	pûn,噴,歕	V	3	噴x噴m	吹	…pín 仔【吹笛子】
sai2	屎	;N	3	屎rxm	排泄物	拾人的屎尾
sai2	屎	)N	[3		【比喻接受別人用過的東西】	
sai7,sek8-sai7	熟sāi,熟似	A	3	熟姒x熟似m	認識	無…m̄敢及伊講話
saN-kap	參及	V	3	參及r相及m		
saN2	啥	Qw	1	啥xh甚j =siáⁿ	什麼	愛食…
san2-chhiah	散赤	A	3	散赤rx?m		
sat-bun5/soat-	雪文	N	3	=tê-kho· 雪文rxm	肥皂	
se3(南)	細	A	3	細rxm		

se3-ji7(南)	細膩	A	3	細膩rxm	小心,客氣	ㄇ 免……。過車路著愛……
seng-li2	生理	N	3	生理rxm	生意	做……
si7-toa7	序大	N	3	序大rm是大x	長輩	
siaN2-a2/siaN2	啥仔,啥	Qw	1	啥xht(仔)甚mj	什麼	愛食…
siaN2-hoe3/he3	啥貨	Qw	3	啥貨rx甚貨m	什麼	愛食…
siaN2-khoan2	啥款	QW	3	啥款rx		
siaN2-lang5>	啥人	Qw	3	啥人rx甚人m啥儂	什麼人	欲找…
siaN2-mih8	啥物	QW	3	啥物r		
sian7	siān,倦	A	3	瘖嬗x倦?m	厭倦	iā…
sih-na3	sih濫,閃艦	N	3	閃濫x閃電m	閃電	
sim-sek	心適	A	3	心適rxm	有趣,愉快	
sim2-mih8	甚物,甚麼	QW	1	甚物x甚乜x甚麼m	什麼	愛食…
sin-pu7	新婦	N	3	新婦x媳?m婦	媳婦	
sio2-khoa2	小可	A	3	小可r x小許m小寡	稍微,小許	…代誌
siok8	俗	A	3	俗rxm	便宜	…貨【便宜貨】
siong7-kai3	上蓋	H	3	上蓋rxm	最	今年昨昏…寒
siong7/siang7	上	H	3	上rxm	最	今年昨昏…寒
siu5	泅	V	3	泅rxm	游	…水【游水】
siu7-khi3	受氣	A	3	受氣x怒氣m	生氣	
siuN	傷	H	1	傷rx尚mj甚h	最	食…少【吃太少】
so	so,挲	V	3	挲xym搔m	摸	…頭殼【摸頭】
so5	sô,趖	A	3	趖m脞x	形容動ㄈF慢吞吞的樣子	gâu…
so5	sô,趖	V	3	趖my脞x	爬	
soa3	soà,續	V	3	世x續m	繼續	…落去是我
soah	煞	H	1	煞x?m續j息h	也	你也著…來【你也得來】
soe3(北)	細	A	3	細rxm		
soe3-ji7(北)	細膩	A	3	細膩rxm	小心,客氣	ㄇ 免……。過車路著愛……
song5	sông,傖,倯	A	3	庸x傖r?m倯r□y		草地…【鄉巴佬】
suh	suh,吸	V	3	吸m嗍x	吸吮	…管
sui2	súi,水	A	3	媠x水x美m媺	美麗	…查某囝仔
sui5	隨	H	1	隨xmhjy	馬上	菜…好【飯菜馬上就好了】
sui5	隨	Pr	3	隨xhjy	逐	…字仔讀
sun7-soa3	順soà	H	3	順世x順續m	順便	…kā 伊招來
ta-ke	ta-ke,乾家	N	3	乾家r大家x乾?家m	婆婆	……【婆婆】……官【公公】
ta-koaN	乾官	N	3	乾官r大官x乾?自m	公公	
tai7-chi3	代誌	N	3	代誌r代志x事誌m	事情	
tak8	逐	D	1	逐xmhj	各個,每個	…個攏m 不去
tak8-e5	逐個	DM	3	逐個rm逐 x		
tam	tam,啖	V	3	啖x嘗?m	嚐	…看會鹹燴【嚐嚐看鹹不鹹】
tam7-poh8-a2	淡薄仔	Qnt	3	淡薄仔rxm		

taN	ta▪	H	1 旦】今hj丁x□m	那未	…去嘸	
tang-si5	tang時	Qw	3 =tĪ當時	當時xm 什麼時候	…beh去?	
tang3	當	S	1 =得哂 □x當m通h處j	能夠 會…嬒?		
tang3	當	S	3 =地哂 ū-tê當	有地方	有…去無。	
tang3-sng	凍霜	A	3 凍霜rxm	凍害,寒酸,小氣	伊真……	
tāng,e7…	會當	AV	3 =會得 會當rxm	可以,能	有閑才…去	
tau3	鬥	H	1 鬥xmhj搭h	幫忙	…寫字	
teh	teh,咧	H	1 在mj值h啲 底 得j	正在	伊 …讀冊
teh	teh,咧	H	[1 =leh 咧x	在…著		
teng2	頂	D	1 頂xmhj	上	…高。…面。頭殼…。桌…	
thai2	thái,汰	Qw	3 汰】豈?m	怎,哪裡	…會按呢	
than3	趁	V	1 趁xmhjy	賺	…錢	
than3	趁	K	1 趁xmhj	趁	beh 拍拼愛…少年	
thang	通,哂	AV	1 哂x通mh可j	可	咱哪…不時嬒赴	
thau5-khak	頭殼	N	3 頭殼rxm	頭部		
thau5-tu2-a2	頭tú仔	H	3 頭抵?仔m	剛才	伊…有tĪ遮	
theh8	thêh	V	1 捅x提?m提t	拿,取	…面巾來	
tho2-che3	討債	A	3 討債rxm	浪費		
ti7	tĪ,佇	K	1 咁/佇x置 於 在mhj 於,在	外口。…內面teh講話		
ti7-si5	tĪ時,底時	Qw	1 =tang時 底時xh底?時m何時j	何時	你…去台南	
tiam3>tam3	tiàm,站,店,站	K	1 店】滯/帶 x站mhj	在,停留 冊m 通放…桌頂		
tiaN7-tiaN7	tiā▪-tiā▪,定定	H	1 定定】xm	常常	…嬒赴	
tiau	刁	H	1 刁x特?mhj		…故意【故意】…ī 輸	
tiau-kang/thiau-	刁工	H	1 超工x特?工m	特地	…來kā 你報告。…beh對伊講的。	
tiau5	tiâu	A	1 住】mhj稠x	牢	掠hō…【抓牢】擋嬒…	
tiau5	tiâu	V	3 住】住?m稠x牢	附著	鎮…。風吹…tĪ 電線頂	
tiau5-tit8	條直	A	3 條直rxm	憨直,坦率		
tio5	趙,tiô	V	3 □r抖 跳x投?m	跳,顛抖	…起來【突然跳起來】	
tioh8	著	A	3 著rxm	對	是我m…	
tioh8	著	AV	3 著rxmj	得,到	稻仔…蟲。我…去。拾…錢	
tioh8	著	K	3 著rxm	該,輪到	…我行【該我行】	
tioh8-ai3	著愛	AV	1 =著 著xmhj	須要,得	我一定…去看伊	
tit/chit/eh	得	VSF	1 得rxm	可以	會食…【可以吃】會使…去	
tng2	轉	V	3 轉rxm	回,反轉	…去【回去】	
to	都	H	1 都mhjx(to▪)	都,就	有代誌…無來。知…好	
to2-ui7	叨位	Qw	1 哪位x何位mj底位h	什麼地方	你toā tĪ…?	
toa3	滯	K	1 滯】mh帶 x住j =店(站)	在 冊m 通kǹg…桌頂		
toe3南	toè	V	1 綴x隨mj逮 隶	跟,隨	我想beh …你去	
tong7	tōng,撞	V	3 撞xm	撞	無路通去,勻勻仔…。…著人	
tu2-chiah	tú-chiah	H	3 拄則x抵?即m	剛剛	護士…來注射	

tu2-ho2	tú好,抵-,拄-	H	1	抵好】m拄好】x適好hj	碰巧　…伊無閒
tuh-ku	tuh-ku	V	3	痀x拄龜?mt … …c	打瞌睡
tui3	對	K	3	（由）對rxm　自從	我…今仔日起m 啉酒
tui3>ui3	對	K	1	（由）對rxmhj　從	請…學校khà電話來
tui3	對	K	3	（由）對rxm　向	請行…學校去
ui3<tui3	ûi	K	3	對】jy　從	…遮行
ui7-sim2-mih8	為甚物	Qw	3	=為啥　為甚乜x為甚麼m	為什麼　伊…beh按呢做
ui7-tioh8	為著	K	3	=為　為著rxm　為	伊…大家犧牲

羅馬字 (白話字) 調號位置体例

　　調號放在一個音節最響亮的部分。口部最開時最響亮, 最封閉時最不響亮。台語韻母中要發音 "a" 時口腔最開, "m" 時, 最封閉。

1. 母音優先：一個音節的調號需要在母音之上。無母音的音節才將調號放在子音之上：

　　　有母音的音節：kéng, , tàn kìn, siông, sek, sàn, sè°,
　　　　　　　　　　tìh°. ngiáuh
　　　無母音的音節：kǹg, n̂g, m̂ng, phn̂gh, hm̂

2. 母音之間 "a" 最優先, "i" 最後優先：
　　　a〉e〉o, o°, u〉i,

　　a) a：ǎi, oàn, oá, ià, àu
　　b) e：oē, ēng, khoè
　　c) o,u,o°：chiò, kùi, khò°
　　d) i：ìn, kì, chìm

3. 子音之間 "ng" 先於 "m"：(台語的子音只有 ng 與 m 可以有調號)
　　kǹg, n̂g, tn̄g, hn̂g, mn̄g, m̂ng, hm̂

【注意】有一些出版物將調號放在音節字母的中央, 我們建議不採用這種體例, 理由有二：a) 各人用法之間互相並不很一致。　b) 比較複雜, 不一致的機會增加。

　　　　別人：tōa, chōe, hóe
　　　　本書：toā, choē, hoé

The Five-Pitch System of the Taiwanese Tones

臺語五音階法

1. Recognition of Tones in Isolation　　單音節詞單獨出現時的聲調辨認

1.1　Two Abrupt Tones and Five Non-abrupt Tones　兩個入聲及五個非入聲

There are five tones in Taiwanese, not seven or eight as it is generally claimed. For the abrupt syllables, those with stop endings -p, -t, -k, or -h, there are only two tones.

台語攏總有五個聲調，並無像一般人所講的七個調抑是八個調。有一種音節，是有用 p. t. k. 抑是 h, ka³ 切短的。這種音節只有兩個聲調。咱將第一種音節的五個聲調叫做長舒調(傳統上叫做舒聲)，將第二種音節的兩個聲調叫做短促調(抑是促聲)

Note that the tone of a Taiwanese single-syllable word changes very regularly to some other tone when it is not in a phrase-final position. When a single-syllable word stands by itself it is in the original tone and is regarded to be in the final position. The tone that results from tone change is called changed, or derived, tone. We shall introduce the tone in isolation or in the final position first.

台語所有的音節，若單獨出現抑是 ti³ 語詞的最後出現的時是一種聲調，若是出現 ti³ 別的音節的頭前就會變做另外一個聲調。咱將單獨出現抑是 ti³ 語詞最後出現的聲調，叫做本調。將 ti³ 別音節的頭前出現的時的聲調叫做變調。本節先介紹本調。

2. The Pitches of the Non-abrupt Tones　五個長舒調的音階

The five non-abrupt tones are differentiated by the pitch height or the up and down of pitch height as follows. Note that there are several ways of indicating the pitch height. But the following three ways can be converted to each other easily.

下面表示五個長舒調(就是無 p, t, k, h 韻尾的音節的聲調)的高低及起落。表示聲調的高低起落有幾若種。下面三種，各有用途，也真容易互相對換。

Pitch in Diagram   高低起落圖示法

poem	die	to be	time	four
si	si	si	si	si
詩	死	是	時	四

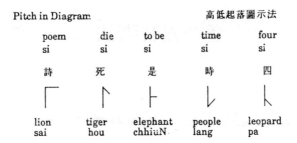

lion	tiger	elephant	people	leopard
sai	hou	chhiuN	lang	pa

Pitches at beginning and ending points   起點終點五音階法

Pitch at the average point   中點五音階法

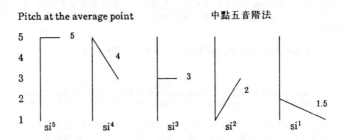

起點終點五音階法及第一種圖示法的無同主要是分作五個音階，5最高，1最低。可以用數字標示。調的高低(55, 33, 21)及起落(53, 13)，將起點及終點ka標示出來，是卡精密的方法。中點五音階法是為着簡便，每調干單用一個數字。

3. Practice on Indication of Tone Pitches at Beginning and Ending Points
起點終點五音階法聲調辨認練習

Of the above three ways of indicating the Taiwanese tones, the second one is most precise. It has the advantage of converting to the numerical presentation 55, 53, 33, 13, 21. It also has the important feature of indicating the pitches and contours of the tones by familiar words such as five-five, five-three, three-three and be understood easily. It is in fact a method used widely by language specialists for describing tones of a language that is even unfamiliar to the writers and their readers. In this section, we are doing some practice on this method of indicating Taiwanese tones.

頂面三個台語聲調標示法的中間，第二個上蓋精密。也有會當(能够)用數字表示的優點。也就是用55, 53, 33, 13, 21來標示這五個聲調。伊真重要的好處就是會當用日常慣用的字眼來叫每一個聲調：55, 53, 33。伊也是語言專家普遍採用，來描寫連in⁵(他們)家己抑是讀者也攏be³曉得講的語言。本節咱beh練習用這個方法來標示台語的聲調。

3.1　Listen and identify the tone pitch 55, 33 or 21
聽看下面的聲調是音階 55, 33, 抑是21?

	1		2		3	
a.	khi (slanting)	(斜)	si (four)	四	hoe(meeting)	會
b.	khi (persimmon)	柿	si (to be)	是	hoe (age)	歲
c.	khi (go)	去	si (poem)	詩	hoe (flower)	花

3.2　Listen and identify the tone pitch 55, 53, or 13
聽看下面的聲調是音階 55, 53, 抑是13?

	4		5		6	
a.	li (you)	你	si (time)	時	hoe (fire)	火
b.	khui (open)	開	si (die)	死	hoe (flower)	花
c.	lang (people)	人	si (poetry)	詩	hoe (return)	回

3.3　Read the following and check your answers to 3.1 and 3.2
出聲讀下面的音節，同時對看你頂面所寫的音階是不是正確?

1.	a) khi⁵⁵	2.	a) si²¹	3.	a) hoe³³
	b) khi³³		b) si³³		b) hoe²¹
	c) khi²¹		c) si⁵⁵		c) hoe⁵⁵
4.	a) li⁵³	5.	a) si¹³	6.	a) hoe⁵³
	b) khui⁵⁵		b) si⁵³		b) hoe⁵⁵
	c) lang¹³		c) si⁵⁵		c) hoe¹³

3.4 Read the following Tw words and see if you are correctly understood.
出聲讀下面的台語詞。對看你所發的音是不是及漢字有對。

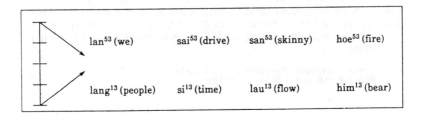

| | si⁵⁵ (poem) | sai⁵⁵ (lion) | iau⁵⁵ (hungry) | hoe⁵⁵ (flower) |

si^{55} (poem) sai^{55} (lion) iau^{55} (hungry) hoe^{55} (flower)

si^{33} (is) lau^{33} (old) hoe^{33} (meeting)

si^{21} (four) khi^{21} (go) san^{21} (poor) hoe^{21} (age)

lan^{53} (we) sai^{53} (drive) san^{53} (skinny) hoe^{53} (fire)

$lang^{13}$ (people) si^{13} (time) lau^{13} (flow) him^{13} (bear)

si^{55}	si^{53}	si^{21}	lan^{53}	$lang^{13}$	si^{33}
(poem)詩	(die)死	(four)四	(we)咱	(people)人	(is)是
li^{53}	in^{55}	khi^{55}	khi^{21}	in^{21}	khi^{13}
(you)你	(they)因	(slanting)斜	(go)去	(print)印	(scar)

4. Indication of Tone Pitch at the Average Point (PAP)
中點五音階法

Though the above way of identifying the tones by showing their pitch levels at the beginning and ending points has its advantages, it is too cumbersome in using two numerals for each tone. Fortunately, we can indicate the five Taiwanese tone.by just using one number for each, if we show the pitch level at the average point, which is approximately at the middle. Compare the two ways of identifying tones.

頂面標示聲調的方法表示聲調起點及終點的音階，固然有伊的優點，但是每音節攏有兩個數字，有卡麻煩。好佳哉，咱若表示每聲調的平均音階(差不多是每音程的中點的音階)，咱就會當所有的聲調攏干單用一個數字標示。

		Pitch at the average point 中點五音階法	Pitches at beginning and ending points 起點終點五音階法	Church Romanization 教會羅馬字
poem	詩	si^5　5	si^{55}　55	si
death	死	si^4　4	si^{53}　53	sí
is, are	是	si^3　3	si^{33}　33	sī
time	時	si^2　2	si^{13}　13	sî
four	四	si^1　1	si^{21}　21	sì

Note that the average point of the tone for four (si^{21}) is 1.5, but is written as 1 for the sake of simplicity. Also note that the five numbers directly represent the five pitches of the tones at the average points.

(si^{21})的聲調的平均點是1.5。但是爲着簡單寫做1. 請注意每一個數字攏是直接標示各聲調的平均音階。

At the right hand side is given the tone marks (often called diacritical marks) of the Church Romanization (so called because the system has been used by the Churches of the South Min speakers for more than 100 years). Notice that the Church Romanization tone marks do not correspond exactly to the pitch contour (i.e. the rising and falling of the pitch) nor to the pitch height.

頂面的最右旁的教會羅馬字(因閩南語的教會使用來號這個名稱)。通常 ka 叫做白話字,有注聲調。請注意所用的起降符號並無表示音階的起降。

4.1　Key words of each tone pitch at the average point.
　　　(中點五音階法每調基本例字)

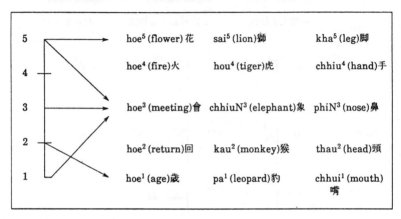

| 5 | hoe⁵ (flower) 花 | sai⁵ (lion) 獅 | kha⁵ (leg) 脚 |

5　　　　hoe⁵ (flower) 花　　sai⁵ (lion)獅　　　　kha⁵ (leg)脚

4　　　　hoe⁴ (fire)火　　　hou⁴ (tiger)虎　　　chhiu⁴ (hand)手

3　　　　hoe³ (meeting)會　chhiuN³ (elephant)象　phiN³ (nose)鼻

2　　　　hoe² (return)回　　kau² (monkey)猴　　thau² (head)頭

1　　　　hoe¹ (age)歲　　　pa¹ (leopard)豹　　　chhui¹ (mouth)
　　　　　　　　　　　　　　　　　　　　　　　　　　嘴

5. Practice on Tone Pitch at the Average Point　(中點五音階法練習)

5.1Practice reading the following key words　　(練習唸出下面的基本例字)

　　　Animals(動物)

　　　　sai⁵　獅　hou⁴　虎　　chhiuN³　象　　kau²　猴　　pa¹　豹

　　　　lion　　　tiger　　　elephant　　　monkey　　leopard

　　　Body Parts(身體部分)

　　　　kha⁵　脚　chhiu⁴　手　phiN³　鼻　thau²　頭　　chhui¹　嘴

　　　　leg　　　hand　　　nose　　　head　　　mouth

5.2　Listen and identify the tone pitch 5, 3, or 1.
　　　聽看下面個詞的音階是 5, 3,抑是 1?

	1	2	3
a.	si (four)四	hoe (meeting)會	phoe (cover)被
b.	si (to be)是	hoe (goods) 貨	phoe (letter)批
c.	si (poem)詩	hoe (flower) 花	phoe (to match)配

5.3　Listen and identify the tone pitch 5, 4, or 2.
　　　聽看下面各詞的音階是 5, 4, 抑是 2?

	4	5	6
a.	lang (people)人	si (time)　時	koe (melon)　　瓜
b.	lam (weak){弱}	si (die)　死	koe (rice cake)　粿
c.	lang (spacy){不密集}	si (poetry)詩	koe (pass through)過

5.4　Read the followiing and check your answers to 5.2 and 5.3
　　　出聲讀下面的台語詞，對看你所發的音是不是就是5.2,及5.3內底的詞。

1. a) si^1
   b) si^3
   c) si^5

2. a) hoe^3
   b) hoe^1
   c) hoe^5

3. a) $phoe^3$
   b) $phoe^5$
   c) $phoe^1$

4. a) $lang^2$
   b) lam^4
   c) $lang^5$

5. a) si^2
   b) si^4
   c) si^5

6. a) koe^5
   b) koe^4
   c) koe^1

6.The Pitches of the Two Abrupt Tones　　　　兩個短促調的音階

　　The two abrupt tones differ from the non-abrupt tones in the presence of syllable-ending stop -p, -t, -k, or -h which cut off the syllable abruptly, e.g. lat 'strength,' is always pronounced with shorter duration than lán 'we,' even though the pitch height is about the same. Also note that the stop endings -p, -t, -k are in fact a variation of -m, -n, -ng, in that for -m, -n, -ng the mouth is closed at the bilabial (two lips), dental (back of teeth) and velar (back of roof of mouth) positions respectively and the air comes out from the nose. To pronounce -p, -t, -k the mouth is closed at exactly the same positions as in -m, -n, -ng, but the air is stopped from going through the nose, resulting in an abrupt ending of the syllable.

　　台語兩個短促調及{和}五個非入聲(也就是長慢調)的無同{不同}在 ti^3{在於}短促調有韻尾 -p, -t, -k抑-h,將音節 ka^3切短，親像十，力，六，食攏是發音的長度比站咱籠，謝卡短。若是音階這兩字是差不多同款。請注意塞音韻尾 -p, -t, -k 其實各是 -m, -n, -ng 各音的變體是將雙脣，前齒後和牙根閉塞起來，　hou^3{讓}空氣對鼻孔走{跑}出來。Beh{要}發-p, -t, -k,各音口腔也是抵着閉塞 ti同部位。只不過是完全將氣 ka 切斷，無 hou^3{讓}空氣對{從}鼻孔走出，所以整個音節也就因爲按呢{這樣}切短，急促完結。

　　The two abrupt tones are distinguished from each other by the pitch height; one lower, the other higher.
　　這兩個短促調的區別是音階，一個卡高，一個卡低。

The higher one in Northern Taiwan is Pitch 33 but 54 in Southern Taiwan. We shall label it as Pitch 3 or Pitch S3 (Short 3). The lower one is 21 or even 32 and we shall label it as Pitch 1 or Pitch S1 (Short 1). In some dialect areas the two abrupt tones are hardly distinguishable. But the changed tones are distinctive.

卡 高的 ti³台灣北部是音階 33，但是 ti³ 南部是 54。咱beh統一 ka³ 標記做音階3，抑是S3 (short 3).卡低的彼個短促音是 21,甚至是32。但是咱beh ka³ {將之}標記作音階 1，抑是S1 (short 1)。有寡{一些}地區這兩個入聲調單獨出現的時，分be³出來。但是 ti³變調以後就分別眞清楚。親像八，白單獨發音差不多，但八葉，白葉就分別眞清楚。

The most important reason for labeling the two abrupt tones as 3 and 1 is because their changed tones (in -h ending syllables) are exactly like those of non-abrupt tones 3 and 1 respectively.

將兩個入聲 ka³定做 3 及 1最重要的理由是有 -h韻尾 的時in⁵的各調的 變調 tu² tu²{剛剛}及非入聲(就是無 -h韻尾)的3 及1的變調同款。

1→4

to¹ 'left'

But in to¹-kha⁵ (left leg) the changed tone of to¹ is   53 (that is 4 at the average point)

倒{左}的本調音階是 1,但變調音階是 53(也就是4)例: 倒脚。

toh¹ 'table'

The pitch of toh¹ is 32, or 21. But in toh¹-kha⁵ (the legs of a table) the changed tone of toh¹ is to   53 (that is 4 at the average point) without -h (or in some other dialects, toh   4 (that is 53) with -h.)

桌的變調音階是 53，(也就是4,尚且 ti³眞齊{多}地區，-h 脫落。例如桌脚及倒脚的發音無法度分別。

3→1

loa³ 'to blame'

But in loa³ cho¹ chhat³ 'to blame for stealing' the changed tone of loa³ is 11 (or 1).

賴的本調音階是 3。但是變調音階是 11 (抑是 1)例:賴做賊。{誣賴做賊}

loah³ 'spicy hot'

The pitch of loah³ is 33, or 54 depending on one's dialect. But in loah³ hiam⁵ chio⁵ 'hot pepper' the changed tone of loah³ is 11 (or 1), exactly the same as the changed tone of loa³ 'to blame.'

辣的本調音階是 33，抑是54。看是叨位{那裏}的腔口{腔調}。但是辣 hiam⁵椒{辣辣椒}正正及賴的變調同發音。

Because the abrupt tones are shorter and because the exact pitch levels are harder to identify, and also because of dialectal difference in the actual pronunciation of the higher tone (54 or 33), it is best to identify the abrupt tones first by the stop ending -p, -t, -k, -h and then distinguish the two abrupt tones by pitch height, 3 or 1.

因爲入聲實際上有發音卡短促，也就卡歹決定確實的音階，又閣因爲卡高的彼個入聲有方音差(54抑33)，最好的方法是先判斷是不是有韻尾 -p, -t, -k, -h，然後才分辨看是卡高的抑是卡低的，也就是3抑是1。(S3抑是S1)

cham³ 'cut'	斬		chap³ 'ten'	十	
kim¹ 'disallow'	禁		kip¹ 'hurry'	急	
chin³ 'to exhaust'	盡		chit³ 'one'	一	
chin¹ 'advance'	進		chit¹ 'material'	質	
lang³ 'to tease'	弄		lak³ 'six'	六	
lang¹ 'to make space'	{不密集}		lak¹ 'to drop'	落	
la³ 'stir'	{攪拌}		lah³ 'wax'	臘	
thi¹ 'to cut hair'	剃		thih¹ 'iron'	鐵	

6.1　Listen and identify the following abrupt tones in terms of 3 or 1.
　　　請辨別下面的入聲，看是3抑是1。

	1		2		3	
a.	lak 'six'	六	chit 'one'	一	tek 'enemy'	敵
b.	lak 'drop'	落	chit 'material'	質	tek 'bamboo'	竹
c.	lang 'spacy'	{不密集}	chin 'advance'	進	teng 'hard'	定{硬}

6.2　Read the following and check your answers to 6.1
　　　請讀下列標音，閣{並且}核對你對6.1的答案。

	1	2	3
a.	lak³ 'six'	chit³ 'one'	tek³ 'enemy'
b.	lak¹ 'drop'	chit¹ 'material'	tek¹ 'bamboo'
c.	lang⁵ 'spacy'	chin¹ 'advance'	teng³ 'hard'

6.3　Pronounce the following and check if you are correctly understood.
　　　請讀出下列標音，看及漢字的詞有對抑無{對或不對}。

sek³ 'cooked'	熟		chim⁵ 'to kiss'	唚{吻}
seng³ 'prevail'	盛		chip³ 'collect'	集
sek¹ 'smart'	識			
lak³ 'six'	六		chhit¹ 'seven'	七
lak¹ 'drop'	落		chhin¹ 'to weigh'	秤
lang³ 'tease'	弄		chhin⁵ 'intimate'	親

7. Tone Pitches and Traditional Tone Names
　　聲調音階及傳統上的聲調名稱

We indicate tones by their pitch height: 5, 4, 3, 2, 1. These numbers should not be confused with the traditional way of naming tones by ordinal numbers on the basis of traditional Chinese phonology.

咱用5, 4, 3, 2, 1 表示音階的高低。chia⁵ e² {這些}數字 m³通及根據中國傳統的聲韻學中聲調名稱所用的第幾聲混亂，台灣猶有人根據中國傳統的聲韻學用第幾聲來號名。

	Upper Register(上(陰)		Lower Register 下(陽)	
pêng 平	1st 第一聲	⌐	5th 第五聲	∨
sióng 上	2nd 第二聲	⌐\	6th 第六聲	∧
khì 去	3rd 第三聲	\	7th 第七聲	⊢
jip 入	4th 第四聲	⌐	8th 第八聲	⌐

In the above way of labeling tones the 6th is not used because it is merged with (i.e. identical with) the 2nd tone. It is obvious that the ordinal numbers have nothing to do with the pitch heights of the present day Taiwanese tones, but are designated according to pêng, sióng, khì, jip which were the tone names of the ancient Chinese tones. Nobody living today has heard the exact pitch levels and contours of these ancient Chinese tones and scholars' opinions differ drastically on how each tone was actually pronounced. The tone labels pêng, sióng, khì, jip are still widely used today, however, because they help us figure out the tonal correspondence across the Chinese "dialects" such as Mandarin, Hakka, Taiwanese and Cantonese.

頂面的聲調稱法中間第六聲無用，因爲伊及第二聲(也就是音階4)同款{相同}。眞明顯， chia⁵ e²{這些}根據中國傳統上的四聲平，上，去，入，所表示的排位數字及現代台語的聲調音階並無關聯。活 ti³ 今仔日的人無人聽過 chia⁵ e²古漢語的聲調實際上的音階是舍款{怎樣}。學者中間的意見也眞參差。但是平，上，去，這種名稱猶是眞普遍受採用，因爲對 chia⁵ e²傳統名稱會得通推測出各種漢語"方言"像官話，客話，台語，廣東話中間的字音對應規律。

To avoid confusion we shall call the tones in the pitch-at-the-average-point system "Pitches."

爲着避免混亂，咱 beh將中點五音階法中的聲調的高低叫做「音階」。「第一聲，第二聲」就是指根據平上去入所號的聲調名稱。

Pitches 音階法		Traditional Tone Names 傳統聲調數位法	
Pitch 5	音階 5	1	第一聲
Pitch 4	音階 4	2	第二聲
Pitch 3	音階 3	7, 8	第七，八聲
Pitch 2	音階 2	5	第五聲
Pitch 1	音階 1	3, 4	第三，四聲

The traditional Tone 8 differs from Tone 7 not in pitch level but, as described earlier, in the presence of syllable ending stop consonants -p, -t, -k, or -h, which cut off the syllable abruptly, e.g. chåp⁵ 'ten,' chhåt⁵ 'thief,' låk⁵ 'six,' joah⁵ 'hot.' The pitch height of this tone is pitch 33 in Northern Taiwan but 54 in Southern Taiwan.

第八聲及第七聲的主要分別，頂面也有講過，m³是在音階是在 ti³第八聲有 -p, -t, -k,抑是 -h塞音出現 ti³音節尾將音節 ka³切斷。例:十，賊，六，熱。chia⁵ e²字的聲調音節是 33 (台北)抑是 54(台南)統一寫作 3(抑是 S 3)。

Similarly the traditional Tone 4 differs from Tone 3 in the presence of syllable ending -p, -t, -k, or -h and abruptness of the syllable (e.g. chiap 'juice,' it 'one,' tek 'bamboo,' chheh 'book'). The pitch level of this tone is Pitch 1.

及第八聲的情形同款，第四聲及第三聲的分別是在 ti³有韻尾 -p, -t, -k, -h,以及音節的短促(例:汁，一，竹，册),音階實際上是 32,抑是 21,但是統一寫做 1(抑是S1).

8.Tone Changes in Taiwanese　　　　　台語的變調

A unique phenomenon of the Taiwanese sound system is the change of tones in certain contexts. This section answers the question "When will a Tone change?"

台語語音系統的一個特色就是 ti³{在}一定的情形下受{要}變調。本節回答「什麼時陣{何時}受變調?」這個問題。

8.1 First Condition of Tone Changes　　　　變調的第一情形
When there is no neutral tone at the group-final position.
詞組尾無輕聲的情形

Whenever a syllable appears at the group-final position (which includes the case of appearing in isolation) there is no change of tone. Otherwise, that is, when a tone appears in a non-group-final position, it undergoes a tone change, which is also called tone sandhi. In the following examples the syllables without tone change are underlined. In the diagram representation the original tone is given to the right of |, the changed tone to the left. In the number notation the changed tone pitch is given as subscript.

在這種情形下(包括單音節詞單獨出現的情形)，最後彼個音節無變調。其他的音節(也就是無出現 ti³最後的音節)攏受變調。下面的例，無變調的音節下面攏有畫橫線。Ti³圖示法裏，原調畫 ti³直線的正面{右面}，變調畫 ti³倒面{左面}。Ti³數字表示法裏本調的音階寫 ti³右上角，變調的音階寫在右下角。

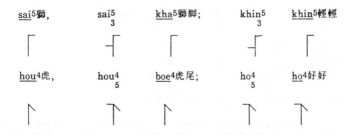

sai⁵獅,　　　sai⁵₃　　　kha⁵獅脚;　　khin⁵₃　　　khin⁵輕輕

hou⁴虎,　　　hou⁴₅　　　boe⁴虎尾;　　ho⁴₅　　　　ho⁴好好

8.2　Second Condition of Tone Changes 變調的第二情況
When there is a light tone　　　詞組尾有輕聲的情形

Occasionally the syllable or syllables at the group-final position may be weakly stressed (pronounced more softly, shorter and within a narrower pitch range than the normal stress) and their tone contrast is thereby neutralized. Such a syllable is called khin⁵-siaN⁵ or light tone or neutral tone. When such a syllable or syllables occur, the full toned syllable before it remains in the original tone. All the preceding syllables go through tone changes. The syllables with light tone are marked by a preceding --. The light tone is marked 0 as subscript.

Ti³ 詞組的尾仔，有時有一個抑是一個以上的音節發音眞弱(音量細{小}，音程短，聲調的幅度小)，失去原來的聲調音階。這種音階叫做輕聲，是失去全調對立的調。有這種音階出現的時，前面的音階發音做原調。其他的前面的音階攏愛{都要}變調。輕聲的頭前{前面}教會羅馬字用--標示。數字音階標記法中輕聲用0代表，寫ti³音階拼音的右下角。

Note that only those syllables that are underlined in this section are in the original tone. Those that follow such a syllable are in the light tone. Those that precede them have changed tones.

請注意ti³本節中，只有用橫線標示的才讀做本調。出現ti³伊後面的讀輕聲。出現ti³伊頭前的讀做變調。

Lim²--sian⁵siN⁵林先生　　　　　　　　　255 → 200
　₀　　₀

kin⁴ khia³--khi⁴lai²　　　　　　　　　4342 → 5300
　　　₀　₀
倚「站」起來

theh³ theh³--chau⁴　　　　　　　　　334 → 130　　114
　　　　　₀　　　　　　　　　　　　　　　　　　　NT)
「拿拿」走

8.3　What is a tone change group?　　　　聲調變化組是什物「什麼」?

A syllable group for the purpose of describing tone change is usually a word, phrase, or clause in grammatical analyses. Generally speaking a noun phrase or a clause make a tone-change group, such that the final syllable of such a group is pronounced in its original tone when given normal stress and is pronounced in light tone when given reduced stress.

根據聲調變化形成的一段語詞，往往相等於語法中的詞，詞組，抑是子句。通常一個名詞詞組抑是子句形成一個聲調變化組，也就是這種語詞組的最後的音階，若無讀做輕聲就是讀做本調。

Toh¹ a⁴ teng⁴# u³ chin⁵ che³ chheh¹#
Desk top has very many books
There are many books on the top of the table.
桌頂有眞濟冊。

Chit¹ pun⁴ ji³tian⁴# chin⁵ che³ tiam¹# long⁴ u³ leh¹ be³#
this classifier dictionary very many store all do sell
This book is sold in many stores.
這本字典眞濟店攏有列賣。

Lau³su⁵#bo² lai²# hak³ seng¹# ma³ si³ chin⁵.jin³ chin⁵#
Teacher not come student also is very hardworking
Even though the teacher does not come, the students are still seriously studying.
老師無來學生嘛是眞認眞。

8.4 How tone changes (what tone changes to what tone)
聲調按怎變(什物調變做什麼調)?

The change of a tone to another is very strictly governed by the tone-change rules. We shall use the following adjectives in reduplication to illustrate tone changes.

台語的每一個聲調變化，攏嚴格按照聲調變化規律。咱用下面的形容詞來舉例說明。

sin⁵　　55　　sin⁵-sin⁵
新

ku³　　33　　ku³-ku³　　　loah³　　loah³-loah³
舊　　　　　　　　　　　　辣

khou¹　　21　　khou¹-khou¹　　kheh　　kheh¹ kheh¹
{笨}　　　　　　　　　　　{擠}

ho⁴　　53　　ho⁴-ho⁴
好

gau² ⌐13 gau²-gau² (ST)
{賢}

(NT)

The rule is summarized as follows:
變調的規律如下：

Original tone(本調)		Changed tone(變調)
5	→	3
3	→	1
1	→	4
4	→	5
2	→	3

8.5 Chain of Tone Change　　　　　　變調鏈鎖環

There is a pattern in the first four rules: that is the changed tone of one, when viewed as the original tone, will become another tone like a music chair. When the tones are put in the pitch scale with the level tones (5, 3) in a column and the falling tones (4 and 1) in another column, we have an oval showing the tone change chain.

頂面頭四個規律有一個互相依賴的關係。也就是別個調的變調(像3是5的變調)及另外一個本調無分別(像3及3無分別)，也就是一個調變做另外一個調。但是另外這個本調卻又閣變做別個調(3變做2)按呢這四個本調互相走掉，永遠be³去相碰。這兩個平板調(5及3)若ka³khng¹{放置}做一個直排，兩個降調(4及1)若ka³khng¹做另外一個直排。各調又閣照音階的位置排，咱就會得着一個橢圓(tho⁴-in²)形表示音調變化的鏈鎖環。

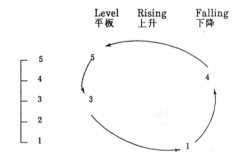

The original Pitch 5 and the changed Pitch 5 (that tone is changed from Pitch 4) is the same. So are 4 and 3. The original Pitch 1 differs from derived 1 slightly. 33 changes into 11 to be exact and not into 21. 11 and 21 are so close, and never function to differentiate between words and therefore are considered two variants of the same tone.

本調音階5及變調音階5(就是對音階4變來的)同款{相同}。(因爲按呢「獅be³行」及「駛be³行」同發音。音階4是本調抑是同款(所以「酒猶未歹」{酒還沒壞}及「蛙猶未歹」{還沒有蛙壞}同音。音階3是本調抑是變調也是同款(所以「會猶未了列」{會還沒有完}及「花猶未了列」{還沒有計較喔唉完}同發音)。只有33變做11。不是抵抵{剛剛}變做21,不別 (m³ - bat¹ {不曾})發生對立的作用來代表無同{不同}的詞語。所以看做是同聲調的變體(其實「貨猶未好」{存貨還沒有弄好}及「會猶未好」{還沒有商量妥},聽起來也是眞歹{難}分別。只有小可{少許}無同而已)。

The rising tone, which is never a changed tone but always an original tone, does not have a position in the chain. Being in the center, it will change into other tones, but other tones will not change into it. It changes to 11 in Northern Taiwan (NT) but to 33 in Southern Taiwan (ST).

升調 (13)干單(kan-taⁿ){僅僅}用做本調, 無用做變調, 無 ti³鏈鎖環內底佔任何位置。所以只好khng¹{放} ti³中央, e升調 13, ti³北部腔變做 11, ti³南部腔變做 33.

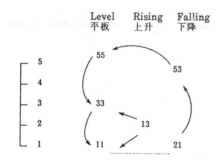

	Level 平板	Rising 上升	Falling 下降
5		55	53
4			
3		33	
2			13
1		11	21

Although 11 and 21 are regarded to be one and the same tone (both labeled 1) there is still a chain of tone change.
將11及21當做是同一個聲調, 變調鏈鎖環就無斷去。

The following statement is based on the tone pitches at the beginning and ending points.
下面是根據起點終點五音階法所得的變調趨勢。

1) The resulting tones are all level (55, 33, 11) except in the case of the low falling tone 21 which changes into a high falling tone (53).
   變調的結果攏是平板調 (55, 33, 11)。唯一的例外是 21變做53.

2) The level tones (55, 33) change into lower tones (33 and 11 respectively).
   若平板調 (55, 33)就降低音調(各變做 33, 11)。

3) The falling tones (53, 21) change into higher tones (55 and 53 respectively).
若下降調 (53, 21)變調後就音階升高(個變做 55, 53)。

4) The rising tone becomes lower in NT but higher in ST.
升調 (13) ti³北部變低 (11)，ti³ 南部升高 (33)。

The five tones can be lined up in one vertical line with the higher pitch on top and lower pitch at the bottom.
這五個聲調會直排做一排，高音階 ti³頂高，低高階 ti³下脚。

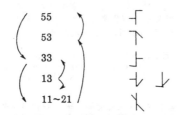

Or horizontally with the left-most end for the highest pitch and right-most end for the lowest pitch.
抑是橫排，上倒旁{最左邊}，排最高音階，上正旁{最右邊}的排最低音階。

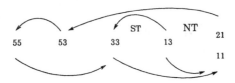

9. Practice on Pronouncing the Changed Tone 變調發音的練習

It is important to note that all the morpheme syllables are indicated in their original tones. One needs to change the tones according to the rules. The conversion often comes naturally after some practice. This section provides exercises for reading the tones naturally.
了解本標音法一件真重要的事便是詞語的各音階攏是標本調。讀的時需要按照規律變調。經過一寡練習了後就會曉{能够}自自然然來變調。本節提供一寡練訓練變調。

9.1　Read the following and ask someone to check if you sound natural.
請讀下面標音，同時拜託別人聽看你的發音有自然無。

phang⁵ 'fragrant'	phang⁵ phang⁵	55 → 35	'rather fragrant'	芳{香}
sui4 'pretty'	sui4 sui4	44 → 54	'rather pretty'	水{美}
lau3 'old'	lau3 lau3	33 → 13	'rather old'	老

pui² 'fat'	pui² pui²	22 →	$\begin{cases} 32\,(ST)\ \text{'rather fat'} \\ 12\,(NT) \end{cases}$		肥
chhau¹ 'stinky'	chhau¹-chhau¹	11 → 41	'rather stinky'		嗅
sek¹ 'smart'	sek¹-sek¹	11 → 41	'rather smart'		識
sek³ 'cooked'	sek³-sek³	$\begin{cases} 54\text{-}54 \to 11\text{-}54\,(ST)\ \text{'somehow'} \\ 33\text{-}33 \to 11\text{-}33\,(NT)\ \text{'cooked'} \end{cases}$			熟

9.2　Practice combining the animals and their body parts.
　　　練習將各種動物及牠的身體部分結合做夥。

sai⁵ 'lion'	獅	kha⁵ 'leg'	脚	chhiu⁵ 'beard'	鬚
hou⁴ 'tiger'	虎	boe⁴/be⁴ 'tail'	尾		
chhiuN³ 'elephant'	象	phiN³ 'nose'	鼻		
kau² 'monkey'	猴	thau² 'head'	頭	ge² 'tusk'	牙
pa¹ 'leopard'	豹	chhui¹ 'month'	嘴		
pih¹ 'turtle'	龜	kak¹ 'horn'	角		
lok³ 'dear'	鹿	bak³ 'eye'	目		

9.3
1.　sai⁵ kha⁵　獅脚
2.　sai⁵ phiN³　獅鼻
3.　sai⁵ thau²　獅頭
4.　hou⁴ boe⁴　虎尾
5.　hou⁴ kha⁵　虎脚
6.　hou⁴ thau²　虎頭
7.　chhiuN³ phiN³　象鼻
8.　chhiuN³ chhui¹　象嘴
9.　chhiuN³ thau²　象頭
10.　kau² thau²　猴頭
11.　kau² kau²　猴猴
12.　kau² phiN³　猴鼻
13.　kau² chhui¹　猴嘴
14.　pih¹ pih¹　鱉鱉
15.　pih¹ boe⁴　鱉尾
16.　pih¹ thau²　鱉頭
17.　lok³ bak³　鹿目
18.　lok³ kak¹　鹿角
19.　lok³ thau²　鹿頭

9.4　Pronounce the following words and indicate the changed tone below its original tone (check the answer below afterward).
將下面的詞讀出聲了後，將變調音階寫 toa¹原調下面。

e.g. phang⁵-phang⁵ → phang⁵ phang⁵芳芳{香}
　　　　　　　　　　　　　　　₃

1.	khin⁵khin⁵	輕輕
2.	sui⁴sui⁴	水水{美}
3.	lau³lau³	老老
4.	pui²pui²	肥肥
5.	chhau¹chhau¹	臭臭
6.	sek¹sek₁	識識
7.	sek³sek³	熟熟
8.	hou⁴ boe⁴	虎尾
9.	pa³ boe⁴	豹尾
10.	kau² boe⁴	猴尾
11.	kau² kha⁵	猴脚
12.	sai⁵ kha⁵	獅脚
13.	hou⁴ kha⁵	虎脚
14.	lok³ kha⁵	鹿脚
15.	pih¹ thau⁵	鱉頭

10.　Practice on Indicating the Original Tones　標示原調的練習

　　Each syllable of the word is written in its original tone. Since a morpheme syllable is never pronounced in their original tone unless it occurs group-finally, a learner is likely to come across morpheme syllables whose original tone are never heard by him. It is important, therefore, for a learner to be able to identify the original tone for writing down the pronunciation. Even if he is not writing the romanization, converting to the original tone is important if he wants to tell whether two pronunciations are for the same morpheme or not. This section provides some practice on obtaining the original tone by tracing the tone change rules.

　　語詞標音的時攏愛標本調。因爲一個單音節除去出現ti³音組的最後位置，攏無發音做本調。學生可能始終 m³別{不曾}聽過一寡詞的本調。所以學生爲着 beh{要}會曉{能够}標音需要學怎樣決定語詞各音節的本調。即使一個學生無 teh{不在}寫標音，若欲了解兩個發音是不是同一個語詞，歸還本調是一個真重要的能力。本節提供一寡{一些}練習，訓練如何根據變調規律求出本調。

10.1　The syllables in the following words or phrases are given in their changed tone in the subscript. Give the original tone as superscript. # is given at the end of each tone-change group.
　　下面語詞的各音節，ti³下右角攏有標出變調音階。在右上角，請寫出各音節的本調音階。在每音組的後面，攏有用#標示。

e.g.　sai$_3$ thau$_2$ # phang$_3$phang$_5$ #
例　　獅頭　　#　芳芳
　　　→ sai$_3^5$ thau$_2^2$ # phang$_3^5$phang$_5^5$ #

1.	oai$_3$oai$_5$	'slanting'	歪歪
2.	khin$_3$khin$_5$	'light'	輕輕
3.	te$_5$te$_4$	'short'	短短
4.	sui$_5$sui$_4$	'pretty'	水水{美}
5.	lau$_1$lau$_3$	'old'	老老
6.	tang$_1$tang$_3$	'heavy'	重重
7.	pui$_3$ pui$_2$ (ST)	'fat'	肥肥(南台灣)
8.	pui$_1$ pui$_2$ (NT)	'fat'	肥肥(北台灣)
9.	chhau$_4$ chhau$_1$	'stinky'	臭臭
10.	khou$_4$khou$_1$	'stupid'	{笨笨}
11.	sek$_4$ sek$_1$	'smart'	識識
12.	sek$_1$ sek$_3$	'cooked'	熟熟
13.	phang$_3$phang$_5$	'fragrant'	芳芳{香}
14.	peh$_1$pheh$_3$	'white'	白白
15.	ang$_3$ang$_2$	'red'	紅紅
16.	thak$_1$ chheh$_1$	study.	讀冊
	Lâi$_3$ thak$_1$ chheh$_1$.	Come and study.	來讀冊
17.	siōng$_1$ khò$_1$	go to class	上課
	Lâi$_3$ siōng$_1$ khò$_1$.	Come to the class	來上課
	Lâi$_3$ siōng$_1$ Tâi$_3$-gú$_5$ khò$_1$.	Come to Taiwanese class.	來上台灣課
	Lâi$_3$ siōng$_1$ Eng$_3$-gú$_5$ khò$_1$.	Come to English class.	來上英語課
18.	siá$_5$ jī$_3$	write	寫字
	Lâi$_3$ siá$_5$ jī$_3$	Come and write	來寫字
	Lâi$_3$ siá$_5$ Tâi$_3$ oân$_3$ jī$_3$.	Come and write in Taiwanese.	來寫台灣字
19.	kóng$_5$ oē$_3$	talk	講話

	Lâi$_3$ kóng$_5$ oē$_3$	Come and talk	來講話
	Lâi$_3$ kóng$_5$ Tâi$_3$-oân$_3$ oē$_3$.	Come and talk Taiwanese	來講台灣話
20.	bé$_5$ sin$_3$ chhù$_1$		買新昔
	chheng$_1$ sin$_3$ saN$_5$		穿新衫
21.	bé$_5$ hó$_5$ saN$_5$		買好衫
	bē$_1$ kū$_1$ khòu$_1$		買舊褲

10.2 Read the following and explain why all syllables are pronounced in their original tone.
請讀下列語詞。閱說明爲什麼所有的音節攏用本調發音。

ku$_5$ # chau$_4$, chhiuN$_3$ # tah$_3$, kau$_2$ # long$_1$, phah$_1$.
龜　# 走,　　象　# 踏,　猴 # 挵　拍.

sim$_5$ # ho$_4$, bin$_3$ # peh$_3$, lang$_2$ # chhui$_1$ # khoah$_1$.
心　# 好,　面　# 白,　人　 # 嘴　　闊

10.3 Read the following combinations of words. Explain why two words in different original tones are pronounced with the same tone pitch in combination.
請讀下面詞的結合語。請說明本調無同的前後兩個詞，爲什麼結合了聲調同款{一樣}(1-5)。原來同本調的詞結合了後，聲調煞無同款。(7)

1. sai$_3$ phiN$_3$　　　獅鼻

2. kâu$_3$ phīN$_3$　　　猴鼻

3. chhiūN$_1$ chhùi$_1$　　象嘴

4. pà$_4$ chhiú$_4$　　　豹手

5. hóu$_5$ chhiu$_5$　　　虎鬚

6. kâu$_2$ chhiú$_4$　　　猴手

7. chhiūN$_1$ phīN$_3$　　象鼻

8. hóu$_5$ chhùi$_1$　　　虎嘴

9. sai$_3$ thâu$_2$　　　獅頭

11. Conversion between Church Romanization and Tone Pitch Number
教會羅馬字(白話字)及五音階法的對換

11.1 Convert the following diacritic tone marks into pitch numbers
請將教會羅馬字改做音階數字

CR	PAP
sai	sai$_5$

hóu	hou4
chhiuN	chhiuN3
pà	pa1
kâu	kau2
pih	pih1
lok	lok3

1.	(poem) si	詩	9.	(good) hó	好
2.	(die) sí	死	10.	(cloth) saN	衫
3.	(time) sî	時	11.	(pretty) súi	水「美」
4.	(four) sì	四	12.	(old) kū	舊
5.	(to be) sī	是	13.	(ten) chap	十
6.	(eight) peh	白	14.	(new) sin	新
7.	(iron) thih	鐵	15.	(hand) chhiú	手
8.	(tongue) chih	舌	16.	(mouth) chhùi	嘴

11.2 Which of the following syllables are abrupt and have only two possible tones 1 and 3? Add tone marks in Church Romanization to all words.
下面各組音節中間，叨一個音節是短促調，只有兩個聲調的可能 (1及3)請將所有音節 ka添教羅調號。

1. chap3 　　chham3 　　cham1

2. chhit1 　　chhin5 　　chhin1

3. than1′ 　　that1 　　tah3

4. hou4 　　hoh3 　　hou3

5. se1 　　seh1 　　sian5

11.3 Add Church Romanization tone marks 　　加注教會羅馬字的調號

1. sai5, hou4, chhiuN3, kau2, pa1.
   獅，　虎，　象，　　猴，　豹

2. kha5, chhiu4, phiN3, thau2, chhui1.
   脚，　手，　鼻，　　頭，　嘴

3. ku5 # chau4, chhiuN3 # tah3, kau2 # long1, phah1.
   龜 #走，　象　　#踏，　猴 # 弄 ，拍

4. saN5 # te4, bin3 # peh, lang2 # chhui1 # khoah1.
   衫 # 短，面 #白，人　# 嘴　#闊

5. Sim[5] # ho[4], un[3], chai[2] # kau[1];
   心　　#好，運，財　#到

   Sim[5] # bai[4], mia[3], chiN[2] # khi[1].
   心　　#惡，命，錢　　#去

THE HO˙- IM METHOD

The Taiwanese syllable is divided into three parts: the initial, the final and the tone. The initial consists of a consonant, and the final consists of one or two vowels with a possible ending consisting of i, u, m, n, ng, p, t, k, or h.

For those not accustomed to the idea of tone, or of dividing the syllable into parts, a special drill for deriving these basic components is provided here. Once the student learns to derive the basic components he can then recombine them to get the correct pronunciation of the whole syllable. This method of dividing and recombining the parts of a syllable to get correct pronunciation is called ho˙-im (calling or pronouncing the basic sound of the syllable).

The ho-im skill is best introduced after all the tones have been introduced. Once the teacher is assured that a student has mastered the method, the student may then correct any pronunciation errors himself by using the ho-im method.

1. The three steps of ho˙-im:

Step 1:　Pronounce the final of the syllable in its first or fourth tone. You have the final of a syllable when you take off the initial consonant from the syllable.

Step 2:　Add the tone.

Step 3:　Add the initial.

Do ho˙-im for the following syllables:

before reading	get the final	add the tone	add the initial
(lí)	i	í	lí
(bí)	i	í	bí
(goá)	oa	oá	goá
(koé)	oe	oé	koé
(bín)	in	ín	bín
(bīn)	in	īn	bīn
(chhùi)	ui	ùi	chhùi
(chhài)	ai	ài	chhài

(kóng)	ong	óng	kóng

2. Division of a syllable into the intial and the final.

   a. Divide the following syllables into the intial and the final. Which of them has a zero initial?

chhòng	chh òng
khí	kh í
sé	s é
chhiú	chh iú
chhài	chh ài
í	í

   b. Do ho-im for these syllables:

(chhòng)	ong	òng	chhòng
(khì)	i	ì	khì
(í)	i	í	í

3. Abrupt tones (ap, ap) or short pitches.

   a. Which of the following syllables ends with a stop consonant (h, p, t, or k) and is pronounced abrupt or short?

| chiah | chiap | mih | pit | sī | ài |

   b. Tone 4 (short pitch 1) and tone 8 (short pitch 3) are the two tones possible with a syllable ending with h, p, t, or k. These two tones are also called jip-sia^n or entering tone. Do ho-im for the jip-sia^n syllables above.

(chiah)	iah	iȧh	chiȧh
(mih)	ih	iḣ	miḣh

(chiap)	iap	--	chiap
(pit)	it	--	pit

4. Taking off the tone mark

   a. Pronounce the following according to the tone marks or pitch level marks.

| oan^5 | oán^4 | oàn^1 | oat^1 | oân^2 | oȧn^3 | oat^3 |

chin^5 chín^4 chìn^1 chit^1 chîn^2 chín^3 chi̍t^3

b. Pronounce them in either the first or fourth tone. Take off the tone marks and assign pitch level accordingly.

oan   oán   oàn   oat   oân   oăn   oa̍t

oan^5 oan^5 oan^5 oat^1 oan^5 oan^5 oat^1

c. Take off the tone marks and pronounce in either the first or fourth tone (i.e., pitch 5 or short pitch 1).

sa^n	té	khò͘	khoah	lâng	é	phī^n	ti̍t
sa^n	te	kho͘	khoah	lang	e	phi^n	tit
ku	cháu	thò͘	jek	kâu	cháu	chhiū^n	lia̍h
ku	chau	tho͘	jek	kau	chau	chhiu^n	liah

d. Which of the following syllables are in the abrupt tone?

beh   bah   leng   chiap   lim   bín

e. For syllables in first or fourth tone we may skip the second step in ho͘-im.

(beh)   eh   --   beh

(bah)   ah   --   bah

(leng)   eng   --   leng

(lim)   im   --   lim

(bín)   in   ín   bín

5. Long finals

a. Long finals, in step 1 of ho͘-im, can be divided into two parts before pronouncing them as a whole: the initial vowel (i or o) and the rest, which may be a dipthong or a vowel (usually a) and an ending consonant, m, n, ng, p, t, or k.

(iau)   i au   iau

(iam)   i am   iam

(ian)   i an   ian [ien]

(iang)   i ang   iang

(iong)   i ong   iong

(oai)	o˙ai	oai
(oan)	o˙an	oan

Note that 'o' in 'oan', and 'oai' is actually 'o˙' and not 'o'.

Also there is a change in the pronunciation of 'an' in 'ian' such that 'ian' should in fact be [ien].

b. Long finals with abrupt tone.

(iap)	i ap	iap
(iat)	i at	iat [iet]
(iak)	i ak	iak
(iok)	i ok	iok
(oat)	o at	oat
(iah)	i ah	iah

Note: More finals ending with h̲ may be included if necessary

c. Do ho˙-im for the following syllables.

		final	tone	initial
oân	o an	oan	oân	(oân)
siōng	i ong	iong	iòng	siông
chiap	i ap	iap	--	chiap
hiáu	i au	iau	iáu	hiáu
chiah	i ah	iah	--	chiah

參考書目

Bodman, Nicholas C.(1955). Spoken Amoy Hokkien.

    Kuala Lumpur: Government of Federation of Malaya.

Cheng, Robert L.(鄭良偉)(1968). Tone sandhi in Tai-

    wanese. In Linguistics: 41, pp.19-42.

    (鄭良偉)(1973). Some notes on Taiwanese tone

    sandhi. In Linguistics: 100, pp.5-25.

Embree, Bernard, L.M.(1973). A Dictionary of Southern

    Min. Hong Kong : Hong Kong Language Institute.

許成章(1969).〝閩南語的音與字問題〞臺灣風物十九卷　一、

    二期　pp.10-16.

黃有實(1972). 台灣十五音辭典　　台北，752　p

林金鈔(1975). 閩南語研究　台灣新竹:竹一出版社

台日大辭典　台北:台灣總督府　1931-32. 1920 p.

丁邦新(1970). 台灣語言源流　台中:台灣省政府新聞處.

    126 p.

蔡培火(1969). 國語閩南語對照常用辭典。　台北:中正書局

董同龢(1967)　記台灣一種閩南話.　南港:中央研究院

歷史語言研究所.

ông, I. T. (1957). Tâi-oân-gú Siông-iōng Gú-lūi. Tokyo:

    Eiwa Gogakusha.

國家圖書館出版品預行編目資料

台灣福建話的語音結構及標音法

鄭良偉,鄭謝淑娟編著. – 修訂版. – 臺北市：臺灣學生，
1994[民 83]
面；公分. (現代語言學論叢，甲類；2)
參考書目：面

ISBN 957-15-0436-X(平裝)

1. 中國語言 – 方言 – 臺灣

802.5231   81004754

台灣福建話的語音結構及標音法

編 著 者：鄭　良　偉　•　鄭　謝　淑　娟
出 版 者：臺　灣　學　生　書　局
發 行 人：孫　　　善　　　治
發 行 所：臺　灣　學　生　書　局
　　　　　臺北市和平東路一段一九八號
　　　　　郵政劃撥帳號00024668號
　　　　　電　話：(0 2) 2 3 6 3 4 1 5 6
　　　　　傳　真：(0 2) 2 3 6 3 6 3 3 4
本書局登
記證字號：行政院新聞局局版北市業字第玖捌壹號

印 刷 所：宏　輝　彩　色　印　刷　公　司
　　　　　中和市永和路三六三巷四二號
　　　　　電　話：(0 2) 2 2 2 6 8 8 5 3

定價：平裝新臺幣二二〇元

西　元　一　九　七　七　年　八　月　初　版
西　元　一　九　九　四　年　九　月　修　訂　版
西　元　二　〇　〇　一　年　二　月　修　訂　版　二　刷

臺灣 學生書局 出版

現代語言學論叢書目・甲類

臺灣 學生書局 出版

現代語言學論叢書目・乙類

臺灣 學生書局 出版

語文教學叢書書目